谨以此书献礼亲爱的父亲邢松科和母亲吴晓晴结婚50周年纪念，并祝父母长命百岁！

——邢庚

北京『老炮儿』梦想爱情漂流记

邢庚/著

新华出版社

图书在版编目（CIP）数据

北京"老炮儿"梦想爱情漂流记 / 邢庚著.
-- 北京: 新华出版社, 2016.12
ISBN 978-7-5166-2972-7

Ⅰ. ①北…　Ⅱ. ①邢…　Ⅲ. ①长篇小说－中国－当代　Ⅳ. ①I247.5

中国版本图书馆CIP数据核字(2016)第276948号

北京"老炮儿"梦想爱情漂流记
作　　者： 邢　庚

责任编辑： 石春凤　　**封面设计：** 臻美书装
责任印制： 廖成华　　**责任校对：** 刘保利

出版发行： 新华出版社
地　　址： 北京石景山区京原路8号　　**邮　　编：** 100040
网　　址： http://www.xinhuapub.com
经　　销： 新华书店
购书热线： 010－63077122　　**中国新闻书店购书热线：** 010－63072012

照　　排： 臻美书装
印　　刷： 河北鑫宏源印刷包装有限责任公司
成品尺寸： 160mm×230mm　1/16　　**彩　　插：** 0.5印张
印　　张： 16　　**字　　数：** 190千字
版　　次： 2016年12月第一版　　**印　　次：** 2016年12月第一次印刷
书　　号： ISBN　978-7-5166-2972-7
定　　价： 32.80元

1986 年作者在北京故宫午门

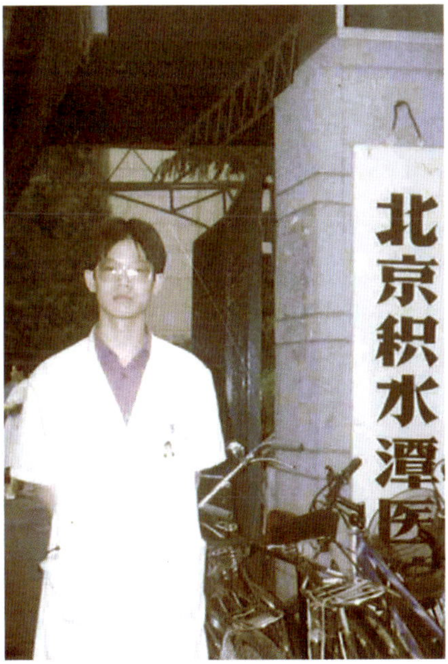

1992 年作者在北京积水潭医院门前

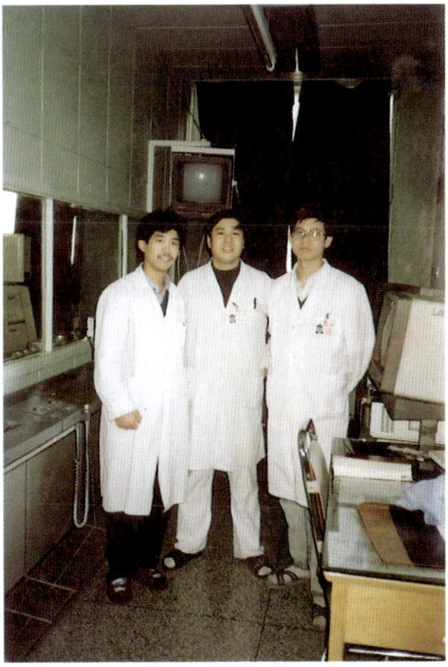

1993 年作者（右一）在北京阜外医院，与同事在一起

1998 年作者与导师周伟堂先生在一起

2010 年作者在浙江奉化蒋介石故居

2015 年遵义会议 80 周年，作者拜谒遵义会议会址，缅怀毛泽东丰功伟绩

致读者

2016年12月15日，本书作者就50周岁了。在这样的年龄光景下，他独立做出了人生的又一重大决定，事业上再次进行转型，重塑人生。为此他提前一年开始精心构思，继而专心写作心灵自助类丛书小说《北京“老炮儿”梦想爱情漂流记》。如今他借助该书的出版，成功地开启了他个人人生新的一页。

该书以主人公天悦通过端午三天假期在网上征婚相亲事件为切入点，以天悦的个人成长经历为主线，纪实性地回顾了天悦在18岁到27岁期间的梦想与爱情及人格特征。尤其是深刻记述了那段青春爱情经历，通过天悦与涧清、平、文、小韩、薇等多个女孩儿的跌宕起伏的情感故事，生动刻画了20世纪七八十年代北京城市青年天悦的人生观、价值观和爱情观。

关于多个以天悦为主角发生的爱情故事，每个故事都有丰富的思想文化内涵，并适当地引入了西方哲学、心理学以及中国佛学的道理，对人生、梦想和爱情的深邃境界加以阐释。但请读者不要针对其中的故事自行“对号入座”，毕竟小说中伴随着时空穿越。

小说通过天悦经历的爱情故事和成长故事，一方面衬托出了天悦的怀旧情结，另一方面反映并分析了当今社会中浮躁的人性心理和因果关系。也对比了过去年代与当今社会的现实区别，意图说明天悦是如何看待并树立正确的理想，尤其是天悦希望自己要心存一份美好的情感，梦想做一个好人，思考学习如何建立健全的人格、事业观，进行爱情婚姻家庭规划。最终表明了天悦已经做好了成家的所有准备，并保持对“鸳鸯被里成双夜，一树梨花压海棠”的乐观憧憬。

50岁的年龄对任何人尤其是一个男人来说，确是一个不小的年纪了。而之前，对天悦来说，从18岁到27岁，也就是说是从上大学到毕业后的工作刚刚崭露头角的阶段，天悦从军队回到地方，从医院进入外企，理想幻想梦想都在人生实践之初；之后天悦从28岁到37岁，在外企打拼、奔波，既注重思考，又注重不断学习进步，是其人格、内心、精神、情绪逐步定型的时期；再从38岁到47岁，是属于男人四十不惑的阶段，在这个阶段，天悦已经具备有深厚的人生积淀和忘我的职业精神，对自己的内心已经非常了解，知道自己想要的是什么；对自己的能力也已经非常清楚，知道哪些事可以做，哪些事不可以做；对未来三年五年十年二十年都已经有了明确的人生规划。而过了50岁，对任何一个男人包括天悦来说，最需要培养的就是学者风范和尊者气质。

50年时间，在人生的长河中，长也不长，短也不算短。而对本书作者来说，在50周岁这一年，却是人生与命运的一个重要转折点。作者仅仅给自己一年的时间来尝试进行文学创作，来完成人生的一次跨越，并且是一次精神上的跨越。

《北京“老炮儿”梦想爱情漂流记》无论对在校大学生，还是打工青年；无论是对有很多梦想的年轻北漂、上漂、深漂、广漂，还是对仍存有怀旧情结的中年人；无论是对染上“手机鸦片瘾”的“低头族”，还是对有丰富阅历的职业人士，该部小说都会有一定的吸引力。因为它很具有可读性、启发性，可以用来相夫教子，也可以用来励志，甚至可以当作应用心理学书籍。本书实际上是一部能激发读者思考的心灵自助类小说，作品思想既现实理性，又不乏激情；既关爱人性，又不乏反省；既充满趣味，又不乏人生启示。对很多年轻人来说，未来人生路依然漫长，唯有多读一流的书、多读西方哲学，唯有谨言慎行，才会少犯错误、少走弯路。

每个人不断地努力与奋斗，就是为着需要重新寻找在这个世界上属于自己的最终的位置（归宿）。本书作者深刻体会到：一方面，每个人需要自己努力把握自己的命运；另一方面，每个人的人生或者梦想或者爱情似乎多多少少会被冥冥中存在的一只大手在指挥着。无论怎么去理解，事实上，从亚里士多德和柏拉图时代开始，哲人和先知们都有个共同观点，就是完整的人类生活蕴含神圣行为和深层的期望——“超越”，长久以来，这项超越因素一直被视为必要的人类条件。

今天许多人都疏于超越的感觉，甚或失去了目标和信念。包括富裕阶层，不少人都缺乏永续的目标和信念而产生精神危机。生命的复杂程度和快速的生活步调，让我们在迈向不确定的未来时，有愈来愈多的人开始寻求生命的意义和价值。社会生活困乏，反而可能引导我们追求超越物质财富的深层价值。累积的物质财富和愈来愈高的生活质量标准似乎只带来巨大的压力、愈少的的享受以及更多的问题、更少的满足。人生事实上没有也不可能有什么物质方面的或者金钱方面的奇迹，只有灵魂轨迹。每个人必须找到并依托自己的灵魂，去孜孜不断地追求美好的未来。

本书作者既具有中国人的热情厚道，也具有西方人的理性和哲学精神。他作为一名经验丰富的美式应用心理学学者、管理咨询专家和通识教育学者，写了《北京“老炮儿”梦想爱情漂流记》，将历史、西方哲学、文学、心理学和未来的观点反映在本部书中，借本部书来促使读者一起参与讨论物质、生命、心智、灵魂以及将所有这一切统一在一个相互联系的婚姻情感家庭模式之中的进化路径的问题，并希望告诉读者朋友：胸怀决定格局，视野决定未来。

人生没有如果，只有今天与明天，把握好今天，才会有美好的明天。

邢　庚

2016 年 9 月 30 日　于北京

序　言

当今社会，很多年龄在二十多岁、三十多岁，还有少数奔四十岁的单身女性，希望自己能够找到这样的一个男人做老公：年轻、英俊、能一见钟情，学历特别高、事业很成功，家庭背景好、能挣大钱，有豪车、有别墅、又有责任感，成熟、有幽默感、特别会哄女人，能忠于老婆、并且孝顺老婆的父母，最好是名人。她几乎希望他以上样样都能占全，最重要的是，她希望她能全面驾驭他。但是这些单身女人以及那些已婚女人完全忽略了这样一个事实，就是当今社会还是以男人为主的社会，而且中国的大部分男人都有这样或者那样的不同程度的缺陷，事业上做得成功的男人更是少而又少。她们也不尽懂得事业成功的男人的标志是什么以及应该具有什么样的品质。

就家庭结构而言，传统上父亲和丈夫的角色，就是赚取面包的人，但以往的“保护者、提供者、永恒的典范”已经式微，双薪家庭、工作不稳定以及其他对传统性别角色的挑战，都为家庭和其中角色带来压力和干扰。传统核心家庭的式微，让我们失去了亲密感、信赖感和归属感，以及在这个不确定的世界中拥有家庭的安全感、庇护感。

当仔细分析个人事业做得好坏，只要通过与某个人一相处，就能够大致感觉出来。成功的人士有一些共同特征：豁达、善良、善解人意、见解独到、追求卓越，更重要的是身后有一位好丈夫或者好太太，仪表大方（非指衣冠）……他／她有满足感，为人做事谦和理性，拥有语言和利用语言的能力。

综上所述，不满已经成为大多数个人的精神危机。因此新的归属、价值和信念以及新动机，也许是维持专业和个人生活目标的必要因素。应该在优先顺序、价值和行动间取得平衡，并把生活中逐渐出现的空虚感，重新联系到更有意义、更有价值的事物。若是缺乏梦想和目标，个人将失去动机与生存的成就感，无法开发出自身的潜力。

在目前这个现代、利己、个人主义的世界，无论家庭还是个人都面临一项选择，到底要带动改变，还是漠视有品质的生活向下沉沦。显然，我们必须不断挑战自我，目标和信念必须发自内心，而不能源于外在。

因此，《北京“老炮儿”梦想爱情漂流记》虽然包含了青春言情的内容，但更是一部独特的心灵成长之书，更适合喜欢哲学、社会学、心理学、教育学和理性文学的人阅读。

本书作者对所有爱情故事的描写和对情爱的描述，都是基于不会简单地消除两性的差异，而是要对两性心理进行平衡，从这个意义上讲，该书对当今社会中的男女社会地位及其所起的作用进行了刻画分析。事实上，男人不一定必然意志坚强、勇敢果断，而女人也不一定会意志薄弱、软弱缠绵。关键是要弄清楚这两者的区别，以及不同个体之间的区别。

希望读者在阅读这部书的过程中，能逐渐体会到这部书的内涵及其所带来的某些启发，就是尽可能地帮助排除负面情绪、宣扬理想梦想，鼓励责任感、注重哲学精神，具有推崇理性、传递正能量的心灵自助意义。

在适当的时候，本书作者将会陆续推出《北京“老炮儿”梦想爱情漂流记》的后续作品，目的就是要逐渐告诉天下所有有需求的男女——如何让男人自己成为“精品男人”，而不是成为“猫狗型宠物”级的或者“跨性别”的男人。

邢　庚

2016 年 10 月 1 日

目 录 CONTENTS

第一章

北京80后『老炮儿』的渴望

天　悦

一大早儿，随着屋子外面连续传来的机器轰鸣声，伴着大喇叭广播的噪音，一个老男人被从睡梦中吵醒。这些噪音分别来自隆福大厦的改造施工以及隆福寺街早市。这个老男人叫天悦，住在北京市东城区东四隆福寺街西巷里边的一条胡同里，他所住的平房杂院儿距离隆福大厦不过三百米。

天悦从床上坐起来，拈起手机看时间，现在的时间是2016年6月9日星期四早晨的6时19分，今天也是农历端午节三天假期的第一天。

这时屋外天已经大亮，透过窗户，天悦可以看到外面的空气中隐隐悬浮着一层青色的霾雾。他无奈地摇了摇头，下床去了洗手间。洗澡水温度适中，冲个澡虽然让他感到很惬意，但节日对他来说，过不过节、过什么节都是一样的，因为他是一直单身未婚，到年底就整50周岁了。

端午节和春节、清明节、中秋节并称为中国汉族的四大传统节日，“端”为开头、初始的意思，仲夏端午，顺阳在上。端午是祛病辟毒、祈福求嗣的好日子。端午节又名天中节，秉承天地中通正气，阳气极盛，是灵宝开运吉日。端午节第一天准备做些什么呢？洗漱完毕后，天悦边思考着边回到卧室的床上。

他在床上做起了俯卧撑，连着做了40个俯卧撑。他每天早晚都合计做80到100个俯卧撑，还练哑铃，并且跳绳。他目前的体重是65公斤，身高是1.75米，体重指数是21，身体偏瘦。对他来说，身体健康变得比什么都重要得多了，尤其在他这个年龄。

早晨的天气就显得闷热，天悦做完俯卧撑后下床把窗户全都打开通风换气，然后坐在躺椅上。他拈起两个手机，轮换着，趁着一早给一些朋友包括联系着的家缘婚恋网的女会员发着端午节祝福的微信。

突然，一部手机铃声响起，看到是自己父亲来的电话。

“你今天去中日医院看你妈吗？”父亲问。

“我中午去。”天悦答道。

“你下午去吧，你妈上午中午都要做肾透析。”父亲说。

“好的，知道了。”天悦最后说。

挂了父亲的来电，天悦望着窗子外面，望着院子里干枯凋零的几棵竹子，开始发呆。他 2012 年从广东回到北京后，他的父母就从东四隆福寺街里的这处平房院子搬到朝阳北路八里庄南里的楼房去住了，他自己则住在这处平房院子。他在院子里搞了个三四平方米的花池子种了些竹子。

新中国成立前，这处平房院子是天悦的爷爷邢寿山买的地，并且亲力亲为建的院子房子。新中国成立后，院子里的几间房成了公房，地也成了国家的地，剩下的房子面积归总还能剩有个 210 平方米。由于天悦的父亲那辈儿有兄弟姐妹五个，但有的去世了，有的在外地，有的移民国外了，在北京的也去住了楼房，所以所住的东四平房的管理包括修缮维护翻新等杂事儿就都从天悦的父母那儿转移到天悦的头上了。

这个院子现在的情形虽然不似附近别家的大杂院破败不堪，但也绝不是作家老舍笔下老北京四合院儿的“天棚鱼缸石榴树，先生肥狗胖丫头”的那般怡然显贵的情境了，尽管天悦的父辈小的时候确实是在那样的环境里成长起来的。

在很多邻居眼里，甚至在天悦父母眼里，都觉得这片儿的平房迟早都得拆迁。但自天悦回到北京后的几年里，尽管屡次遭到父亲反对，尽管父亲认为没必要花冤枉钱装修，可天悦自己还是花很多钱，把所住的房子从楼上到楼下、从屋里到屋外、从房顶到半地下都做了装修装饰。这样一来，生活居住条件能比之前好很多，也比其他邻居住的平房好很多。尤其他把家里的半地下室出租出去后，不但让半地下室得到充分利用不致荒废，每月还能有些租金进项。单就这点，就让周围不少邻居起了红眼病。

不过当别人问起天悦装修的目的是什么的时候，他会早有心理准备地把装修的目的说清楚。他会说目的有三个：第一，用来以后他自己结婚住；二是一旦父母老了腿脚不灵便的话，把他们接回东四平房这儿住，守着医院近，离景山公园、北海公园以及后海都近；三是如果东四这儿平房不拆迁的话，自己以后结婚有了孩子，方便孩子在市中心上幼儿园和小学。甚至以后可以利用这平房做个家庭旅馆啦，做个胡同里的茶馆或者咖啡馆啦，等等。

尽管天悦有着种种美好的愿望和不断付出的努力，但是在他回到北京后的几年里，在他所交往过的单身女士里，不管她们是北京本地人还是北漂，几乎没有哪位女士愿意考虑结婚住平房。在她们眼里，住平房要么意味着社会地位卑微，要么是所有的生活都不方便，等等。当然，似乎也存在着另外一种判断，那就是她们对天悦没有眼缘儿，认为天悦的人生很失败。

“突突”，手机微信的铃声！天悦拿起手机一看，发现一共收到十多个微信，其中有个微信，是会员名叫“馨”的家缘女会员回复的。随即，天悦用语音与对方进行交流。

馨说：“你可真够早。”

“是啊。”天悦答道，继而问馨：“你怎么没睡个懒觉？”

“呃，我平时作息规律，晚上十点到第二天早晨八点，一般情况下睡眠时间不少于八小时，早晨都是自然醒。”馨回答道。

“不错！你父母催促你的个人问题吗？”天悦问。

“不催，父母早就习惯了。”馨回答，而后反问天悦：“你一直未婚吗？”

“是啊！我一直未婚单身，因为喜欢折腾，呵呵。”天悦答道。

“你属马，我属龙，你是六六年生，我是七六年生，你比我大十岁”，馨在确认与天悦的年龄差距。

“龙和马在一起，龙马精神啦！”天悦回复。

但是接下来，馨问了几个非常实际和严肃的问题，似乎是早有准备。

“你还必须要孩子吗？”馨问。

“当然希望有自己的孩子啦！”天悦这样回复，接着问：“你呢？”

“我觉着这个事情得见机行事。45岁以上我就不建议了，因为基因的问题、年龄的问题、健康的问题；还有，你50岁要个孩子，他大学没毕业呢，你都70多岁了。在他最需要帮助、需要家人扶持的时候，你却还得让他陪你去医院了；在他30岁左右的时候，正在人生拼搏的阶段，可能他要在病床前伺候你，你要了孩子难道，只是让他为你服务终老的吗？我觉得你这样太自私了！我们不能帮他，但也不能拖累他啊！现在的社会多现实啊！再有十年咱俩就都退休了，那时孩子还不到10岁，正要花钱的时候，难道我们用退休金养孩子吗？现实的问题要现实地看待，你觉得呢？如果男人在40岁以下，我觉得还可以拼一下，50岁以上，就真心算了吧！”馨试图用这番话影响天悦。

“你考虑得很实际，好在我身体还好，还有能力要孩子养孩子，希望结婚能生两个孩子。”天悦直截了当地回复馨。

“我每月退休金也就3000元，估计你的退休金也高不过每月5000元，我大舅他副局级退的也才每个月6500元，你的意思是退休金用完了然后卖房养孩子？因为人是要退休的啊！再过十年咱俩可都退了，就是名副其实的中老年了。你不是还有房贷要还呢吗？那到时不是越来越累心！五六十岁了，还要边还贷款边养孩子，我听着都头晕！”馨答道。

天悦感觉馨的心很重，便继续回复语音说：“我这人喜欢折腾，不知道何时能退休，还想着出名呢！呵呵。”

“对！你想写书出书的。你是属于姜子牙型，想要老来出山，还要老来得子！家有悍妻是个宝，姜子牙如此出名，都是因为被老婆逼的！”馨回复道。

“呵呵……”听到馨的说法，天悦被逗乐了。

天悦一是很喜欢孩子，他希望在他有生之年还能抱孙子！二是他想起北宋著名词人张先，在80岁时娶了一个18岁的小妾，当时与张先常有诗词唱和的苏轼随着众多朋友去拜访他，问老先生得此美眷有何感想，张先于是随口念道："我年八十卿十八，卿是红颜我白发。与卿颠倒本同庚，只隔中间一花甲。"苏东坡则当即和一首："十八新娘八十郎，苍苍白发对红妆。鸳鸯被里成双夜，一树梨花压海棠。"

随后，天悦和馨语音里约定了第二天上午见面，见面地点在东四。这是端午节天悦准备相亲的第一个女士。将近中午了，天悦又收到些朋友发来的端午祝福的短信，他便逐个回复。

其实，天悦的朋友不多，无论是在外地时还是在北京，尤其是从广东回到北京以后，更是如此。和天悦同龄的北京本地的同学同事朋友都结婚成家有老婆孩子，他们的父母也和天悦的父母一样都是七老八十的了，所以他们去哪玩也都是一大家子去玩，不可能再拉着天悦。充其量，就是他差不多每年和原来工作过的医院的同事同学聚会一次。

天悦也很少有机会能和二三十岁的人玩到一起，尽管他喜欢旅游，还喜欢滑冰、喜欢爬山、喜欢看展览、喜欢钓鱼、喜欢打球、喜欢唱歌。他也喜欢写作，有时挣点稿费做零花钱。但是他缺乏机会或者说缺乏机缘能够和二三十岁的人在一起交流。毕竟，在二三十岁的大男孩大女孩眼里，和一个"大叔"能有什么可交流的呢。

因为天悦快 50 岁了还单身，工作中生活中，一些人甚至公司领导会怀疑天悦性格有问题，不然的话，一个男人不会都快 50 岁了还没结婚。但是天悦往往自己不承认自己有性格问题，在他眼里，他认为自己的性情用电视剧《少帅》里张学良的幕僚对蒋公的性格的描述就可以准确地概括。张学良的幕僚形容蒋公的性格——"话不多，个性比较强，有时也会比较拘谨。"相比之下，天悦很多时候比较严肃，或者说比较木讷，话也不多，尤其是没有废话，不爱没话找话。

天悦从上小学起被父母看着读了不少书，不乏像《左传》《资治通鉴》类的典籍，所以从小到大养成了安静时读书摘报记笔记的习惯，自然文笔水平也不错。他是在东城什锦花园小学读的小学，上初中时在北京五中，高中是在北京二十七中。他做过班干部、课代表，尽管他的文科不错，高中老师也建议他报考文科类大学，但后来考大学他还是冒险选择了理科。在大学里，他是系里的秘书和宣传干部。

他看过不少关于介绍蒋公的书籍，尤其是陈铁健、黄道炫所撰《蒋介石：一个力行者的思想资源》一书。在他眼里，蒋公作为一个战术家，他是拙劣的外行，而作为一个战略家则或许好一点。作为一个战术家，蒋公采用拿破仑的方法。拿破仑的战术需要极大地依靠士兵的高昂士气和战斗精神，依靠必胜的意志。而蒋公正是总在这方面老犯错误，他过于喜欢把自己想象成一个带领敢死队死命冲锋的英雄。

恰巧，天悦个人内心觉得情场比战场还残酷！这也许是他一直单身到现在的根本原因，尽管还有其他的一些因素。他内心有浪漫情结，酷爱音乐、历史和哲学，但他对女人从来就缺乏耐心，也讨厌被女人考验。他厌恶和别的男人去竞争一个女人，不管这个女人条件如何，以及两个人是不是愿意真心交往。所以说，他是在情场方面在用情方面表现得很拙劣的。

天悦不像很多其他男人在追求女人时拥有极端的热情、无穷的解数和必胜的信念，甚至很多男人通过爱情来达到俘获和征服女人的目的，而后再放弃这些女人。天悦却断然没有那些男人的爱情天赋，也从来没有考虑过去俘获或者征服哪个女人。相反，他似乎更喜欢女性主动些。

他在情感方面的问题倒带来了好处，就是他蒙不了女人——蒙吃蒙喝蒙爱情；而女骗子也会放弃去骗他——骗钱骗财骗感情。

继续作比较的话呢，天悦喜欢骏马，也会骑马，骑术也很不错，经常做梦梦见自己成了一个骑士，所以他的过去二十多年的职业生涯一直都是“冲锋陷阵”，不断奔波。而蒋公不会骑马，所以蒋公并不经常亲自在前线指挥战斗。

再作比较的话，蒋公却是一个比较高明的战略家，蒋公的政治意识比军事意识强，这是蒋公能争取其他军阀的原因，而且蒋公常常相当熟练地制定一次战役的全面计划。最主要的是，蒋公的谋略帮助蒋公能娶到宋美龄做第一夫人。

而天悦就是个一般人，做人不懂得耍心眼儿，不懂得拍马屁，所以工作二十多年下来，没有什么可值得骄傲的事业，也没有成家，还是孑然一身。对他父母来说，现在已经到了他找的只要是个女的、只要别被女人骗就成。

最后，因为天悦酷爱哲学和历史，所以他非常佩服自称哲学“是平生最爱的学术也”的蒋公。在他眼里，如果说蒋公是民国时期新儒家之一员，蒋公对中国古典思想的认知可与哲学学者比肩，大概并不为过。

出于事功的需要，蒋公接受法家的思想，对历代改革者多所赞誉。蒋公对明末清初的经世派有浓厚兴趣，赞赏其“性理与经济兼通，思想与实行并重”。蒋公对曾国藩、胡林翼的道德修养和人格精神推崇备至。蒋公对孙中山先生的三民主义学说也极为服膺和推崇，并调和王阳明的“知行合一”说与孙中山先生的“知难行易”说之间的矛盾。蒋公著有《自述研究革命哲学经过的阶段》《革命军人哲学提要》《中国的立国精神》等书，并创立力行哲学学说。据天悦所知，显然是因为蒋公在哲学方面显露出才华，1946年8月21日，蒋公接受了比利时列日大学所颁哲学文学博士学位。

天悦买了很多书，他喜欢看书，他也相信“书中自有黄金屋，书中自有颜如玉”的说法。

怀　旧

快晌午了，该出门儿了。对天悦来说，今天最重要的事情就是去中日医院去看自己的母亲。天悦从躺椅上站起来，穿好衣服，拿上包和手机，锁好里外屋的门，走出了院子。

天悦要去坐地铁或者公交车，就要穿出胡同经过隆福寺街，经过正在进行改造施工的那噪音隆隆和尘土飞扬的隆福大厦工地。“隆福寺街”地名的得来是因为很早年街的中段路北有一座宏大的庙宇——隆福寺。那隆福寺因坐落在东城，与护国寺相对，又俗称“东庙”，却早已经不存在了。

天悦生长都在隆福寺街里的一条胡同，而天悦的父亲也是生长在那里，那条胡同叫“铜钟胡同”。据父亲说，他小的时候，他的哥哥姐姐经常带着他一起去隆福寺里玩，去庙会给他买好吃的。据父亲回忆，隆福寺修建于明朝景泰三年，距今已经500多年的历史。在父亲的少时印象中，隆福寺本是一座喇嘛庙，虽然当时已经残破，但庙内殿房堂室依然宏伟！一进山门，首先进入眼帘的是左右钟鼓二楼，中轴线上排列六层建筑，依次有天王殿、栏杆殿、万善殿、毗胪殿、金刚殿、大法殿。殿堂里佛像庄严，法相凝重！每天香烟缭绕，颂声默默！释迦彭祖齐名，实是一处道佛共奉的仙房佛院！隆福寺的山门朝南开在隆福寺街，而寺庙的两侧分称东廊下、西廊下，天悦家祖宅所处的铜钟胡同就在西廊下，庙宇后边紧靠现在的“钱粮胡同”，整个寺庙宏伟浩大堪称北京庙宇之雄最。

历史记载，隆福寺始建于明朝景泰三年，也就是1425年，为朝廷的香火院之一。清军入关后，隆福寺所在位置为镶黄旗所在地。在清朝雍正三年，也就是1725年的时候，进行重建作为雍和宫的下院，成了喇嘛庙。在光绪二十七年，1901年的时候形成了庙内庙外的隆福寺庙会格局。清代，旧历每月一、二、九、十开庙，1930年改用阳历。每逢庙会，附近王府居住的贵族、东交民巷使馆区的外国人、贫苦市民和近郊农民都来赶庙会。人来人往带动了庙外一条街的繁华，游客摩肩接踵，拥挤非常！在这里可以买到各式各样的土特产品，可以吃到多种北京地方风味小吃，可以看到北京的民间戏曲。那可是真叫个“买卖兴隆通四海，财源茂盛达三江”！商业之繁盛在北京城里当算头名。《北京竹枝词》中说，隆福寺庙会全盛时期“一日能消百万钱”。可惜1901年隆福寺里的喇嘛用火不慎，把隆福寺烧毁了一半。寺庙虽然残破，但由于根基还在，风水未破，所以庙市到后来依然火爆。

新中国成立后，在隆福寺原址建了东四人民市场，市场东西廊下分别又盖起了东四小剧场和电影院。除了电影，还演曲剧和杂技。20世纪80

年代，就是在天悦上中学的时候，政府在东四人民市场的基础上盖起了隆福大厦。大厦里安装了当时还是稀罕物的电动扶梯，着实在京城火了一把。天悦清楚地记得，那时的隆福寺街除了隆福大厦以外，还有长虹影院、明星影院和东四人民文化宫三个影院，加一个东四话剧院；有大名鼎鼎的四联美发、东四照相馆，有远近闻名的隆福寺夜市，有最新潮的外贸服装街，街里还有传统的清真白魁老号小吃、丰年灌肠，街东口有知名的青海餐厅，东四四条胡同口的老北京卤煮火烧等。甚至改革开放后在北京开的第一家外资快餐——美国加州牛肉面大王，也设在隆福寺街东口明星电影院旁边。当然不能忘记首都剧场和中国美术馆，还有几个老字号的书店，以及全中国最早的一家从清末就设立了的东四邮局。

总之，20 多年前呢，全北京城的三老四少都爱往隆福寺街跑，从早到晚，因为有吃的、玩的、看的，包罗万象。关键是那时隆福寺街文化气息很浓，真正意义上的古董、文玩、书店、剧场、影院、历史建筑，样样齐全。最有意思的是，隆福寺街在那年头是很多情侣最爱光顾的地方，包括天悦和他那时的女朋友也是一样。相比之下，在那个时候，什么西单、东单、王府井以及后海都没法和隆福寺街比！

当然，别说那时的隆福寺街，就那时的北京城真正是北京人的北京城，北京人北京味，文明、有序、祥和、诚信、有礼儿还得有面儿。

没想到，1993 年的一场大火把隆福大厦烧了个精光。更想不到的是大火不但烧掉了大厦，似乎也烧掉了隆福寺地区的人气儿。从那以后，隆福寺地区不论是加建隆福广场，还是电子市场，始终聚不起人气儿来。现在的隆福寺街早已经没有了 20 多年前的热闹繁华的光景，生意一直打不起精神，人们好像故意避开这奇怪的建筑，隆福寺街里行人也慢慢稀少了！

令包括天悦在内的很多老北京人儿都非常感叹的，就是借着隆福寺街的衰落，可以隐约看出老北京的底蕴随着日月更替在悄然消失。尤其是现在，在北京城二环里，老北京人儿还能找到老北京四九城仅存的一点韵味儿，仅存的文化气息。出了二环以外的北京，和石家庄、郑州、济南、长春、呼和浩特等二三线城市几乎没有什么区别。每当天悦听到路人不时传来的东北大碴子味儿，或者其他地方口音，他都不知道他到底算是在北京还是在外地。

北京满大街的乌泱乌泱的人，包含每年净流入北京并被批准获得北京户口的几十万、上百万外地人则是二三线省会城市无论如何也比不了的。这是好事还是坏事呢？在天悦眼里，20 多年前在北京，一个密云水库的水基本上能够北京本地人喝的；一些年前，北京最脏的时候也就是一年里三四月份春天刮沙尘暴，那已经是最脏的时候了，也不过一两个月就过去了。后来一些年里由于中央大肆鼓励支持外地人口进京（原因为什么就不说了）的政策，所谓的“刚需”导致像疯了一样地扩张北京城，主管部门无知加蛮干！结果大规模造城导致北京城环境污染、雾霾生成、垃圾剧增、水资源紧张、交通拥堵、社会公共治理能力下降、混合人口平均素质降低、犯罪率居高不下，等等。天悦预测，北京的官员是一定要把北京搞成类似新德里或者孟买那样的城市，否则决不罢休。

天悦的一个在北京某事业单位从事城市环境监测的朋友认真地对他讲过，尤其现在的北京周边，已经规划不出用于垃圾填埋的用地，以后或者考虑建垃圾燃烧场，届时，又可能进一步污染北京城的环境；或者考虑把北京城市垃圾倒到海里；或者考虑不得不把北京越来越多的城市垃圾倾倒到周边省份地域。

据央视财经报道，前两年北京垃圾日均处理量是 1.8 万吨（不含建筑垃圾），而今年到了 2.17 万吨，总体增加了 20% 左右。对于废品变垃圾的问题，首先就是要进行垃圾分类，从源头上解决问题。其次还应该加强政府补贴，像废旧家电，电视机、电冰箱、洗衣机、电脑和空调回收都有政策补贴，而其他很多家电都没有补贴，以至于废品回收人员不愿收集，一些原本可以回收的低值废弃物就大量地进入了垃圾回收环节，给焚烧和填埋带来了巨大的压力。

而且天悦一直认为导致北京这几年持续雾霾的真正因素是北京本地大规模造城形成的综合建筑污染导致的，施工工程中释放的各种粉尘毒气混合，在太阳光照作用下分解再混合再分解导致，这个判断是天悦通过调阅国外的文献结合他自己的医学经验综合分析后获得的。当然所谓的汽车尾气也是重要影响因素。在他看来，未来“一体化”的大北京地区不但不会完全解决环境污染问题，反而还会加重北京城自己的环境污染、雾霾和承载压力。

一是因为，整个京津冀自然风貌和植被土壤都会面临大幅减少和人工变异。因为北京城的大部分城市地面地表都已经被人工硬化得差不多了，导致暴雨后雨水不能自然下渗，哪里地势低，雨水就往哪里流，形成城市涝灾；而酷暑时，硬化了的地面地表就是个大水泥壳，把本该能通过土壤植被水面循环吸收掉的热量一点不留的都反射到空气中，加剧夏天空气中的热能聚集——热岛效应，促使人们使用空调耗费更多的水电资源，恶性循环不断。未来的北京城显然已经不是一个适合居住的城市，而是将要盛极而衰的城市。

二是因为，像纽约、伦敦、巴黎、东京等城市从二战后的几百万人口增加到1000多万人口至少用了20到30年的时间，就是至今，上述几个城市人口也基本稳定维持在1500万到2000多万。相反，越是像新德里、里约、墨西哥城那样的庞大而落后的城市，反而人口能达到三四千万。不夸张地说，以后大北京地区的人口从几千万增加到几亿只需要六七年的时间就可以实现。在天悦眼里，中国这样的超级城市群越多，县乡镇发展越落后，中国的国家安全越容易受到损害，国家一盘散沙的情况会越厉害，人民会越发变得离心离德。

隆福寺街里的60后“老炮儿”

不得不说，天悦还是继承了点儿老北京人正直、侠义、关心时事的特点，有资格算是“北京老炮儿”，是60后“老炮儿”。

只是相比之下，“50后”一代的一些北京“老炮儿”可以说更具别样青春，更有代表性和示范性，更成功，尤其像马未都、王朔、冯小刚这几位悟性极高的，都在各自的领域干得风生水起，既谈事业，也关心时事。尤其是王朔的小说、冯小刚的电影、马未都的收藏，具有鲜明的老北京风格。

关键当然要看看“人性”！天悦觉得，未来“一体化”后大北京地区的环境后果和北京城的环境后果是一样的。当然，没有哪个管事儿的会认为北京社会公共治理有什么问题，因为那些管事儿的人，估计得有一多半是属于外来的，他们不会对北京有一点儿归属感，更没有些微责任感，至于说是“人性化治理”就更加谈不上了，“摊大饼”式的造城还可以。

管事儿的就这样的素质，反而还要求老北京人要包容这、包容那，无论好的，还是坏的！就拿现在的隆福寺街来说，最主要的是没有了独一无二的文化氛围和生活气息，连土生土长在这片儿的老北京人儿也没剩多少了。官员不注重本土化，以致文明割裂，文物破坏，如此灵魂没有了。管事儿的光图商业了，就认准了一个“钱”字。在天悦眼里，不管对不对吧！反正如今社会上发生的很多事情是经不起推敲的。而且更严重的是，他觉得，很多国人是喜欢明哲保身的，明知道当官的做了不好的事，也不会指出来，反而还沾沾自喜，自以为聪明过人，没有最起码的国民意识。

可话又说回来，咱这动不动就标榜自己说是具有五千年文明的中华民族，本质上就有一种好大喜功的民族特点，偏爱沾沾自喜，和“四大发明”互相抵消，就不容易看出这个民族的文明之处。而且从本质上讲，中华民族一向是一个感性超越理性的民族，从来没有存在过真正意义上的哲学。由于从来不注重这样一个“工具学科”的作用，所以很多人包括官员在很多方面的行为从来就是不考虑底线的，从来就是一边建设一边破坏，反复破坏反复建设，只是还没有糟糕到把人民的创造性都破坏掉。就这样，那些贪官、昏官竟然还想完全主导这个国家、这个民族的命运。

北京城越来越大，但整个城市似乎越来越没有灵魂，只剩了大了。随着千方百计地鼓励所谓的“优秀人才”来北京扎根落户，随着四面八方各色人等以及无分男女老幼都被鼓动来了北京，一方面造成北京的底蕴文化更变得越来越微弱，一方面造成国内地区间逐渐形成“人口战争”、“人才战争”，进而严重危害国家安全。

可以理解的是，因为家乡不是北京，所以很多外来人口不可能理解“一些事情”——不可能理解电影“老炮儿”，不可能理解“当北京遇到西雅图”，不可能理解“北京人在纽约”，因为他们从没有试图去了解真正的北京、北京人和发生在北京的很多事儿。

天悦觉得，相比电影“老炮儿”充满江湖侠义的“规矩”，真正的过来人，大院里长大的北京孩子总爱提大院的事，胡同里长大的北京人总爱提胡同的事。20 世纪六七十年代的北京，胡同里长大的孩子们，就像天悦小时候那样的，在中小学时就承袭老北京文化，钓鱼、听戏、下棋，课后更是经常走街串巷。受说书人、戏曲艺人的影响，从小就立志成为“对亲人、对朋友、对社稷有用的人”，凭着从评书和戏文中感悟的道理走南闯北，从北京到上海、哈尔滨、深圳……一路前行，不亦乐乎。他们的成长经历和美国作家凯鲁亚克的《在路上》相仿，不管 50 后还是 60 后还是 70 后，他们的成长也是“永远年轻，永远热泪盈眶”。

当然，北京土著里也一直有很多不争气的。再加上北京本地人人口老化也越来越严重，所以天悦骨子里不排斥外来人口，而且他自己的母亲也不是北京人。其实，在他这个年龄的北京人的父母，三分之一的父母双方都是老北京人，三分之一的父母是像他母亲那样在 20 世纪五六十年代时就来了北京的，还有三分之一的父母双方是北京新中国成立后驻扎下来留在北京的军人。不过，他感到困惑的是，现在很多外来人口把他们的全家甚至七大姑八大姨儿包括老人都从外地接来北京住，北京的老龄化不但没有得到缓解，反而越来越严重。在这方面，管事儿的无所作为，已经彻底失控了。天悦边遐想回味着，边上了纵贯北京城南北的 684 路公交车。

一路上，车都开得很顺。开心之余，天悦突然想起很多人可能昨天下午或者晚上就都开着车去郊外玩了，或者回家了。要是平时，这路面儿，这交通，哪里会像春节放假或者像今天这样，路这么好走啊！不过思维跳跃的他又觉得北京城市越来越大，再加上未来要实现“一体化”，天悦认为未来的北京城会越来越像“国中之国”，尤其仔细回顾中国的历史，他不认为这是在“杞人忧天”。他清楚地知道，中国封建社会，国君惯于全力营造都城，愚蠢地把都城安危等同为社稷安危、国家安危。中国历史上所有外敌入侵，或者内战，都习惯直接攻占都城、首都，首都危如累卵，则社稷飘摇，民族临生死存亡。历史教训犹在眼前，但现在官员们却只图歌舞升平，粉饰太平，不愿意学一点西方哲学，他们早就忘了八国联军火烧圆明园了，或者觉得八国联军火烧北京圆明园时和现在的他们没有关系。

天悦的弟弟几年前从美国回国探亲，看到北京如此多的人和车、如此拥堵的交通，如此多的警察、协警、保安，感到非常震惊。兄弟俩在一次交流中，对北京的城市公共治理前景不约而同都流露出困惑！

那次，兄弟俩在北京钱粮胡同西口的一家日本料理边吃饭边聊天，当时聊天的场景还历历在目。

弟弟问天悦道：“哥，你觉得北京还能待吗？”

天悦喝了一小口清酒，看着弟弟，沉吟了一会，回答道：“在北京这样一座北方城市，又是中心城市，又是一线城市，似乎就透着一种中国其他城市所没有的、独特的、粗犷快乐的气氛和迷人的魅力，不仅在建筑、雕塑、艺术方面，而且在北京人爱慕文化方面、追求风雅的精神生活方面，都可以随时呼吸到一种其他城市所不具备的文化气息。现实中的北京城，存在着人生百态和各种群体阶层，北京这样一座城市对外来人口来说，实际上提供了现成的机会和利益，以及公平竞争的环境。但资源也随之越来越少。”

天悦看着店内的和式装修，别致简约，感觉室内设计还算到位，又接着说："在北京，身无分文的青年也有机会接受高等教育，或者同为数众多的打工者一样，到工厂或者个体去做工，成为一个自食其力的劳动者。但北京也同样随处可见以廉价食品充饥的底层人群，如流浪汉、乞丐，还有被社会、被自我意识判定为失败的处于社会底层中最低贱的城市自由贫民。对所有外来人而言，北京是个可以寻欢作乐、尽情享乐或者挑战自己的地方，而从另外的角度讲，在北京的时期可能是这些人人生中最悲哀的时期，代表着艰苦贫困甚至没有个人尊严的阶段，在所有这些人里的很多人心中容易引起不愉快的想法，认为人与人之间缺乏关爱，人性空间狭小。"

听到这里，弟弟点了点头。天悦接着说："北京以后如果光流动人口就达到三千万以上的话，肯定会出现一些打工者收入微薄，收入甚至不足以填充辘辘的饥肠。那时对这些人来说，一方面，饥饿、失落、孤独、迷茫都与自己形影不离以致成为他们的朋友，生活就是他们同这些个无情的朋友进行的一场长期搏斗，为了个人追求就必须搏斗。另一方面，也将不会看出他们有任何的信仰，无论是佛教还是基督教还是共产主义。这些人的情况似乎能折射出大部分人都是这样的，仅具有潜在的意识力，就是"哪里好就去哪，就在哪繁衍"。但就像弥尔顿所说的"意识本身可以把地狱造就成天堂，也能把天堂折腾成地狱。"

天悦进一步举例说："2003 年非典期间的北京城，平时那些高喊着来建设首都北京的外来人口，尤其是标榜自己高尚情操的外来人口，在把非典病毒传到北京形成爆发以后，他们自己大部分作鸟兽散，跑回了他们的家乡，不顾疫情扩散全国的可能。还有，在北京的街头或者公共场合，当对不明原因的乞讨者进行施舍时，每次只肯给一两块钱的那些人，往往是标榜自己高尚的已经定居北京的外来人口。这样两类的外来人口都是属于只具备最基本的意识力，以在北京买房、买车、结婚生子作为一种成就，却不懂得一点哲学道理，他们大肆纵容那些不劳而获的乞讨者，容忍欺骗和道德败坏。不仅如此，一些成功的外来人口也可以找出一百万个的理由或者托词，不交或者拖欠所住的小区物业费或者供暖费；也因为他们的来到北京，带来新鲜人力资源的同时，也带来了更多的懒惰、无礼、秩序混乱。”

天悦说完了开始陷入沉思，弟弟也一样陷入了沉思。

由于工作派遣的原因，天悦曾经在山西太原、上海、西安、深圳都工作生活过不短的时间，也曾经在工作当地租房住，所以能体会到北漂的艰辛，也能体会到北漂的特殊的心理。天悦走南闯北，见多识广，阅历深厚，加上看的书也多，当然再加上喜欢喝酒，所以不免借着酒，话也越来越多。在他眼里，无论是从社会公共治理的水平讲，还是城市百姓的生活满意度来讲，北京是远远落后于上海的。他内心认为上海是中国最好的一线城市，而北京作为首都，既没能承担起社会公共治理最起码的义务——“至善”，也没有顾及国家安全的重要性。

天悦又喝了一口清酒，继续举例对弟弟说道：“像我这样生长在北京城，有北京市户口，而且咱父母年龄都将近80岁，尤其母亲每周二四六要从东四环外跑到二环内东直门中医院做三次肾透析，像咱这样的家庭有买私家车的切实需求，然而我要买车竟然需要摇号。这真是个天大的滑稽！北京人在北京没有资格买车，反倒很多人的家不是北京的、父母不在北京、没有北京户口、在北京没有房子、甚至没有稳定的工作和收入，他们却可以在北京考下驾照并且靠金钱走隐蔽渠道买来社保提供信息，然后堂而皇之地在北京买车，在北京的路面开车。那些管事儿的昏官对得起我们北京土著吗？在美国，每个州、每个市的议会当选议员都要竭力保护自己选区选民的利益，可是北京本地的那些人大代表、政协委员都在做什么？！他们不保护北京土著的利益也就得了，他们对外来人口的态度又是什么样的呢？也不过就是让他们在北京自生自灭。”

天悦喝了几口清酒后，清酒的绵软醇甜带来的后劲儿逐渐上头，他喝的清酒是用最好的纯米和山泉水酿制的“千岁鹤”，口感很好。天悦酒兴不减，继续说道：“真正高尚的人、表面高尚的人、有理想追求的人、蒙受冤屈的人、流民、流氓、社会渣滓都往北京跑，说明了北京社会公共治理的失败。还有真正需要关注的地方在于，北京对这些人来说，在北京的时代是否是这些人一生中最痛苦的时代，还是‘最有价值’‘最有意义’的时代？这涉及社会性格和个人信仰的关联作用。北京过去应该是，而且现在也应该是这些人一生当中条件最艰苦的‘人生学校’，也是最彻底的‘人生学校’。这些人刚踏进北京时很可能还是个孩子，但现在却已成人，人性应该已经变得沉静严肃，内心也变得容易自省。因为，他们很多人来到北京快有 20 年了。他们决定来北京时，很可能无一技之长，也一向轻视体力劳动，从来没有想过靠自己的劳动赚一分钱，但当面临残酷的现实时，有些人就向亲友告白，发誓若不得志，决不回乡。”

聊天的气氛有些压抑，此时的天悦反倒不像个北京土著，更像个不如意的北漂。或许是他的过去的职业经历、生活奔波经历所致，此时的他内心更充满了惆怅。

天悦继续对弟弟说：“这些人经过在北京长时间的打拼，社会应该关注这些人形成了一种怎样的人生观和个人的人生哲学，尤其在当代拜金主义流行的情况下。因为人生观和个人的人生哲学将成为他们日后一些行动的牢固基础，是使他们存在什么样的人性和信仰的意志基础。只要能打下这样的基础，他们后来会思考需要再学习什么东西，也许觉得不需要改变什么东西。因为这些人能够得到的已经得到了，不能得到的永远也不会得到。”

弟弟点头表示认同。天悦接着说道：“这些人似乎没有最基本的权力诉求，恰恰反映出他们人性中的弱点。这些人尤其青年人几乎没有人热衷政治或者时事，也没有明确的信仰，对任何主义都不感兴趣，所以几乎很少读书或者从不读书，或者只读些毫无价值的书籍。年龄的长大让他们变得安于现状，不求进取，同时，变得更加自私。这些人几乎从未想过得到真正理想的满足，他们反而比北京本地人更容易追求安逸。由于这些人不关心政治，所以就根本不可能具备一种对自己不可抑止的信心和深刻的炽热的对社会、对国家的使命感，那么也就注定了这些人作为流民，大部分人只能从事低级的事业。而且流民同样危害国家安全。”

据天悦所知，滞留在城市而户籍在农村的人，经统计 2014 年全国为 27395 万人。在这些人中，8400 万人从事着低端制造，6000 万人从事建筑业，2000 万人从事家政工作，其余就是真正意义上的流民和流氓无产者。打工阶层则是一个付出了巨大代价的群体：全国农村留守儿童 6102.55 万，全国农村流动儿童达 3600 万，在农村的他们见不到父母，在北京的他们享受不到公平的教育权利。

在天悦看来，在北京的那些北漂白领、将要毕业的大学生、打工者、城市自由贫民，间或夹杂着流民、暴徒、流氓、小偷等，他们的未来何在？改善他们的现状和未来，最现实的可能性，不是在北京，而是在农村，当然最好是在农村。包括北京在内，中国所有城市的道德框架和承载能力难以容纳数以千万计的从各地过去的打工者、流民和流氓无产者。城市就是城市，如果把城市搞得“城市不城市，乡下不乡下”，无论过程还是结局将是痛苦的。

天悦虽然对弟弟说了很多，但内心不认为自己想要冒犯任何人，不管他 / 她从哪里来。

他继续举例说道：“北京市政府对外公布将在未来数年再建设十五条地铁线路，北京城市的建设追求高大上，在加大了城市和农村的精神距离，疏远了国内中小城市发展的同时，并没有减少滞留在北京的外来人口含白领、农民工、打工者、流民、城市自由贫民无法掩饰的挫折感、失落感甚至仇恨感，相反的是他们和一些标榜自己精英的城市人口更形成了鲜明的对照，因为前者不可能通过自己的努力获取哪怕是一点资源，而后者也不可能让出自己已经占有的资源，尤其在北京这样的城市，北京本地人不会让出资源，一二十年前来北京的已经获得了各种资源的外来人口同样不会让出资源给现在和以后再来北京的外地人。也就是说，“城镇化”大跃进形成了对农民和流民精神上和经济上的难以逆转的双重侵害。失地的农民和流民会希望这个国家现有体制尽快崩溃，除非他们感受到自己受到重视，有尊严可讲。”

弟弟听后，若有所思地回答道：“北京越来越大，人越来越多，也好也不好。不好的方面，一是地道的京城文化底蕴越来越少了，二是北京本地的城市精英分子基本都选择移民美国、加拿大了。最主要的是，全国人民都来北京，北京与其说是全国人民的北京，不如说真的是已经成了‘国中之国’。”

其实不管天悦哥儿俩怎么看，北京城对很多外来人依然有着无可比拟的诱惑力。只是，显然局势已经失控了，那些在故宫北门搞黑心一日游的东北男女，在王府井南口招揽生意的黑车司机，满大街横冲直撞的三轮车司机，还有那些横眉瞪眼在公共场合乞讨的人，最可恨的是很多医院大厅到处招摇的号贩子，他们都是外来人口，他们已经胜利冲破了政府的管辖，成功地亵渎了北京原有的城市文化灵魂，他们已经使北京变得不伦不类。总之，官员对他们已经无可奈何，而北京本地人也只能干瞪眼看着他们糟践北京人的名声。

北京是一个“男人”

如果非要拿北京和上海作比较的话，在天悦眼里，上海城市的整体特质就是你无论从哪个细节去品味观察，都能感觉到一种精致，总是注重细节；越仔细咂摸海派的风情，就越觉得整个上海的骨子里浸润已久的洋气和脂粉气，还带着高雅，与北方人的粗犷尤其是东北人的爱争强斗狠格格不入。所以他觉得其实可以把上海比喻成一个纤秀精致的“女人”，精致到足以引发想要拥吻“她”的冲动。他在上海工作生活期间，居住在上海普陀区的新村路宜川路那边的一个小区。

而北京呢？天悦知道，很久以前，无论天下出什么大事、北京出什么大事，北京的百姓都不会四散奔逃，哪怕是打仗或者瘟疫流行。而后来呢，很多北京土著却不得不选择移民，不得不离开这个让人困惑的地方，不得不离开这个被糟改得不像样子的北京城。他曾经有一次问弟弟："北京城历经沧桑，几百年下来，改朝换代，唯一不变的内涵是什么呢？"

"不知道。"天悦还记得当时弟弟的回答，所以他当时告诉弟弟："北京城唯一不变的内涵就是——"天子守边"的精神。直白地说，就是说一种舍身御敌的戍边精神。举例，'燕王守边'是明代的事儿，近的是抗战时期，北平沦陷期间，被日伪接管的北平其他高校都被强迫实行奴化教育，把日语作为必修课，改用日文课本，校门悬挂日本国旗。唯有辅仁大学，担任辅仁大学校长的陈垣和担任校务长的德国籍天主教司铎出面，与日伪政府周旋，提出不挂日本国旗，不用日文课本，日语不作为必修课，从而使辅仁大学成为沦陷区唯一不悬挂日伪旗帜的大学。"

鉴于陈垣的声望，日本占领军曾派研究中国文化的日本学者前往游说，劝陈垣与日本人合作，并问他：你总不依命令，难道不怕死吗？陈垣见对方自称懂汉学，于是从容地引用《孟子》作答：——孟子说过："生，亦我所欲也，义，亦我所欲也。二者不可得兼，舍生而取义者也。"孟子还说："生亦我所欲，所欲有甚于生者，故不为苟得也；死亦我所恶，所恶有甚于死者，故患有所不避也。"

天悦了解到，当时沦陷区提倡所谓"研读儒学"，陈垣得此机会，常用儒家经典中的话对人晓以大义。辅仁大学每届毕业生都会出版一份"年刊"，陈校长必引经书题词。1940 年的"年刊"，他题词："子张问行，子曰：言忠信，行敬笃，虽蛮貊之邦，行矣。言不忠信，行不敬笃，虽州里，行乎哉！"陈垣以"蛮貊之地"喻沦陷区，告诫辅仁的学生必须严格要求自己，做正直的人，即使是生活在日伪控制下，也决不能卖身求荣、助纣为虐。

天悦告诉弟弟，1945 年 12 月底，光复后的北平举行元旦团拜会，国民党要员陈诚批评说，北京这地方没有一点儿民族意识。在场的陈垣听了大为不满，当即站起来反驳道："陈部长，你过去来过这里没有？我们在日本人统治下进行斗争，你知道吗？可惜你来得太迟了！”遂愤然离席而去。是时，人称陈垣的这一时期为“学术抗日”，并赞叹他是“傲骨撑天地，奇文泣鬼神”。

天悦觉得，有说不尽的例子表明北京城的文化底蕴就在于它在历史上由于经历朝代更替所形成的起起伏伏后，仍然折射出的北京人特有的某种韧劲儿、倔强和宽厚。那么再结合天地方圆、天人合一的中国传统思想，所以北京人无论哪方面都给人一种包容和大气的感觉。他觉得可以把北京比喻成一个“男人”。

北京是一个“男人”，而上海是一个“女人”。对天悦这样在北京和上海都生活工作过的企业高管来说，非常看重城市人文和服务品质，他更喜欢上海。他认定，北京已经不是过去“原汁原味儿”的北京了，如果再来一次战争或者大的瘟疫的话，大官小官的肯定会像慈禧太后那样奔逃避难去西安，而那些“假北京人”也不会像二战中莫斯科人誓死保卫莫斯科、伦敦人誓死保卫伦敦那样来保卫北京城，到时候还得靠北京人自己。

母子情深

天悦从公交车上下来，走进中日医院。母亲就住在门诊楼上二楼东侧的肾内科。母亲能住进中日医院，实属不易。因为母亲的透析管子出了问题，透析所在的东直门医院解决不了，跑了其他几家大医院，又都不接诊母亲这类病人。最后还是父亲出面找到他在中日医院工作的大姐邢淑敏和大姐夫赵天德，问题才得以解决了。

北京中日医院是原来卫生部直属的综合三级甲等医院，声名远扬，尤其是设有北京乃至全国的血液透析临床培训基地。而邢淑敏教授是中日医院妇产科前主任，是中国著名妇产科专家、协和医院妇产科主任林巧稚的学生，邢教授曾经留学瑞典皇家医学院，回国后旋即进入中日医院工作，现在她是中国生殖学会主要负责人。赵天德教授是中日医院病理科教授。

天悦进了病房，看到母亲躺在病房里靠近窗户的病床上，精神状态还好，他的心情也放松下来。他坐在母亲病床边，端详着母亲的面容。由于入院后医生根据情况对母亲的透析规定了无肝素施行，所以每次透析后体内依然会存留一些水，这样，能看出母亲的面部下颚还是有轻度水肿。

母亲于 2012 年秋冬季节交替时因为不明原因呕吐入院，行检查后得知肾功能衰竭，尿毒症，就是从那时起开始做肾透析。回想那个时候的母亲，由于病情复杂导致反复急救入院，全家人都很焦虑，母亲也是非常的情绪低落，多次念叨不想活了。而现在，经过几年的折腾下来，随着母亲病情的逐步稳定，身体依然非常消瘦，体重只有 41 公斤，除了每周二四六要做三次肾透析以外，母亲平时生活基本上可以自理。

“你怎么来了？”母亲问道。

“我今天放假了，再说也不放心您，就过来了。”天悦答道。

天悦知道，母亲一向是一个拥有坚定的意志品质的人，平凡而朴素，对待工作生活都很认真，性情既善良，也要强。对自己的孩子要求也十分严格。母亲的生活工作一直不顺遂，身体也一直不好，但又不愿意给任何人添麻烦。

“病号饭质量如何？”天悦关心地问道。

“病号饭不错！大姑大姑父一家子都来看过了，带了些吃的，还有粽子，很劳烦大姑大姑父一家，我都过意不去。”母亲回答，又问：“你放假几天呀？要是有事就别来了。”

“是啊是啊！我们几个病号年轻，阿姨这边有什么事，我们都可以帮着照应的。”母亲病房里的其他几个病号纷纷接茬，对天悦说。

“谢谢！多谢多谢！”天悦赶紧站起身对周围的病号作揖表示感谢，接着问母亲：“何时换管儿呢？给您请个护工呗。”

“不要！不要！一个护工一天二百元呢。”母亲赶紧摆手拒绝，母亲就是这样。

尽管如此，天悦心里依然明白该怎么做，因为母亲的话，让他掀起了一段至今还觉得痛苦的回忆。早在2003年的春天的一个周末，母亲电话告知还在太原工作的天悦，说是准备回湖北老家看看，住上一段时间，天悦知道后也表示支持。但是仅仅过了不到十天，天悦就接到北京打过来的一个座机的电话，不是他熟悉的电话号码。

“是我，妈妈啊！”是母亲打来的电话。怎么母亲没有回武汉吗？天悦还在迟疑中，母亲接着说：“我没有回湖北老家，我住院了，住北京东方医院。”

“老妈，你怎么了，得了什么病？”天悦急切地问道。

“我得了直肠癌，需要手术，需要家属签字，你能回来北京一趟吗？”母亲的语音低沉，略显犹豫，接着说道:“我没有把住院的事情告诉你父亲，我怕他担惊受怕，害怕他到处去讲给亲戚朋友知道。”

“好的，我明天就回到北京。”当时的天悦由于工作派遣的原因长期在太原工作居住，是GE（中国）医疗某部门的Keyaccount经理。

知道母亲住院的当天，天悦在下班前布置好工作后，顾不得一天的疲劳连夜从太原坐大巴往北京赶。由于疲惫和心事重重，导致天悦放松了警惕，半夜在长途车上睡着了。结果是第二天早晨抵达北京丽泽桥客运站后要下车的时候，才发现放在行李架上的电脑包里的戴尔笔记本电脑不翼而飞了（后来，依照公司规定，天悦赔偿了公司9000多元）。当时，他也顾不得那么多了，直接打车往北京方庄附近的东方医院。

尽管天悦是学习临床医学的，早年毕业于中国人民解放军一所军医大学；尽管他曾在北京的大医院工作过，做过临床大夫，看到过各种各样被病魔所困的病人，也亲眼看见并经历过很多的生离死别，但当他看到病床上自己的母亲的样子后，还是忍不住哭了。距上次回家看望父母到现在仅仅才两三个月，当时虽然知道母亲病体愈发沉重，但还是想不出怎么在如此短的时间里，母亲就已经病得没了人形儿，形同枯槁，面色蜡黄，看来一切都很糟糕，更可怜的是母亲这样了居然还要想瞒着家人，她自己也没有说请个护工照顾她。

天悦面对突如其来的这些，还没有手足无措，他很快抑制住悲伤，立即去见母亲的主管大夫。天悦从主管大夫那里了解到自己需要做的是三件事：第一，母亲的癌症病情不容乐观，需要马上手术，需要马上手术签字；第二，手术需要使用一种叫肠吻合器的器械，有国产的和进口的，国产的便宜些，但使用寿命短，进口的价格贵而且要自费，但是质量好，使用寿命长，需要尽快决定使用进口的还是国产的；第三是由于母亲的身体恶病质状态，未必能挺得过这样一次大的手术，所以手术方案有两种，其中一种是通过腹部造瘘做个粪兜，需要尽快决定。

对天悦来说，时间就是生命！但是，母亲态度决绝地告诉他，就是宁可死，也不做腹部造瘘，不做粪兜。既然如此，他立即找到主管大夫，先完成了家属手术签字，继而决定选用进口肠吻合器。

一切似乎都准备好了，而且主刀医生张主任也是非常好、非常负责的人。但是母亲又提出了一个非常让天悦为难的要求，就是要求他对包括父亲和弟弟在内的所有亲戚朋友保密，即便是她死了！这对天悦来说，是他长这么大以来所碰到的最不可理喻的要求，居然是来自自己母亲的要求。但是为了她能安心上手术台，他还是勉为其难地先答应了下来。

当天晚上，天悦找了把椅子，坐在母亲的病床边，坐了一整夜。他想睡，但是无论如何也睡不着，满脑子都是些这样或者那样的想法，但是归根结底，他知道，“人可以和命争，但却不可以和天争”。事实上，对任何一个人来说，死亡是迟早的事，就像史铁生曾经在书中描述过的——“死亡是一件无须乎着急去做的事，而是一个必然会降临的节日。”

翌日清晨，天悦顾不得疲惫，从东方医院径自奔了北京西山的灵光寺。他知道，在那里，在灵光寺，有佛祖的舍利，他想到要去朝拜祈福。

到了灵光寺，他就是绕着安放了佛祖舍利的塔默默地转，转塔，转啊转啊！他终于停下来，望着晴朗的天空，觉得竟然一丝山风都没有；他又望着周围也在长跪和转塔的其他人，他知道，他自己也需要祈求佛祖的帮助，遂双手合十，低头闭眼默念着……同时内心也似乎期待着什么。

天悦记得虚云老和尚曾经说过：在寺院感到清净欢喜，说明你很有善根。“无上甚深微妙法，百千万劫难遭遇。”释迦牟尼佛说《妙法莲华经》说：“若人散乱心，入于塔庙中；一称南无佛，皆共成佛道。”

天悦的理解是，人生在世数十年的光阴，不知不觉地过了。在这当中，有钱的人，或贪酒色财物，无钱的人，为了衣食住行而劳碌奔波，很少有清闲自在的时刻，真是苦不堪言。但是这些人，偶一走到佛寺里，见此寂静庄严的梵刹，内心生出欢喜，或见菩萨形象而随口声称佛名者，或心生清静而起感慨，称赞如来吉祥而生稀有者，这都是过去生中有甚深善根，由此皆得成佛。

“哗啷啷……”，突然耳边传来清脆的铜铃声。天悦不禁循声望去，发现虽然无风，但塔离自己方向最近的檐角的铃铛却莫名其妙地自行摇曳着，发出了清脆的铃声，一声、两声、三声、四声……天悦见此，忙不迭对着塔身俯首再拜。

“哗啷啷……”再次传来铜铃声。

回到医院后，天悦努力安抚母亲，让她放宽心手术，一切都会慢慢好起来的，并陪她度过了术前的夜晚。

手术的日子终于到了，一大早，天悦目送着医护人员用转运推车把体重仅有 30 多公斤的母亲送进手术室，张主任再次叮嘱他要做好最坏的思想准备。

天悦在手术室外边不安地来回逡巡。由于连日来几乎没有怎么合眼，精神高度紧张，饮食也不规律，此时的他看上去似乎比原来的 60 多公斤体重又减了七八斤，以至于即便戴着近视眼镜，看着别的什么东西时也觉得那些东西很晦暗，最主要的不适是双眼经常疼痛。

当天悦看到别的手术病人的家属都是一大帮时，他突然意识到眼前所面对的就是他长这么大以来有可能第一次要切实面对的。他坐下来，心潮起伏。他不由得回忆起自己从小的时候开始，母亲对他的关爱，都还历历在目。

——他小时候，每年冬季，尽管他有棉猴穿，尽管父母会把火炉子烧的尽可能热，但他的扁桃体依然会发炎导致发烧，所以每年冬季都是母亲推着自行车驮着他去医院打青霉素；

——他小学毕业的那年暑假，母亲带他去了北京同仁医院做扁桃体环切术。为了他更好更快的恢复身体，母亲还买了甲鱼，炖了甲鱼汤给他喝；

——他考学去了外地念书，母亲冬天时依然一针一线给他织毛衣毛裤；

——经济困难时期，每次家里有些好吃的时候，母亲从来自己舍不得吃，都是让给他和弟弟吃；

——母亲在卫生部北京小汤山五七干校锻炼改造期间，为了方便照顾孩子，每年寒暑假都把他和弟弟接到干校；

——他工作后，为了让他每天吃上可口的饭菜，尽快增加体重，母亲总是每天很早起床又炒菜又做饭，为他准备带到单位吃的中午饭，把饭盒装的满满的。不但如此，母亲还不停嘱咐要多吃菜。

……

想到这里，天悦的眼圈红了，眼泪扑簌扑簌地流个不止。

他知道，他不能没有母亲，相对于与父亲的关系，他与母亲的关系更亲，有更多的一言难尽的母子情愫——

母亲退休时间不长，却开始被病魔缠绕；

母亲期望过的生活才刚刚开始，却也已经变得衰老；

母亲生他时，他身上还残留着点未剪断的连着母子血肉的脐带；

如果母亲走了，联结他母子情感的脐带就彻底被剪断了；

他给母亲的回报很少，但在母亲嘴里都说是他一片孝心；

母亲给予他很多，却依然感觉对他有很多亏欠；

母亲在的话，给母亲养老还是一种表面的负担；

如果母亲真去了的话，就只剩一种本质的孤单，就再听不到她喊自己“庚子”，就会感到从未有过的空虚和缥缈，就会再吃不到她做的大葱炒鸡蛋了，就会感到自己被可有可无了；

母亲在的话，他不觉得“儿子”这种称呼带来的荣耀；

母亲如果真去了的话，他才醒悟这辈子儿子已经做完了。

天悦甚至想到以后可能的话要专门抽时间写一本介绍自己母亲的书。

……

时间在一秒一秒地流逝，已经是下午一点了。天悦考虑好了之后，首先给弟妹阳阳打了电话，让阳阳设法通知远在美国的弟弟。之后，他又给远在湖北武汉的亲戚打了电话。这之后，他觉到了一种情感上的释然、一种心理上的解脱。他站起身来，望着手术室的大门。

不久，门开了，张主任出来了，天悦急切地迎了上去。

“张主任，我妈她怎么样？”天悦问道。

“手术还算顺利。”张主任边说边从手里拿的不锈钢盒里取出一段十几厘米长的术中截取下来的癌变直肠，天悦看到肠壁已经有癌肿造成的穿孔，以及散在的多个小的息肉。张主任接着说，“你母亲马上就可以从手术室回到监护病房了，但接着后续要开展放化疗。”

“好的，多谢张主任！化疗用最好的药，用进口药！”天悦斩钉截铁地对张主任说。

手术当晚及后续的时日，天悦作为长子、作为家里唯一的能守在母亲身边的人，他一直坚持不懈地陪在母亲床前，尽管他知道这样做将不可避免地影响到在外企的工作，但他毅然决然地陪着母亲度过了术后抗感染、抗并发症、抗击一切不可预测的事情的最重要的一个时期。

大彻大悟

天悦感谢佛祖保佑！

母亲自直肠癌术后身体恢复一直稳定。自那以后，天悦养成了无论是每年农历大年初一还是其他什么时候，都会风雨无阻地去包括雍和宫、广济寺、大觉寺、灵光寺在内的寺庙诚心礼佛，奉香资，祈求佛祖保佑父母平平安安。

天悦知道一个故事，讲的是，昔日释迦牟尼佛有一弟子，名字叫须跋陀罗尊者，家里贫穷孤独，无所依靠，心怀愁闷，想要随佛出家。一天他到世尊处，刚巧世尊外出不在，所有的大弟子为他察看往昔的因缘，见他八万劫中，未种善根，于是就不收留，叫他回去。此时须跋尊者苦闷到了极点，走到城外，忖思业障如此的深重，不如撞死为好。正要寻死那当，不料世尊忽然到来，就问其所以，须跋尊者一一回答，世尊听后果断收他为徒弟，并带回住所，结果七日之中得证阿罗汉。所有的大弟子都不明白究竟，就请教世尊，世尊说："你们只知道八万劫中的事，八万劫外，他曾种善根，他那时也很贫穷，采樵过活，结果一天在山中遇到猛虎，无所投避，就急忙爬到树上。老虎见他上树，就围绕着摇树啃树。这树马上要断了，他心中着急，无人救援，忽而想到唯大觉佛陀，是有慈悲力量，能救诸苦，于是口中念着'南无佛，快来救我'。老虎闻听南无佛声，于是远远地跑开了，没有伤其性命，由此种下正因佛种，今日成熟，故证果位。"所有大弟子听完，无比喜悦，感叹这样的事未曾有过见闻。

这个故事对天悦启发很大。后来，天悦开始精读《释迦牟尼佛学说》《觉海奇航》《正信佛学》等佛学经著。在母亲 2012 年秋天因为肾萎缩导致肾功能衰竭尿毒症后的很长一个时期里，因为病情不稳定，反复入院急诊抢救，天悦总是尽可能及时地出现在母亲身边，陪床同时不忘研读佛经。

因为父母生养之恩大过天地，所以天悦发誓，无论是母亲还是父亲，以后身体不管会得什么样的疾患、遭受什么样的病痛，他都会守候在父母身边，他发誓要为父母养老送终。因为父母从来就是很朴素的，甚至是对温饱生活都感恩戴德，认为能吃能喝就是健康。父母都只考虑居家养老，对养老院有抵触情绪，认为那是孤寡老人去的地方。其实父母更在意自己是否还"中用"，父母对最切身的养老问题显得并不十分在意，他们认为人生就像太阳升起、月亮落下一样自然。他们对天悦和天悦的弟弟没有"满意”的衡量标准，他们认为只要天悦和天悦的弟弟生活得好，就是对他们的最大孝顺。

因为父母本也信佛，所以天悦为父母买了和田玉的手把件，为父母买了紫檀佛珠手串。尤其是他去西藏拉萨出差时，特意为母亲买了一件用尼泊尔凤眼菩提子做的佛珠手串。因为近代对于汉地影响最大的一位藏密祖师诺那活佛曾开示说：“最好有一串凤眼菩提子念珠，修一切法均可通用，功德最大。”格鲁派祈竹仁波切也开示说：“佛陀是在菩提树下成道的，菩提珠本身的坚硬特质又有吉祥的表意，所以菩提珠适合作任何法门的修持。”金安一居士所著《密宗辑要》一文也说：“修一切法均可用凤眼菩提子珠。”

随着年龄的增长，随着对佛法的了解越发精进，天悦知道，人们平时眼中见到的风花雪月交际聚会，耳中听到的莺歌燕舞笑语欢声，口里贪着的美酒佳肴山珍海味等最易引起惑染思想，这惑染思想是散乱心，是生死心，是虚妄心。而称一声佛号，这是觉悟心，是清净心，是成佛的“菩提种子”。佛者，梵语佛陀，华言觉者。觉者，觉而不迷，自性清静，即是有“觉悟心”。

天悦相信只要人不为名利而求索，也是“觉悟力”的作用。在他看来，有许多人闻打禅七之名，而不知打禅七之义，以一种稀奇心来看热闹，这不是上上心。所以他建议周围的人，无论同事还是朋友，当他 / 她有机会到了宝山或者名刹，不可空手而回，最好发一无上的道心，好好地坐一炷香的工夫，称一声佛号，种一成佛的正因，将来大家成佛。“行善”、“至善”是人类的最高精神追求，天悦 2015 年 5 月于冥冥之中蒙释迦牟尼佛加持，5 月 22 日在辽宁省朝阳市，在一个叫王天硕的女友陪同下前往当地凤凰山延寿寺礼佛。

辽宁朝阳凤凰山，不仅是辽西历史名山，也是燕、辽时享有盛誉的佛教圣地。经历代建构，形成三塔（现存摩云塔、大宝塔，凌霄塔倾圮后重修）、四寺（延寿寺、天庆寺、云接寺，华严寺已不存）的佛教古建主体，此外还有北魏摩崖佛龛、辽代古道降香十八盘、清代倒座观音洞和卧佛古洞等古迹遗存。凤凰山风景绮丽，有金驼望月、象鼻山、天然大佛等。其中，龙山景区更是山高壁陡，谷狭壑险，或孤峰独秀，或群峦横黛，或形若苍龙游云，或神似怪兽卧岭，置身其中，奇趣无穷。延寿寺俗称下寺，原名报恩寺，是四大古寺之一，也是凤凰山规模最大的一组古建筑群。

意料之外的是，天悦在登山途中仰望天空，是时祥云瑞霭、霞光万道，正是佛光普照，可谓佛祖显灵。以致恍然间，他自己觉得“大彻大悟”——无上甚深微妙法，百千万劫难遭遇。我今见闻得受持，愿解如来真实义。天悦遂瞬间感觉打通了儒佛道三家，得领了圣贤才有的终极智慧——“仙家说道虚，圣人岂能于虚上加一毫实；佛家说道无，圣人岂能于无上加一毫有。仙家说虚从养生来，佛家说无从出离生死苦海中来，却于本体上加却这些子意在。良知之虚，便是天之太虚；良知之无，便是太虚之无形。日月风雷，山川民物，凡有象貌形色，皆在太虚无形中发用流行，未尝为天障碍。圣人只是顺其良知之发用。天地万物皆在于我。”

那延寿寺院群峰环抱，翠峦掩映；前对南天门，后依摩云塔，西听暮鼓，东闻晨钟。坐观山门星淡，笑语回廊步月，寺宇肃穆，景色绝佳，是参禅悟道的理想之地，正是长年以来苦行僧式的生活的天悦最喜的去处。随着年龄不断增长，天悦越来越爱看书，主要有哲学、佛学、历史、心理学等，并做了大量的读书笔记。读的书越多，他的内心也就变得愈发寡淡，从内而外追求一种自然，崇尚原始。“观势动静，其变随我；由心而发，不改于心；无去来处，禅意在身”——是天悦打通儒佛道三家后悟出的简明道理。

天悦并于 2015 年 8 月 3 日（即阴历六月十九日——观音菩萨成道日）往北京西城广济寺皈依佛门受持三戒，法号“弘庚”，成为未出家的俗门弟子。随后拜广济寺整云师父为师，立志上求佛道、下化众生。

整云师父对天悦说：心上有无明妄想，这就是生死罪业，学佛就是用佛说的法来降伏个人心，来治理个人心。佛在经里说：佛说一切法为治一切心，若无一切心何用一切法。佛法是治心的，我们不用佛法来治理我们的心，纵然说发心学佛也是徒然。妄心得不到降伏，妄心得不到治理，就不能出苦得乐，不能出离生死。生死在心上，用佛法来降伏其心，来对治我们的无明妄想，这就是佛法。除此以外，都不是佛法。佛只讲一心，除了一心更无所有，一切唯心造，是这个意思。

渴 望

躺在病床上的母亲看着天悦，忽然冒出一个问题，她问道，“你的个人问题怎么样了？五十岁前你还不结婚，就不用结了！”接着说道，“你也不结婚，你弟结了两次婚没有孩子，我都没法说你们哥儿俩了！你真得对个人问题上心了。”

“呃、呃，”天悦很尴尬，很快回复一句道，“婚姻是一件小事，呵呵。”回答母亲这样的问题，他不用思考或者掩饰。

在天悦眼里，并非每个人都适合婚姻，尤其是在中国当下的社会。不是数字意义上的原因，而是灵魂上的原因。对他自己来说，现在谈恋爱想结婚可能比做任何其他事情都更困难得多。

很多夫妻离婚后才发现其实两个人原来只适合谈恋爱，不适合结婚。还有很多男女没有走到一起，但却为没能走到一起而隐憾一生。也就是说，是很多人在最终做选择时，由于各种原因，他 / 她还未拥有独立主见和承担日后一切后果的能力，哪怕是意愿也没有。何况现在很多女人更愿意完全把希望寄托在男人身上，这是需要首先明确的事情。

爱情未必是良药，婚姻未必是苦药。天悦觉得，爱情美好的假象让很多男女从一开始就丧失了理性和灵魂。什么意思呢？就是说，很多女人刻意把爱情当作人生第一理想，很多女人刻意认为爱情能为自己带来圆满的人生，却没有做好婚姻有苦有甜的精神准备。或者双方都没有把婚姻看作是一个能使两个人成为“成长型夫妻”的人生第一理想。

另外，从宏观角度讲，经济富裕起来了，但人民的整体素质不但没有全面提高，反而暴露了民族性里更多丑陋的方面，尤其体现在四个方面：习惯和沉溺于弄虚作假；习惯奢侈浪费；习惯没有人格和尊严；小农意识。“民富”逐渐导致“炫富”“斗富”，找对象谈恋爱过程中以及结婚大操大办整个过程都折射出互相攀比、逐利等符合上述四个方面的意识情形。直截了当地说，现在的人最痴迷的就是男女性事和赚钱，无论是在文化影视还是在现实生活中，夸张造作、虚情假意、奢靡浪费的情节比比皆是，触目惊心，这种情况让“还想结婚”的天悦对婚姻感到恐惧。

还有让天悦觉得恐惧的情况，就是国人尤其在情感婚姻家庭中表现出来的是，只在乎自己直系亲属的感受和福祉，对于自己不太相干的人所遭受的窘迫则视而不见。毫无疑问，这种以血缘关系为基础的婚姻情感道德观势必导致自私冷酷，这种自私和冷酷似乎已经成为80后离婚率越来越高和社会道德断崖式滑落的主要原因。

回顾历史，其实大多数国人从来就没有学到过什么是体面和尊严的生活，包括情感婚姻。他们普遍不懂得如何为了个人和社会的福祉去进行富有成效的家庭生活。潜意识里，很多女人视她们的爱情婚姻的目的就是抬高自己和自己的家庭，从而获得别人的认知。这样一来，几乎每个女人就会对保有面子这样微不足道的欲望感到满足。

天悦觉得，面子是很多国人心理最基本的组成部分，它已经成为国人难以克服的障碍，阻碍国人接受真理并尝试富有意义的生活。这个应受谴责的习性使得国人生来就具有无情和自私的特点，甚至它还成为中国落后的原因之一。

总之，天悦对自己的婚姻是有一些悲观。更何况他已经没有精力和大把的时间用在谈情说爱方面，尽管他还渴望结婚，尽管他的想法是正确的，尽管他有勇气去追求他认为正确的事情。

可惜的是，当今社会很多男女没有勇气追求他们认为正确的事情。首先，他们没有从错误中筛选正确事物的能力，因为他们的思想被贪婪所占据。再有，就算他们有能力筛选出正确的事情，他们也缺乏勇气把真理化为实践。尤其很多女人习惯接受廉价和免费的事物，她们总是梦想奇迹或者好运，因为她们不愿意付出努力，她们总想不劳而获。

过去几十年来的改革开放使国人的传统观念变得多元，而家庭的观念越来越淡薄。很多国人在情感婚姻家庭方面一样缺乏诚信和责任感，绝大部分国人通常只关心他们个人的精致需求以及家庭亲属，这是因为中国的历史文化是建立在血缘和亲缘关系上而不是建立在一个理性的秩序的社会基础之上。很多男人在青少年时所受的教育就是如何说谎，而很多女人在青少年时所受的教育则是如何从别人那里索取，而不是去与别人去分享自己的所有。

尽管如此，该结婚还得结婚。如果碰不到合适的北京本地的单身女士，天悦择偶也愿意考虑找北漂单身女士，但问题又来了。现在很多北漂从骨子里是看不起北京土著，觉得北京土著懒惰、无能。他们骨子里看不上北京土著的同时，很多北京土著尤其北京老年人觉得很多外地人北漂要么没见过世面，要么觉得他们是过于精致的利己主义者或者机会主义者。而在天悦看来，相关的偏见的形成既不是北京土著的问题，也不是外地人的问题，是“小农意识”的问题，是整个民族性的问题。

“小农意识”所导致的问题在当下的社会更是有过之而无不及。在这样的情况下以及未来，中国的男人如果选择结婚成家，背负的不仅仅是爱情这样抽象的负担，还有其他方面的更多精神负担和金钱负担。所以结婚和买房就间接促进形成潜在的社会危机和道德危机，进而就又转化成为政府的问题。

……

“你也不结婚，还买好几套房，你打算和房子过一辈子吗？”母亲不满地对天悦说道。

“当然不会啦！老妈，呵呵！”天悦笑着回答。

天悦为什么会笑呢？一方面原因，是因为在天悦看来，他有能力结婚。

一个男人有着良好的教育背景和很好的事业前景的情况下，他有能力组建家庭，有能力孝顺双方父母，有能力让老婆孩子过得幸福，那是这个男人的价值所在和能力所在。这个男人为什么不选择结婚呢？为什么不选择婚后多要几个孩子呢？他甚至觉得，一个优秀男人娶几个十几个女人也没什么不好。因为是很公平的，没有能力的男人找不到老婆是应该的，而很多拜金的女人则骨子里愿意委身有妇之夫，只要她快乐就好。

另一方面原因，在天悦看来，就是说，他自己随着年龄的增长，对自己的内心已经很了解了，知道自己想要的是什么！对自己的能力也看得很明白，知道哪些事可以做，哪些事不能再做！对自己未来三年、五年、十年或者二十年后的生活已经做好了规划。一句话，他现在已经做好了结婚的准备，他渴望结婚，他渴望能有孩子。

天悦理想中的对象，是一个有自己喜欢做的工作，性情外向一些，多少懂得点持家过日子，愿意考虑合适就结婚，一结婚就要孩子，并且接受闪婚。他追求一种成熟稳定平衡的情感关系，注重感情细水长流、珍爱绵绵。他不为结婚而结婚，但也没有大把时间和想象力去追求热烈浪漫和起起伏伏的爱情。

天悦认为，对于匹配的女士，两个人交往两三个月足够了解彼此百分之七八十了，是否是过日子的类型很容易看出来。他期待双方有共同的生活目标，认为这样更容易培养感情、促进感情，更能帮助双方维系 10 年、20 年、30 年、40 年甚至更长久的婚姻。总之，对天悦来说，婚姻本质上，就是一件小事，这是第二件需要明确的事，因为结果才是大事。而爱情呢，他已经不相信当今的体制下必然形成的浮躁社会还能有什么好的爱情观。对天悦来说，两个人婚姻要想维持长久和睦，要么是志同道合，要么就都是追求平凡稳定。

天悦此时看着母亲，母亲的双眼明显流露着失望。母亲了解天悦此时的心情，她也明白，既然婚姻是一件小事，那自己的儿子连一件小事都解决不了，真的是太令人失望了。

母亲又对天悦说道："你说你，你当初如果娶了涧清，或者娶了文，或者娶了蕾，或者娶了玲，或者娶了情，或者娶了珊，无论哪一个，如果那时结婚把孩子生下来的话，孩子现在也是挺大的了。那么多愿意对你好的女孩子，你怎么就一个也看不上呢？"

"老娘，你看你又开始唠叨个没完了！"天悦回复道，然后站起身，走到床头，右手摸着母亲的额头，小声地说道："您还是好好配合医生治疗，别管我了，我走了。"

母亲一看天悦要走，就要马上起身下地，但被天悦拦住了。母亲只得说："路上慢点。要是工作忙没时间的话，就别来了。"

"知道了！"天悦边应答着，边走出了病房。

下午三点半将近四点的样子，天气依然闷热，雾霾依然没有褪去。天悦徜徉在中日医院的院子里，院子很大，绿化也很好。

天悦选择了一个阴凉地方的长椅坐了下来，恰恰脑子里还萦绕着刚才母亲提到的那几个女孩子的名字，自然而然勾起了他对往昔发生在他身上的情感故事的回忆。除了对初恋的回忆，当他看着眼前中日医院的每栋楼、每幢建筑，对比着往昔的模糊的印象，更撩拨起他对"文"的回忆，也唤起他对"蕾"的回忆，因为曾经的故事里的某段情节是在中日医院发生的。

第二章

心怀歉悔的青春情感故事

“嚯嚯”的故事

1992 年初的一天下午，天悦正在科里忙着，病人很多很多，时不时就有病人敲门，间或会有别的科室大夫过来查询病人资料。几乎每天都是这样，他有时忙得连水都顾不上喝一口。那年他是 26 岁。

“嘭”的一声，检查室的门被推开了，原来是监护病房的几个大夫。他们来看病人的检查报告单和病人的片子，他们边看边讨论，天悦也回答着他们的不断提问。临了的时候，其中的一个非常年轻的女大夫问他道：

“这张检查报告单上底下的签名是你签的吗？”

“当然是！”天悦被她突如其来的提问问得怔了一下。

“你这签名的字写得也太烂了吧！”她率性地说，言语中又带着一种俏皮的微笑，“呵呵！”

她的语速很快，几乎还没等天悦反应过来，就又问道：

“你是叫天悦吗？”

“是啊！”天悦回答。

“好的，记住了！”她的语速依然很快，但是心情很放松的样子。

“你叫什么名字？是进修的还是新来的？怎么以往没见过你呢？”天悦盯着她的面庞问她道。

“我叫文，刚来医院工作半年多吧！”她微笑着回答，脸上露出些腼腆。

“你是哪个大学毕业的？”天悦进一步问，得知文毕业于湖南长沙的一所著名的医学院，在那里，她学习生活了五年。

“嚯！够牛的！我说你怎么说话这么冲呢，呵呵。”天悦边说着边把文和她的同事送出了门外。

文的出现，让天悦的内心有一种说不出的愉悦感，虽然不意味着什么别的胡乱的念头。尤其是文的那副大嘴笑不露齿，给他留下了深刻的印象。

几天后的一个早晨，当天悦推着自己的自行车进到医院的自行车棚，刚支好车，就突然听得一个熟悉的声音从耳边传来，循着声音看去，竟是文。文在和她的同事打招呼。文没有看到他，而他第一次看到文的背影，不穿白大褂儿的背影。文留着齐颈的短发，身高在一米六五左右。文的背影显得婀娜多姿，身形苗条，走路的姿态像是一蹦一跳的，活脱的像是一个小女孩儿。

这是天悦和文在自行车棚里的一次没有面对面的相遇。实际上，医院很多同事都是骑自行车上下班，包括年轻的大夫和护士，无论是天气晴好，还是风雨交加。总之，无论是人，还是此情此景，一切都是那样的真实、朴素，既富有朝气，又充满了大气。

马上就临近春节了，门诊病人不是很多，住院病人也越来越少。一天下午，天悦接到内科监护病房的电话，迅速推着机器来到病房。病房里只有三个重症监护病人，而大夫护士却有八九个，文恰巧也在其中。

天悦检查完病人，正准备走的时候，文看到天悦，兴冲冲地迎了上去，问道：

“呵呵，怎么是你？这么巧？”

“怎么了？不欢迎吗？呵呵！”天悦笑着说。

“欢迎啦！呵呵！”，文笑着回答，接着说道，“你辛苦啦！”

“没有，不辛苦的！”天悦问文，“你也骑自行车上下班吗？”

“是啊！你怎么知道的？”

天悦笑而不答，接着问：“你住哪呀？”

“我住东城，东单那边，米市大街，你知道吗？”文回答。

“当然知道啦！我住东城区东四隆福寺街。”天悦说。

“真的吗？呵呵呵呵！”文听后不禁俯身开心地笑了起来。

“离得这么近，太意外了！”文笑着说，然后接着问道：“你是骑自行车上下班吗？下班后能帮我驮点东西回家吗？”

“可以啊！东西多吗？”天悦问。

“不多，就是科里发的一箱鸡蛋，和一桶油。”文说。

“没问题。”天悦痛快地回答。

下班后，天悦去了文那里，取了鸡蛋和油后一起到了自行车棚。天悦骑的是一辆永久牌二八自行车，而文骑的是辆比二六自行车还小的自行车。天悦先把一箱鸡蛋在自己的车后座上捆好，再把油压在上面一起捆好。

两个人骑着自行车往回东单的路上。一般情况下，天悦骑车从东四家到阜成门外只要25分钟左右。文骑车慢，天悦今天也和文保持一样的车速。两个人边骑车边聊天，边聊天边彼此看着对方。

文告诉天悦，文的家在协和医院附近，文的父母是在协和医院工作。

“嚯！够牛！”天悦说。

文还说自己的年龄生日是什么时候的，当天悦得知文的年龄比自己还要大几个月时，天悦来了一句：

“嚯！你比我还大点。”

“你就知道嚯嚯嚯嚯，以后就管你叫嚯嚯了！”文嗔怪地说。

天悦听了后笑了，他侧过头仔细看了一眼文，文也看了他一眼。随即，文的白皙的面庞透出绯红。

文比较瘦，但面庞白皙，清秀。文的一双眼睛很亮，透出一股灵气。在天悦眼里，文是一个热情但不失腼腆、率性又不失聪慧的女孩子。最让天悦喜欢的是，文每次笑的时候，双颊上大嘴两边就会引出两个可爱的小酒窝。

到了地方了，天悦把油和一箱鸡蛋都放在了文所住的楼下的门卫室旁边，天悦说：

“陪你到家了，你赶快提溜着东西上楼吧。”

“好的。你辛苦了！多谢了啊！”文感激地说。

“没关系的。”天悦边说着边一下跨上自行车座，调转车把，刚要骑走的瞬间，背后又传来文的声音，“哎！稍等下。”

“怎么了？”天悦一脚站在自行车脚蹬子上，一只脚支着地面，回过头看，他看到文紧走几步来到面前。

“你明天早晨能来接我吗？来这儿接我，我们一起去上班。”文说道，眼神儿中透着期待，还透着不安。

“几点呢？没问题！”天悦大方地回复。

“六点一刻吧！”文肯定地说。

“好的，明天早晨见。”天悦爽快地答应下来了。

那个时期，在天悦的记忆中，北京其他的医院差不多都是早晨八点上班，只有自己工作的医院是早晨七点上班。他所工作的医院在当时以至现在，无论在北京还是在全国，都是名气响当当的。在当时的北京医疗圈有着“三坛一阜”之说，就包含有他工作的医院；在电影《当北京遇到西雅图》的第一部里，也能看到他工作过的医院。

工作了一天，天悦很疲惫，他回到家里，吃完饭休息了会，就去了平那里。

平是天悦的女朋友，也是北京女孩儿，家住在北二环里，离着北锣鼓巷近。平做的是财务工作，在一家小的工厂。平当时比天悦大一岁，两个人认识是通过父亲的熟人介绍的。平的一家人都很善良，是属于踏实过日子的。平的奶奶非常和蔼可亲，对天悦也很关心。天悦除了在医院值夜班和每周上三个晚上的英语课以外，其他时候都是每天下班后要么直接骑车去平那里，要么先回东四家后再去平那里，但是每次都是和平待到晚上九点，他就还要回东四自己家。

新的一天到来了，天悦早早起床，骑着车去接文。他并没有想过要告诉文，说自己有女朋友，更没有想过接下去会发生什么，他也不想想那么多！因为每天都要面对无数的人，无数的面孔。

早晨的空气寒凉中略带些春意，空气非常的透明。天悦六点就到了文的楼下，他静静地等着，等着命中注定要经历的一个优秀的女孩子。

“早啊！呵呵呵呵。”耳边传来的是文的特有的笑声。

“看，看看我给你带了什么？”文边说边从包里拿出了一个用纸包好的东西并轻轻地打开，“三明治，我妈妈做的。”

天悦闻到了文递到自己面前的热乎乎的三明治腾起的香气，他接过来很认真地嚼了起来，露出很开心的样子。

“好吃，谢谢！”天悦边吃边笑着感谢道，眼镜后的一双眼睛本来就小，这一笑，两眼就眯成了一条缝。

“你慢点吃，没人和你抢。”文大笑着说。

天悦和文骑着自行车，从协和医院北边的胡同里通过，穿到王府井大街，再沿着王府井大街北边路口向西，骑过东华门，再向西，到故宫东门后沿着筒子河边城墙下的林荫路奔故宫北门，就到了景山公园南门，再向西一路经过北海公园、府右街、西四、白塔寺、阜成门内到单位。

1992年时的北京大街的早晨，就是自行车车流滚滚，北京人往往就是骑自行车从一个区到另一个区甚至跨两个区上班，无论其家庭或者个人经济条件如何。一路上忽而快忽而慢，两个人谈笑风生。天悦知道了更多的关于文的经历和家庭情况，却不知道自从这天早晨接文上班开始，还会有连续第二天、第三天、第四天……要接文上班，也没想到还会有连续第二天、第三天、第四天……接文下班。

那次以后，一切波澜不惊！即便在医院里，在上下班时被同事看到他们两个人在一起，也没有人会对他们在一起想入非非。

转眼间，要春节放假了。一天中午下班前，文来到科里来找天悦，相约去食堂吃饭。路上，文提到春节要陪她母亲回趟上海，她要了天悦家里的座机电话。吃完饭，文约着天悦在医院院儿里散步。突然，文咳嗽了起来，不得已，天悦要送文回病房午休，但被文拒绝了。

“去我的宿舍吧，去我宿舍坐会儿。”文说道。

天悦听后无比的惊讶！他惊讶的不是文约他去宿舍，而是惊讶文既不是外地来的进修大夫，家也不是外地的，医院怎么就会能分给她一间宿舍呢？

天悦随着文来到宿舍，那是一栋六层小楼，住在楼里的人分为三部分，一部分是进修大夫，一部分是刚分配来工作的大学生，还有些研究生，当然剩下的那部分人就是无房户。那个年代，很多同事结婚多年都因为在医院里分房时排不上号而没有房，不得不奋勇抢占宿舍做婚房，经常是两对夫妻共用一套宿舍，也不愿意住到医院分在方庄的房子或者分在劲松的房子。因为无论方庄还是劲松，在那个时期，都是属于在北京城的比较荒凉的地方了。

一先一后，两个人上了楼。文打开宿舍的门，把饭盒放到靠窗的桌子上。宿舍里进门分左右各有一组上下床铺，文睡的是左手的一组上下床铺的下铺，挂着蚊帐，铺位上的被子没叠。

“嚯，不错！”天悦环顾着四周而后羡慕地说道。

文坐在床边，招呼天悦坐下。天悦并不想坐，他站在桌子前，看着窗户外面。

“你在想什么？”文轻声地问。

“没有，没想什么。呃，不，我在想我的大学宿舍，呵呵。”天悦回答道。

“你想要什么，需要我给你带的，我在上海买了后回京带给你。”文轻声地继续问着。

“不用，什么都不用带，呵呵。”天悦侧身对着文，回答说。

“那你会想我吗？”文语气一转，直接地问天悦，天悦转过身，看着文，无言以对，他不知道该怎么说。他依然没有告诉文，没有说自己现在有谈女朋友，而且都已经见过双方父母了。他看着文，他忸怩地问道：

“是你自己回上海吗？还是和父母？还是和男朋友？”

“我和妈妈回上海。”文回答，接着说，“我有男朋友，他和我是同学，但他不在北京，还在学校读研究生，我们有时会写信交流。”

“嚯，这样啊！”天悦应声说，然后问：“你会想他吗？”

“想吧，他对我很好，在大学期间，他总是尽可能地陪在我身边。”

……

就这样，在一个小时里，文讲了很多她和男朋友的故事，天悦也很仔细地听着。从文讲的故事来看，天悦大概能判断出文在学校里念书时，是一个任性、开朗，间或脆弱，然而更加多情，总之这样的一个女孩子。

春节期间，文每天给天悦打电话，不是煲电话粥那类，每次电话交流内容和时间长短都是恰到好处。而天悦也依然该和平在一起时就在一起，他同样没有告诉平，没有提文的事情。天悦不喜欢谈自己的工作和工作中遇到的问题，不管是对谁，哪怕是对自己的父母。

春节假期结束了，又开始上班了，上了几天班了，反倒没有文的消息了。这是天悦和文认识一个多月以来第一次失联。不知怎么了，天悦觉得自己的内心有点惆怅，他的内心告诉他，他是想文的。

天悦自己也很困惑，他第一次有这样的心动，以前从没有过，居然是对自己的女同事。要知道，在医院里，一直有几个护士非常喜欢天悦，以至于每次他在科里值夜班时，只要赶上对方在，而且只要对方也知道他在值班，对方就会主动来陪他。陪他工作，陪他吃饭，陪他聊天。天悦尽管他对她们无意，也不曾对她们有过任何暗示。

举例，有一个周末，天悦在科里值班，一个叫雯的护士来到科里看天悦。没病人的时候，两个人坐在值班室的同一条长椅上聊天，但是之间隔着两个人的空当。因为长椅的一端有个枕头，天悦随手把那个枕头抓过来，自顾自地把枕头抱在了怀里。

聊着聊着，雯看着天悦，突然问道："你为什么抱个枕头，不抱着我呢？"

"我、我、我没事就爱抱着个枕头，呵呵。"天悦腼腆地笑着说。

"你现在抱着我呗！"雯大方地要求着天悦。

"哪儿敢啊！值班呢。"天悦一听，愣了下神儿，马上望了望值班室门外面，就很胆怯地回复雯。雯随即露出非常失落的表情。

……

雯比天悦小四岁，是个美丽清纯的女孩，是个认真的女孩，是个想要结婚的女孩。但天悦并无同样的想法，无论是对哪个女孩。几次那样的聊天下来，由于受到天悦的冷落，最终成了雯与他的最后一次聊天。那以后，没有半年，雯就结婚嫁人了，并很快有了孩子。

总之，那个时期的天悦，想法很多，但都是继续深造、继续学习、考研、出国或者进外企的想法，而结婚的念头则被排在最后。另外，他绝对不是一个对女人始乱终弃的男人。

过了正月十五了。一天下班时，天悦来到自行车棚准备骑自行车，突然他眼前一亮，是文，只看见文在不远处站着。他走到文面前，才注意到不知什么时候文的自行车也紧贴着自己的自行车放着。

他看着文的眼睛，文也看着他的眼睛，就这样对视着，他注意到文的眼睛里透着一股忧郁。两个人骑车回家的路上，天悦从文的口中了解到，在春节期间，文与他的男朋友就未来走到一起的可能性问题发生了争执，并为此还与自己的母亲大吵了一架，吵得很激烈。文的母亲希望文能够与研究生男朋友交往下去，文的父母都有能力并愿意考虑托关系把文的男朋友弄到北京来工作。

但天悦隐约觉得文已经有了要和男朋友分手的念头。在骑行到景山公园时，他发现骑行在里道的文并没有照常往故宫北门筒子河边城墙根儿拐车把，而是继续前行，这差点把正欲拐车把的他别倒。他急切地问道：

“你这是要去哪呀？”

“陪你回家。”文毫不犹豫地说。

“啊？”天悦啊了一声，但没再说什么。

天悦带着文来到自己家，文也见到了天悦的父母，文很有礼貌地和他的父母打了招呼。随后，他盛了些饭菜带着文来到另一间屋子里。两个人默默地吃完饭，一起坐在天悦的床头。两个人依然都没开口。

坐着坐着，文忽然脸朝着他说：“嚯嚯，你喜欢我吗？”

“嚯嚯？你管我叫什么？”天悦刹那间被文对他的称呼逗乐了，这是文第一次称呼天悦“嚯嚯”。

“唉！你是个才女！谁不喜欢呢，呵呵。”天悦笑着说，继而问道：“可是你有男朋友，你父母又喜欢他，你何必跟你父母吵架，惹他们不高兴呢？”

“可是我喜欢你！”文突然抓住天悦的手。

就这么待了一会，空气仿佛凝滞了，屋子里显得很闷，天悦额头沁出了汗，他不知道该说什么、不该说什么，而此时，文已经把头枕在了他的肩膀上。两个人就这样在一起坐了良久。

“文，你困了吧？我送你回家早点休息吧！这时间也不早了。”他关心地问道。

“我不想回去。”文噘着嘴说。

“那哪成啊？你父母不得急坏了？”天悦很吃惊地问，接着说，“现在已经快十点了。”

“我给我妈打个电话。”文说。

迫不得已，天悦把座机的电话筒递给了文，文拨通了家里的电话，说道：

“妈妈，休息了吗，别等我了，我今晚不回去住了。”

“什么？你为什么不回家住？你在哪里呢？”听筒那边传来了文的母亲的焦急的话音儿。

“您甭管我在哪里？我明天回去！”

……

文边通话，情绪也越激动，径自在电话里和她的母亲吵了起来。天悦还在纠结当中的时候，突然就听文拉长了声音对着听筒说：“我现在天悦家呢。”并随手把听筒交到天悦手里，天悦不得不强打起十分的精神，和文的母亲通话。

“阿姨您好，我是天悦，文的同事，她现在我家里，就在东四这边，她已经吃过饭了，就是心情不太好。您放心，我马上送她回家。”文的母亲在电话里表示了感谢。

这一刻，天悦似乎才知道，文的父母应该是已经知道自己的存在了，尽管他和文什么事情也没有。尽管文还是不高兴，但是天悦还是连拉带拽地把文拉出了屋子。

天悦骑着文的自行车，文坐在后座上，天悦把文送到了她家住的楼底下，文把自行车放好后，从包里拿出一件东西交到天悦手里，告诉天悦说这件衬衫是她在上海给他买的。天悦还没来得及表示感谢，文便一下子扑到他的怀里，接着抽泣起来。

在午夜的春寒料峭中，街边儿上除他们两个人在一起，已经看不到什么行人了。此时的天悦实际脑子里一片空白，而没有任何一点点的兴奋，或者幸福感。但他还是没有说，或者说是不敢说自己有乎，因为他不能在一件事情还没有开始或许也不会有结果的时候去说不该说的话。

文抬起头来，望着天悦，眼里噙着泪花。天悦帮文拭去眼角的泪水，凝视着文的眼睛，忍不住轻轻地吻了一下文的额头，文的脸上才又重现出开心的微笑。

"赶快上楼吧！别让你父母等得不耐烦了。"天悦说着。

"好的！那明天早晨见！"文说道。

"啊！我那——"天悦似乎心情很矛盾，但还是对文说："知道了。"

天悦看着文离开后，悻悻地往家走，而路上竟然又刮起了大风，他内心变得多少有些惊恐，不得不紧张地加快脚步往家走。

平静的等待

1992 年对于天悦来说，是工作学习紧张、人际关系紧张、个人情感不寻常的一年。

在学习方面，天悦在北京医科大学临床医学专修班的课程学习进入尾声，夏天就要面临理论课毕业考试，之后要进入北京积水潭那边的一家知名大医院做大内科轮转学习，需要全脱产，一直到 1993 年结束。由于自己所工作的科室工作忙人手少，他和主任协商，征得科主任的同意，才能到时得以成行。

而一直以来在与同事的人际关系处理上，天悦则存在很多短板。用科主任老戴的话来说，天悦骨子里有一种莫名的清高，在与同事相处时，总给同事形成一种距离感。

天悦在个人情感方面，与平的关系只能说是很平淡，或者说朴素得不能再朴素的一种情感。他经常去接平下班，但他几乎不会进到平的单位里边，更多是在门口坐在自行车的后座子上等平出来。

无论用什么样的审美标准去衡量，平都是一个身材啦长相啦都很标致的女孩。最重要的是，平是一个自信的女孩儿，是一个典型的北京大妞。平是圆脸，有着一双水汪汪的大眼睛，眉清目秀。平每次笑的时候，总爱露出点舌尖儿。平穿着朴素，上班时就穿着工厂的工作服，平时则爱穿类似工服的套装或者裙装。平从来都是喜欢穿高跟儿皮鞋，穿高跟儿皮鞋时，身高得有一米六五多。

平所在的单位是在北京东城南锣鼓巷附近的一家仪器仪表厂，平的身份是工人身份，即便平做财务出纳工作。偶尔天悦随着平进到厂里边，有时候当他看到厂里有些男的一看到平时，那眼光顿时就变得色迷迷的，或者对平嬉皮笑脸的，让他内心就有一种不舒服的感觉。

总之，天悦是不会主动与平的同事打招呼的。相反的是，平对待那样的男同事表现出来的一些行为举止，总是处理得恰到好处。他知道，平在厂里，人缘儿非常好，最主要的是，大家都喜欢平。无论平走到哪里，都能带去快乐。

平性情就是外向的，一个无忧无虑的女孩儿，是个独生女，在家里是个乖乖女。她的父母都是学校的行政工作人员，观念非常传统，在子女教育和婚姻大事的看法上也与天悦的父母一拍即合。在很多人眼里，都觉得天悦和平两个人很适合，也觉得两家“门当户对”。关键在于平也是这么认为的。

平平时去天悦家的次数少，天悦则是几乎一下班就去平的家，和平全家一起吃晚饭。很长一段时间里，天悦活脱就是一个“上门女婿”，以至于平所住的楼里，楼上楼下的那些邻居都非常羡慕平的父母。

平全家人告诉天悦到家来就好，什么东西都不用买。每次吃完晚饭，总是平的奶奶刷碗刷盘子，绝不让他湿一个手指头。每次吃完晚饭，平的父母、平的奶奶都要出去遛弯儿，刻意要给平和他留下私密的空间，让两个人有更多时间在一起。

每次两个人在一起，要么拍巴掌做游戏，要么下跳棋，要么一起看电视，要么听平讲一天里厂里发生的事情，等等。当然少不了亲密爱抚。不过不管怎样，只要一到晚上九点，天悦就要回东四家了。平和父母住在一起，天悦也和父母住在一起。

只有一次，天悦在平的家里留宿了一晚。那天晚上，他将要回家时，窗外突然狂风大作，风力接近六七级，吹得地面上的细沙碎石打到窗玻璃上啪啪作响。他赶快向平和家人告别，平和奶奶刚把他送到楼门口，岂料暴雨倾盆而下，紧接着“轰隆隆”电闪雷鸣，三个人不得不都退回楼门里。

“这么大的雨，你就别走了，今晚就住在家里吧。”奶奶恳切地对天悦说。

这时候，平的父亲母亲也从屋里出来到楼道，说：“你别回去了，这么大的暴雨，天儿又黑，路上不安全，今晚就在这儿住。”

“那怎么好？”天悦还在犹豫。

“有什么不好？我们一家子又不会吃了你，呵呵。”平接茬道。

当晚，平的父亲在家里的储物间支了一个弹簧床。奶奶和平是睡一间屋，奶奶睡一张单人床，平自己睡一张单人床，所以父母能给天悦在储物间支个床实属不易。

午夜了，外面的雨声一点不见小，雷声不断，闪电不断照亮着储物间。天悦难以入睡。此时的他光着膀子，只穿了一条内裤，身上盖着一块大毛巾，看着窗户外面。

突然，“吱”的一声，储物间的门被推开了，吓得天悦一骨碌从弹簧床上坐起来。

“是我！”原来是平推得门开。

“你怎么还没睡？”天悦问。

“我睡不着，想来陪你。”平回答着，关好了门后走到了床边。天悦赶紧把身体往弹簧床的另一侧挪了挪，给平留下了躺着的地方，平顺势躺了下来。

借着不断的闪电的白光，天悦注意到，平戴着胸罩，也只穿了件内裤。两个人以往每次亲密时，都是穿着衣服裤子，除了接吻以外，他也就是能隔着衣服爱抚平。现在当看到平的身体如此暴露，他竟然有些不知所措。

此时的平看着天悦的眼睛，咬着嘴唇，竟用手自己解开了胸罩，并扔在了一边。然后她伸出双臂抱住了天悦，天悦这时不由得俯下身，蹩然和平接吻起来。

天悦感觉自己浑身满血状态，神经非常亢奋，性激素不断分泌。他吻了平的唇后，又开始亲吻平的乳房。在闪电的光映衬下，平凸起的乳房盈满白亮，由于受到爱抚的刺激，平的乳头开始变得硬质。他一边亲吻平左侧的乳头，一边用右手揉捏平右侧的乳房。平的身体开始扭动，天悦几乎用了二十分钟的时间爱抚和亲吻平的乳头儿。

平的双腿也不断地来回交叉并摩擦天悦的大腿，天悦干脆从弹簧床上下到地上，双膝跪在自己的拖鞋上，然后轻轻地把平的内裤剥下来。他一边亲吻着平的光滑的腹部，一边用手指向那里划动，一直划下去……平全身抖动了一下，发出了轻轻的尖叫声……

当他再躺回到平的身边时，平的全身都已经是汗水淋漓了。不过，两个人并没有做爱。

事实上，两个人从第一次亲密到现在，从来没有发生过性关系，没有做过爱。上上次，他试图和平做爱，可是平却狠狠地扇了他一巴掌，打得他的脸生疼。这次他主动选择了放弃，他没再主动要求做爱，说他想插进去。

“感觉还好吗？”他一边吻着平的额头一边问。

“很舒服。”平轻声地回答。

天悦看着电光照映下的平，美丽的圆脸庞，白皙的面颊，幽亮的瞳孔，总之能被照见一些羞涩。他端详着平，想说什么，又止住了。这就是自己未来的妻子吗？天悦扪心自问着，他内心其实有很多的纠结。但不管有什么样的纠结，那时他都还没有认识后来出现的文。

也许天悦和文两个人都在平静地等待着什么。

复杂人格的形成

1992年的春天总算到来了。

虽然天悦有平，又认识了文，但是他竭力思考着自己的现实生活应该是什么样子的，思考着自己的未来人生应该是什么样子的。他并不认为现在所有的一切就是他想要的。需要强调的一点，就是天悦是一个有着多重性格的人，而性格在某种程度上讲被认为能决定或者至少会影响一个人的人生。

天悦大部分的时候都是很敏感的，容易关注别人对他的看法或者态度，也爱单方面地去揣度对方的心思，这往往使他容易在任何时候面对任何场合会见任何人时都显得紧张严肃。从心理学角度讲，这属于社交综合征，其实是一种自卑感的表现。那么还有很多时候，他显得沉着镇定，文质彬彬，很有主见。只有在很少很少的时候，他才会可以显露出他的内秀、才华、浪漫和特有的冷幽默。

天悦从小就有着不同寻常的复杂个性。因为从他小的时候起，父母对他和他的弟弟的教育原则就是——毕竟是男孩子，自己觉得怎么好就怎么做；但是一旦决定了去做一件事情的话，就必须得能承担得起责任。如果承担不起责任的话，就不要去做。如此，他的为人处世的行为和思辨很大程度上讲是受家庭影响而成，他有时像是一个自相矛盾的人，要么很有主见很执着，要么很轻易放弃。

天悦在上小学时，他的一个叫刘战的班主任曾经对别人形容他“蔫儿坏”，就是因为那时的他很能给班里的小伙伴们出主意，而后看着那些小伙伴去做，他在后面指挥。当然，挨批的话也是他挨批。

有一次，天悦在北京市少年宫参加市级少先队活动，有科学家爷爷奶奶也光临现场，和少先队员们共庆节日。有一位叫茅以升的科学家爷爷摸着天悦的一个男同学的头，问那男同学长大了想做什么时，那个同学举起小拳头说——“我长大了要当火车司机！”当茅爷爷问到天悦，说你长大想做什么的时候，天悦激动地回答——“我长大了要当解放军！”

又有一次，北京市举办青少年绘画展，入围作品将会在中国美术馆展出。学校的美术老师动员包括天悦在内的有绘画爱好和一定功底的几个同学参加活动并提交作品。其他几个同学提交的作品都是画景或者画花鸟的，只有天悦画了一幅一对儿父子一起批判“四人帮”的作品。结果父子一起批判“四人帮”这幅画入围并参加了美术馆展出，似乎他天生就正直，对政治敏感。

再如，上高三时文理科分班，班主任和父母以及亲戚朋友都嘱咐天悦一定要到文科班，参加文科高考。而他却固执地报了理科，结果因为高考成绩不理想，没能考上西安的西北工业大学，而是上了西安的一所军医大学的分校，当然也意外实现了儿时从军的梦想。

不同寻常的个性自然而然地会影响到天悦对未来个人问题的判断。

骨子里，天悦还没做好准备说是一工作就结婚。还有个问题就是，他甚至有着一些牢固的自卑感，从小时候就有的，因为一些个人特质导致的。所以他担心以后自卑感会被女朋友或者老婆嫌弃。

天悦记得自己上小学的第一天，父亲带他去学校报到，父亲当着他的面告诉班主任尚老师，说天悦“脑子慢”，请尚老师多关照！后来长大工作后，他就很忌讳别人说他脑子慢。

天悦记得小时候，每当他自己或者带着弟弟要出院儿门去胡同里玩耍时，都会被胡同里同龄的或者年龄大些的孩子欺负，因为他家里“出身不好”！他也打不过那些孩子，父亲就常常骂他怂。他长大工作后，他遇到问题就有理说理，能忍则忍。

天悦记得小时候，在有一次想和亲戚的大孩子们一起玩的时候，其中一个大的姐姐嫌弃他说话语速慢，和别的大孩子一起“歧视”他，不带他玩。他长大工作后，也很忌讳别人或者同事嫌弃他说话慢。

天悦记得小时候，可能是由于家庭出身不好所受的冲击，他的父母的情绪经常不好，会动辄对他发脾气，嫌他这个做得不好、那个做得不好，他挨了父母的打几倍于他的弟弟。每次挨打，或者被罚跪搓衣板儿，换了别的孩子会哭叫喊疼，可他总咬牙坚持，一声不吭。他长大工作后，遇到顺境，他自己独享快乐，遇到逆境，他则是一个人咬牙扛着。

从小到大，天悦已经逐渐形成了一种独立的、固执的、坚忍的又含有自卑的复杂性格，用后来的标准衡量，更接近于青少年自闭症。那时的天悦他又接近疯狂，总梦想着有一天能摆脱家庭的束缚，摆脱父母的严苛管教，能够自由地学习与成长，能够自由地创造与生活。他希望尽快自己启动自己的人生模式。

天悦在军队院校学习生活的几年里，虽然环境非常艰苦，但他一点也没有抱怨，正是因为那种环境就是他想要的。在那几年里，他一边学习，一边看很多书，一边努力锻炼身体。高中毕业时，他的身高只有一米六五，在班里从矮到高列队时，他站在矮的一侧的第三；从军校毕业时，身高已经长到一米七五。锻炼身体使他获益。

在读课外书方面，天悦没有像其他同学那样去购买和阅读三毛、琼瑶等写的书，他看的书只有两种，一种是张贤亮的小说，一种是关于“骑士精神”的书。

天悦所了解的关于“骑士精神”方面的书，比如《骑士制度》埃德加·普雷斯蒂奇（英）、《图解世界战争战法：中世纪》马修·贝内特（英）、《封建社会》马克布洛赫（法）、《风俗论（中册）》伏尔泰（法）、

《骑士、妇女和教士 》杜比（法）等，但他只看过其中的三本。

天悦内心一直希望自己能够具备一些“骑士精神”。在他眼里，骑士精神和道德是自己崇尚的血缘中自带的贵族文化精神，更是一种在特定环境下社会生活与自我认知的完美结合。在西方，骑士精神是以个人身份的优越感为基础的道德与人格精神的表现，积淀着西欧民族远古尚武精神的积极因素。荣誉至上，忠诚守信，英勇无畏，勇敢尚武，骑士精神所承载的是整个中世纪西欧社会的信仰与价值，代表了中世纪贵族的高尚品格。又受到基督教宣誓及献身理念的培养，再经过宫廷文化的渲染，最终在中世纪形成。

天悦认为，骑士精神是基督教思想内涵的特定表达与骑士自身在社会大环境下自我认知的结合，不仅对于骑士阶级本身是种强化，而且对于整个中世纪西欧社会的行为规范产生了深远影响。骑士精神根源于日耳曼民族的尚武传统和忠诚习俗，具体体现为谦卑、荣誉、牺牲、英勇、怜悯、诚信、公正、灵魂。他认为，中国的儒家思想没有注重荣誉、公正、怜悯和灵魂的内容。

索尔慈伯里的约翰曾经说过：“为什么建立骑士制度？……为了保护穷人免受不公正对待，为了生活得到安宁，为了献出自己的鲜血，如果需要，愿为兄弟献出生命。”《骑士规则全书》中写道：“骑士的使命就是做穷人的保护者，这样富人就不会伤害穷人；骑士的使命就是救济弱者，这样强者就不会欺压他们。”史诗中强调，骑士无论何时都要理解和体谅弱者，“每一位绅士，每一位骑士，都有义务陪伴弱者，这样就不会有人去骚扰他、攻击他，他因骑士的庇护而拥有崇高的勇气。”查理曼临终前吩咐其子：“不要在穷人面前显露声望和名誉，而要给予他们帮助和建议。”

“骑士精神”成为天悦的人生理想，尽管不知道能否实现，也许在中国永远不可能实现。但他同时也酷爱看张贤亮写的小说，例如《灵与肉》《绿化树》《男人的一半是女人》《肖尔布拉克》《初吻》《青春期》《浪漫的黑炮》《我的菩提树》。进一步地说，张贤亮的小说间接促进了天悦在青年时期人格、理想和价值观的整合。

张贤亮在《满纸荒唐言》那篇文章里，详尽地叙述了他自己个人的经历和遭遇，他特别呼吁要注意研究作家的精神气质。他说："一个人在青年时期的一小段对他有强烈影响的经历，他神经上受到的某种巨大的震撼，甚至能决定他一生中的心理状态，使他成为某一种特定精神类型的人……如果这个人恰恰是个作家，那么不管他选择什么题材，他的表现方式、艺术风格、感情基调、语言色彩则会被这种特定的精神气质所支配。"

天悦觉得统观张贤亮的创作，可以说，张贤亮的小说就是张贤亮独特的精神气质外化而成的哲理与诗美的结晶。要深入理解张贤亮的小说，应该注意他的精神气质。研究张贤亮的精神气质，首先应注意到他青年时期的经历。张贤亮在 1957 年 4 月 7 日写给《延河》编辑部的信中，以一种直率的年轻人的激烈和自信宣称："我要做诗人，我不把自己在一个伟大的时代里的感受去感染别人，不以我胸中的火焰去点燃下一代的火炬，这是一种罪恶，同时，我有信心，我有可能，况且我已经自觉地挑起了这个担子……"这足以让天悦看到青年张贤亮对人生的奋进和在文学事业上的宏大抱负。在张贤亮当时发表的《夜》《在收工后唱的歌》《在傍晚唱山歌》《大风歌》等抒情诗中，也显露出张贤亮感情炽热、富有浪漫色彩和幻想等诗人的气质。

天悦认为，由于张贤亮随即因《大风歌》罹祸，这无疑使张贤亮神经上受到巨大的震撼，这使张贤亮的精神气质又渗进了一种悲剧色彩，一种愤激、悲怆的孤独感。如同张贤亮自己所说："心灵的深处总有一个孤独感的内核"。在近二十年的生活磨难中，张贤亮从生活的底层汲取了酸甜苦辣必备的人生经验（包括接受大西北的自然环境和劳动人民的熏陶），这又使张贤亮的精神气质中融进了一种对人生的哲学沉思。

正是上述种种因素，对张贤亮作品的艺术氛围、感情基调、语言色彩等起着重要的潜移默化的作用，形成他那雄健、深沉、凝重并富有哲理性思辨色彩的艺术风格，而这些正是天悦所欠缺的，又是他所崇拜张贤亮的地方。

在空军的几年，是天悦人生中最重要的几年，因为决定他一生的人生哲学和人格气质都是在军队这宝贵的几年里基本奠定形成。他一直有一种追求与别人“不一样”的念头，或者说是梦想。

在读大学期间，他就已经被一些同学认为是一个“特立独行”的人。甚至，有的同学指出，他的人生结局要么是做国家领导，要么是进监狱。因为他自己承认，而且也被同学认为他是一个彻头彻尾的“国家主义者”。

心“潮”澎湃

时间一天一天过去了。虽然与平在一起一切如常，但随着时间的推移，天悦感觉平是一个安于现状的女孩子，对人生的理解和自己是不一样的。平与他在一起，聊的话题有限，而他和平在一起时，主要是听，他自己的话不多，也没有主动把对未来人生的规划对平说很多。因为他知道，一旦说出来了，平会问很多为什么。如果想“下海”，尤其是平的父母、平的奶奶都会反对，原因就是觉得天悦是学医的，家里有个学医的，无论谁碰到个头疼脑热，都能轻松应对。何况在医院工作稳定，又很体面。

但是平不知道，平的家人也不知道，国家机关事业单位的人际关系很复杂，天悦所工作的单位也是如此，而天悦的性情、脾气和内心都是难以适应复杂的人际关系的。

在医院工作期间，有一次，一个男同事趁天悦洗脸不注意时，拿走了他戴的眼镜却抵赖不还，他一怒之下，坚定自己的想法后，也趁那个男同事不注意，拿走了那个人穿的皮夹克。直到经科里领导和其他同事周旋，他才拿回自己的眼镜，但已经是事发后的一个月了。他拿回眼镜后才把皮夹克还给那个男同事，结果却只有他为此在全科当着所有同事面做了书面检查。这件事在科里曝光后，天悦的一个叫李小鹏的老师曾当着天悦的面，冲着拿天悦眼镜的那个男同事和其他同事提出自己的看法，就是大家互相开玩笑得有个度——如果不愿意帮人家，那也别害人家。还有科里的李益群主任也曾在全科会上发言，替天悦主持了公道。令人唏嘘的是，二十年后，那个当初拿天悦眼镜一直不还且事后也未向天悦道歉的男同事竟然被舌癌夺去了生命。

再有一次，一个男同事新婚休完婚假已经上班了，但主任仍然让天悦在一个周六替那同事值夜班。由于天悦已经在之前的一周里值了三个白班连夜班了，再加上周六晚上要上课学习英语，他内心里是不愿意替班的，但还是勉强答应了。而周日早晨应该接班的同事迟迟未到又无法联系上，所以他一怒之下，就自己先走了。由于“脱岗”的原因，他被主任送到医院的人事处。后来，他自己一边接受人事处马主任的好心劝慰，向科主任提交了书面的个人检查，一边却跑去北京当时的第一家也是唯一的可以公开招聘医务人员的北京市第六医院应聘工作。当然，最后结果还是被马主任劝回。

天悦在医院工作期间工作积极，也认真提高业务能力，并积极要求入党，但终于因为表现等各种原因没能入党。所以他逐渐萌生了其他的念头，如考研、“下海”等等。20 世纪 90 年代，全国掀起了一股国家干部辞职下海潮。据人社部数据显示，单就 1992 年，就有 12 万国家干部辞职下海，1000 多万国家干部停薪留职。

有一天晚上，天悦和平一家人边吃晚饭边聊着，他说：“现在下海的越来越多了，我们医院有个同事辞职下海做生意了。”天悦是干部身份，而且属于中央驻京单位国家干部。

“胡闹！”平的父亲听后说道，然后接着说：“我的一个哥们儿，他的儿子在全家的反对下竟然辞职创什么业。虽然他儿子对公职看得很淡，但在市财政局的工作多好啊！所以他的儿子辞职还是遭到了全家人的反对。”

平的父亲说的话显然是说给天悦听的。

“我知道，那小伙子兄弟姐妹六人，都在政府部门上班，那小伙子已经在市财政局工作了六年。体制内的性质与氛围稳定，可以一直过得都很舒服。每天按时上下班，今天干不完的工作可以留到明天。”平的母亲接茬说道。

“财政局的工作不错，待遇虽不算高，但很体面。他辞职时，家人相当不理解。”平的父亲回应着，又接着说：“你在财政局可以给家人朋友办很多事儿，辞职了你还能办吗？”

天悦知道，那个时候，邓小平南方谈话发表，鼓励创业。市场经济开始起步，越来越多的机会摆在了年轻人的面前。他知道，有很多人都选择了离开体制，闯入社会。不过大多数人都留了条后路，选择了“停薪留职”，也就是说，如果下海不成功，还可以再回归体制。

“问个很现实的问题，我看病有人报销，辞职下海了，得了病谁给报销呢？”平的母亲继续说。平的母亲做过先心病手术，身体健康状况不是很好，她显然很不理解那些做出“下海”的疯狂决定的年轻人。

平和奶奶只顾吃饭，平边听父母唠叨边咯咯咯儿地乐，吃饭的气氛并没有因为父母唠叨而受影响。

平的母亲突然打断了平的笑声，问平道：“闺女，你觉得呢？”

“不知道！”平干脆地回答。

尽管平说“不知道”，但“下海”已经成为时代的鲜明烙印。事实上，“下海潮”在全国各地很普遍。许多体制内的人都勇敢地下海创业了，许多大学生也把创业作为自己毕业后的梦想。敢下海的人，就能淘来一桶金，那个年代基本上是摆个地摊就能发财的时代。

不过很多人下海还属于半遮半掩状态。尤其是政府部门的人下海的方式也多是平级调到企业任职。天悦认为，事实证明，所谓的国家干部下海创业，在相当程度上就是利用原单位的公权力、利用在原单位中积累的人脉来赚钱，形成了“官商”。“官商”或有鲜明的时代特色，尤其是随着民营企业地位的提高，国家干部下海自己做生意也开始兴起。

所有这些情况，直接的或者间接地影响到各行各业。也就是说，医院里的很多医生护士也受到不同程度的诱惑，因为那时候外资企业开始进入中国，包括医药和医疗设备外资企业。

“嗯，现在的机会越来越多，但是有得必有失，有失必有得。”天悦边吃边对平的一家人说道。

“不管怎么说，你在医院工作就挺好的，别胡思乱想啊！”平的父亲当着平的奶奶、母亲和平的面儿严肃地对天悦说。

“呵呵，知道了！伯父。”天悦回复说。

平的父亲的前后一番话让天悦心“潮”起伏的同时，多少增添了些失望。而且，从经济角度来说，平每个月的收入只有八九十元，而天悦的工资奖金加夜班费、床旁费等，每个月加起来大部分时候也不过才一二百元，很少有到三百元的时候。说实话，两个人的工资都不高，而天悦每个月固定存钱，平均每个月存至少一百元。

不管天悦每个月收入高低，即便有时一个月能达到二三百元收入，可能还不如那些本院护士的收入高。当然，和北京的其他医院相比，天悦的收入竟然还算是高的了，但是毕竟是血汗钱！在医院工作其实非常辛苦，因为当时他已经有了很严重的神经衰弱。

平不知道，平的父母、平的奶奶也不知道，只有天悦的父母知道。因为天悦父母的工作也是搞医的，天悦的母亲是北京东直门医院的护士，所以了解个中缘由——综合医院的病人，无论门诊还是急诊，绝大部分都是头疼脑热或者磕伤碰伤的；而来天悦所工作的医院看病的病人，尤其是急诊病人都是危急重症心脏病人，一上来就是要死要活的。

综合医院急诊科大夫或者值夜班的大夫，夜班整夜很难睡觉，因为病人不断，所以倒也无所谓；而心脏专科医院的急诊病人相对少，所以有时天悦值夜班时会睡觉。由于是白班连夜班，往往一进入睡眠就是深睡眠，此时如果来了急诊病人，天悦被叫醒或者被其他病房来的电话叫醒，当时的值班电话机是老式的又大又沉的电话机，电话铃声一旦响起就特别的刺耳。如此天悦从一个深睡眠中被突然叫醒，进入一个高度紧张的工作状态，一夜里赶上三四次，几年下来，就会形成神经衰弱。

再加上医院开展大量的心血管介入治疗，天悦有时一天连续上几次介入手术台，如果再碰到溶栓治疗的情况，天悦每天都要“吃”很多放射线。而放射线“吃”多了对人体是有害的，最起码容易导致皮肤老化。

总之，天悦是这样的辛苦，天悦的同事也是一样的辛苦。事实上，所有医务人员工作都是非常辛苦的，而且这些付出的辛苦往往是常人难以体会到的。平一家人自然也是一样难以体会到的。

所以，天悦似乎有着充足的理由帮助自己做出任何的决定，只不过还不是时候。不管怎么说，他将在 1993 年的夏天结束在北医的学习，拿到毕业证书后，他就可以从容地安排下一步的事情，包括报考中国医学科学院基础所病理科或者中日友好医院病理科的研究生在内的各种选项。

难以摆脱的“意外”

起初，在天悦眼里，他和文的关系不过就是一种同事关系，能认识也是自然而然的，平才是他的女朋友。但是随着和文在一起的时候越来越多，他感觉文已经是对他真的动情了。而文也对天悦确认了已经和她的研究生在读的男朋友分手的事情。

随着文越来越多地黏着天悦，且充满激情，天悦和平在一起的时间越来越少，平却非常淡定。此时，平已经和天悦交往了半年多了，而且双方父母也已经见过面了，但文和天悦才相识两个月。直到此时，天悦才刚开始感觉到某种莫名的压力，以前从来没有面对过的。

天悦依然每天早晨骑车去接文一起上班，上班后，文会随时打电话到天悦的科里找天悦。中午天悦忙的时候，文会去食堂打一份饭菜送到天悦的科里。而文忙的时候，天悦也同样会去食堂打一份饭菜送到文的科里。在这种每天相处的时间对比中，显然文比平占了上风，毕竟文可以想什么时候见到天悦，什么时候就可以见到。而平对所有这一切都没有丝毫的觉察。

直到有一天，说好的下班后天悦去平的家里，但天悦没有去。那天下班前，天悦电话告诉文，自己有约在先，要按时下班回家的。可是到了下班的点儿，却接到了文的电话，文在电话里说："嚯嚯，我身体不舒服，我肚子疼。"

"怎么回事？吃了什么不好的食物了吗？"天悦关心地问道。

"没有，就是疼！"文接着说。

"我去找你！"天悦放下电话，直接去了文的科里。

文正在用钢笔一丝不苟地写着病历，见着天悦，文略显干燥的嘴唇浮现出一丝微笑。天悦给文倒了一杯热水，递到文的面前，一只手摸着文的额头，关心地说道："不发烧啊！没大问题，呵呵。"

"我还是肚子疼，我今晚不回家了。"文接着说。

"嗯，那你先写病历，写完病历，我送你回宿舍后再回家。"天悦说完，坐在一边看着文继续写病历。

文工作时的样子很认真，她微微地头朝一侧歪，边写边翻看各种检查报告单，还要随时回答别的医生和护士的提问，偶尔会抬起头瞥一下坐等的天悦，露出些满意的笑容，继而又"刷刷刷"地写病历。

虽然约好了去平的家，但天悦自信时间是来得及的。因为从阜成门外骑车到鼓楼只要 30 分钟，骑得快的话。

天悦正思忖着，文说道："嚯嚯，我写完了。"天悦随即陪着文来到宿舍，文躺下了，还依然说肚子疼，天悦凭着经验知道文肯定是要来例假了，所以开玩笑地问文："是不是'大姨妈'要光临了？呵呵。"

文点了点头，从抽屉里拿出了一片止疼片用水服下。

"我去给你买点饭你吃吧。"天悦说，文也点头同意了。

"你想吃点儿什么？"天悦问。

"都行！"文轻柔地说。

一会儿，天悦打来了一份儿海米烧冬瓜、一份黄瓜炒鸡蛋，一份儿米饭，端到文的面前。

“吃吧，文儿。”天悦说。

“嚁嚁，你打这么点儿，怎么够两个人吃呀？”文看到那饭菜后，吃惊地问天悦。

“我看你吃完，我就回家吃饭了。”天悦随口说着。

“什么？嚁嚁，你待这么一会儿就要走？”文听后一下子从床上坐起来，露出不开心的样子，把饭菜也推到一边。

天悦一看这情况，有些傻眼！一边是在等着天悦一起吃饭的平和平的家人，一边是嘴唇发干、面露疲惫、腹中疼痛的文。此时此刻，天悦知道，他只要有离开半步的意思，文就会又开始哭。

果不其然，文又开始抽泣起来。

“好了好了，我陪你一起吃，别哭了！”天悦好言劝慰着文。

“嚁嚁，你多吃些，我肚子疼，吃不了多少。”文说道。

吃完饭，天已经快黑了，文依然没有放天悦走的意思。

想给平打电话，但平家里没有座机。天悦想，这时的平和家人肯定很着急，肯定在想天悦不定出了什么事情。天悦虽然心焦，但文却选择了依偎在天悦的怀里，她不肯放天悦走，她希望天悦陪在她身边。天悦坐在床铺里边，后背靠着墙，双脚搭在床边上，脑子里在想着事情。

文紧紧地依偎在天悦的怀里，天悦不由得也抱紧了文的身体。

时间好像停滞了似的，屋里寂静的可以，唯能听得见文的手表的走针发出的“嘀嗒”声。

这时，两个人都感觉热了，出汗了，文自己把衣服一件一件地脱了挂在床头，躺下了，之后，文把手伸进天悦的衣服里，抚摸着天悦的胸口，说道：

“嚁嚁，你也躺下来吧。”接着说道：“我想让你抱着我。”

“嗯。”天悦无奈地答应着，也把衣服脱了躺了下来。

“文儿，肚子还疼吗？还喝水吗？”天悦问道。

“好些了。”文应答着，同时背过身去。天悦也侧过身，这时他知道瞎想什么也没用了，惴惴不安的一颗心反而变得放松了。

他看着文的裸着的后背，看着文的细腰，他一只胳膊伸到文的头颈下，另外一只胳膊搭在文的腰上。他的一只手抓着文的一个乳房，另一只手抚摸着文的小腹。他边回想曾经在自行车棚里看到的文的背影，边琢磨着现在发生的一切竟是如此的自然和真实。

他亲吻着文的脖颈后面，亲吻着文的肩膀。文似乎受到性的浸染，亲吻肩膀脖颈居然也让她发出阵阵的呻吟。文扭动着身体，屁股自然而然地碰到了天悦的下身，天悦也不由得颤动了下身体，两个人的身体侧身躺着紧紧地贴在一起。

天悦的心脏剧烈地跳动着，文也还在扭动着身体……

“你想吗？”天悦问。

“嗯，想要！”文轻声地说。

“可是你来例假了啊！”天悦说道。

“那我也想要！”文嘀咕着说。

……

直到此刻，天悦才真正放开来，才真正对文有了进一步的认识。在这个时候，文是属于天悦的。床铺不断发出的吱呀声，伴随着文不断发出的呻吟声……自从天悦几年前同初恋的女朋友分手以后，就再也没与任何女孩儿有过做爱了，直到这一晚与文。

夜已经很深了，但是屋里的灯依然亮着，文兴致不减地又和天悦做了一次，然后，她趴在天悦的身上，端详着天悦，突然惊喜地说：

“嚯嚯，你不是单眼皮儿！”

“真的吗？我眼睛不大，而且是单眼皮儿啊！”天悦惊讶地看着文说。

“嚯嚯，你是双眼皮儿，只不过是内双，呵呵。”文乐着说。

接着，文再一次把屁股滑向天悦的下身，插进过程中，天悦已经明显地感到从文的身体里流出了黏糊糊的液体……

第二天早起上班后，科里头天晚上值夜班的同事告知天悦，昨天晚上接到天悦的女朋友来的好几个电话，问询天悦昨天下班没有；同事告诉天悦的女朋友，天悦是按时下班走的。

与文一晚的缠绵亲密，让天悦自知有愧于平和平的家人，他自己也不想编造故事去蒙骗平和平的家人，不想更多地伤害平。他知道，只有果断地结束，才有可能解除自己心底的焦虑，同时明确和平的分手，可能才是对平一种真正的好。

痛心地与平分手

平一家人都很善良，平也很善良。大半年来，随着交往，两个人的情感关系尽管平淡，却朴实无华。平从未向天悦提出过要为自己买这买那，平的奶奶从未要求过天悦为平做这做那，平的父母同样从未要求过天悦为家里买这买那。不但没有，平还亲手一针一针地为天悦织了一件毛衣、一双毛线手套。

一直以来，之所以平淡，可能就在于平更愿意平静的等待，等待的就是天悦能向她提出结婚的那一天，平等着天悦说“我爱你”。而平的奶奶、平的父母也在平静地等待天悦的父母向他们提亲。

可是，平最终什么也没等到。就像天悦的母亲说的一样，平是一个很好的女孩儿。但是在“难以摆脱的意外”那一种情况下，天悦还是自己选择放弃了平，选择了错过本来不应该错过的婚姻！

那天晚上之后，天悦选择了沉默，没有主动电话平，也没有再去过平的家里。后来，听同事说，有一次平的父亲陪着平去医院科里找天悦，天悦也刚好上手术台，没能与平和平的父亲见到面。

最终，还是平主动地电话约天悦见面，见面地点在两个人第一次见面的地点——后海，平还要求天悦在见面时带上那件她亲手为他织的毛衣。

晚上六点钟的后海，天已经擦黑，后海水边的柳树、高低不齐的草木都透出一层层的新绿，倒映在水波中，似乎水流也变成了绿色。天悦和平两个人缓慢地走着，天悦时不时地看着前方。胡同里的路灯已经亮了起来，更加让人感觉到后海是个只见树木不见屋顶的绿色的森林地了。

“到底出什么事了？”平脚步停了下来，厉声地问天悦，此时的平满脸的愠怒，接着问道：“我给你织的毛衣带来了吗？”

天悦停了下来，继而走向岸边，耷拉着脑袋，没有吭声。

“你不想说是吧！”平边说着边坐在一块青石板上。

“毛衣我带来了。”天悦边回复着边转身，从挎包里取出毛衣，递给平。

“呜呜——”平不但没有伸手去接毛衣，反而双手捂住脸，开始凄然地呜咽起来，边哭边摇着头，只看见泪水从平的手指间缝里不断地滴落。

天悦只好上去，拍了拍平的肩膀，并递给平一块手帕，平还是不接，继而不顾一切地、干脆地放声大哭起来，全然不顾有遛弯或者路过的行人。在初春的静谧的后海边，文的哭声传得很远。

天悦神情非常紧张，他站在平的身边，看着平由于哭泣而颤动的肩膀，内心也是一阵阵酸楚。他更害怕平万一有什么想不开的地方。

毕竟自从两个人认识至今，平虽然没有尝到理想的爱情应该带来的快乐，但也从未有夹带着任何的烦恼和一丝忧虑，她反而有一种满足感。因为她本来就是和谁都不争，和谁争她也都不屑。

平从没有在天悦面前表露过对爱情的美好向望，平只渴望两个人在自己的小天地里过平静的情感生活，安居乐业即可，不管别的青年男女多么迷恋和憧憬爱情。

平曾经非常自信，到此刻才发现原来自己要经历一场令人心碎的情感打击，因为现实是无情的。平可能才意识到，实际上爱情往往是不由自主的，爱情也是无法用语言或者用金钱或者用时间来衡量。

……

平终于止住了哭泣，接过天悦手里的毛衣后站了起来，走到自行车边，把毛衣放到车筐里，然后转过头对天悦说：“我明白了！”

“我走了。”平说完这一句话，头也不回地推起自行车就走。

“平，我送你到家吧！”天悦追上去恳切地对平说。

“呵呵，不用了！”平转过脸看着天悦回复道，而平的嘴角此时挂着一丝不屑。

平终于离去了！天悦望着随风而动的水面，又望着渐渐消失在夜幕中的平的背影，自己的眼圈也红了，他知道自己对不起平全家人。

天悦的心情一团糟，此时不知套用“问君能有几多愁，一江春水向东流”这一千古名句是否合适，总之此刻天悦的内心酸楚同时更多了些惆怅和焦虑。他找了岸边一块石头坐了下来，一只手托着腮帮子，胡同口幽暗的灯光衬着天悦灰暗的情绪。

天悦的内心在思忖，思忖爱情也许更像是激流中的一个一个的漩涡，而一个人往往无力面对爱情激流里的漩涡，很容易被卷进去，被深深地吸进去，去了哪里呢？只有经历过的人才知道。

天悦在想，两个人在一起，只有心在一起时才真的是在一起，只有两个人的内心合在一起才是两个人永远的归宿。也就是说，爱情是激流，彼此忠诚才能经得住考验和沉浮，内心则是两个人最终的归宿！内心是什么样的，归宿就是什么样的。如果两个人的内心没能在爱情激流的漩涡中被卷得紧紧贴在一起，两个人就不可能真正走到一起。

面对爱情激流里的漩涡，对有的男女来说，愿意不离不弃，生死与共；而对有的男女来说，则是随波逐流的，或者一沉一浮，或者各自遁去。不管怎么说，忠诚对任何恋爱中的男女和已婚夫妻都是一种考验。

在与平分手差不多七八年后的一天，在天悦驾车路过西城区厂桥十字路口时，他意外地看到了平，平骑着一辆自行车，那自行车后座被改成个能坐下个小孩儿的后座儿。那一刻，他心里在默默地祝福着平一家人幸福平安，他默默地祝福着平一家人吉祥如意。

激情一夏

天悦与文的情感不断在继续，变得每天从早到晚都已经形影不离。到了 1992 年仲夏，医院里的门诊量和住院病人都少了，去医院的急重症心脏病人和从外地来的病人少了很多，所以医疗工作不似平时的忙碌。

每天清晨六点一刻，天悦准时地去协和医院接文，无论刮风下雨；

文每天早晨给天悦带一个三明治，热乎可口；

到单位后，两个人的自行车有地方的话就紧紧地放在一起，没地方也会找地方紧紧地放在一起；

中午吃饭，或者两个人一起去食堂吃饭，或者一个人去打两份饭再到另一个人的科里一起吃饭；

每次中午饭后，两个人手牵着手在医院院儿里散步晒太阳，尽管如此的张扬已经开始引来一些非议，但在两个人看来，世界是自己的，与别人毫无关系；

无论多忙，每天两个人都会彼此给对方打电话，互相关心对方的工作；

每天下班，两个人无论谁多忙，都要等对方忙完工作再一起走；

每次天悦值夜班，两个人都会通电话；

有时候天悦周末值班，文也会跑到医院陪天悦一起值班；

下班后，要么一起去王府井东华门小吃一条街吃小吃，要么一起去隆福寺小吃一条街吃小吃；

只要有好看的电影，两个人会去看；

两个人会一起经常讨论读书心得，比如马克·吐温的著作；

两个人也有吵架的时候，但很快就过去了；

文爱笑，也爱哭，但每次哭的时候，只要天悦把文抱在怀里，文马上就会破涕为笑；

两个人一起去的最远的地方，就是北京城东边朝阳区的八里庄，在那里，天悦的父亲的单位在 1988 年时分给了天悦的父亲一套两居室；

当然，两个人在一起时，总会充分地享受在一起的每分每秒；

无论做什么，需要花钱时，两个人都是不分你我；

两个人每次做爱时，都会非常的投入，边做爱边交流；

两个人不在一起时，无论听到其他同事对两个人的关系做任何评论，两个人都不会在意；

无论是谁，即便还有异性对自己表达好感时，也会礼貌地表示感谢；

……

整个儿一个夏天，两个人都是这样的。文和天悦从年初开始相识，到春天与各自的男朋友女朋友分手，到夏天的火焰一样炽热的情感，发展之快，令两个人周围的很多同龄人同事很羡慕，也让两个人所在科室的领导大感诧异。

因为在很多人眼里，文是一个优秀的女孩子，父母都是国内知名的医学专家，而天悦无论毕业的学校还是家庭背景还是个人前途还是什么的都是配不上文的。尽管天悦知道有很多同事所说的是有道理的，但依然非常坦然。

又过了一段时间，在一个周六的早晨，两个人照常一起骑车上班的路上，文忽然对天悦说："嚯嚯，我父母想见见你，你周日有时间吗？"

"真的吗？"天悦吃惊地问文，接着说道："我几乎从没想过，也没敢想过你父母能愿意见见我，我担心你父母看不上我！"

"嚯嚯，你害怕啦？"文笑着问，又说道："嚯嚯，不用害怕，我对父母说了你挺好的。"

天悦听文这么一说，紧张的心情放松许多。文边骑车边瞥了一眼天悦，接着说："嚯嚯，我父亲要是见着你这么瘦，估计会有很多担心的，呵呵！"

"真的吗？那怎么办呢？我一直都这么瘦，怎么吃也吃不胖，没办法啦！"天悦笑着说。是时，天悦的体重只有五十五公斤，一米七五的身高。工作忙，又累，又需要大量接触放射线，所以需要加强营养，但即便天悦每顿饭可以吃两个大馒头，一份儿红烧牛肉，一碗粥，还是长不胖。

“嚯嚯，还有啦，我父母都是上海人，无论在家里还是在外面都是很讲究的，你明白什么意思吗？”文表情很严肃地接着说道：“我父母不喜欢年轻人有不良的习惯和嗜好，比如坐没坐相、站没站相啊，比如抢话，比如吃饭时嘴里发出声音，比如不讲卫生……”

“知道了！”天悦回复着。

“嚯嚯，那就明天上午十点在我们家楼底下见面啊！”文说道。

“好的，那我得买些什么礼品呢？”天悦问道。

“嚯嚯，随便你了！”文回答。

周日早上六点，天悦就起了，他有早睡早起的习惯，在军队里时就养成的。那个时候，部队院校里每天早晨六点准时吹响起床号。

起床后，天悦洗头洗脸，比平时多刷了一遍牙，把头天穿的衣服都放洗衣粉倒水泡在盆里。换身儿新的衣服，但上身里面照例穿件大背心儿，外面穿上了一件短袖白衬衫，下面穿一条灯芯绒的深色的裤子，脚上穿了一双棕色皮鞋。出门前照了照镜子，天悦感觉已经可以了。

天悦在路上买了些水果，再买了一个北京稻香村出的“京八件儿”礼盒儿。“京八件儿”是京式糕点中最具特色的传统产品。在清代，它一直是皇室、王族祭祀、典礼的供奉食品和红白喜事乃至日常生活中不可缺少的礼品及陈列品。天悦考虑到“京八件”首先寓意好，“福、禄、寿、喜”四字饼，就不用说了，单是另外四样糕点的名称，就可以说是老少皆宜的祝福佳句：“如意酥”，恭祝大家事事如意；“佛手酥”，祝大家结佛缘，成善果；“祥云酥”，祝大家紫气东来，吉祥富贵；“枣花酥”，祝愿年轻人早生贵子，而且是插花着生，既生男也生女，皆大欢喜。其次，京八件总的特点是：色泽洁白，口感酥松绵软，口味纯正甜咸，特别适合老年人吃。再次，无论在什么时候给哪位老先生或者阿姨送礼物，送京八件儿都是很有礼儿有面儿的。

到了文的家里，文的父母热情接待了天悦。文的父亲是个外科肠营养方面的权威专家，是个温文尔雅、待人和善的老人，戴着一副圆圆的眼镜，眼镜片后面的眼光“温厚光辉”，专家范儿十足；文的母亲是血液医学方面的权威专家，她身材不高，但举止优雅，气质很好，对天悦态度和蔼。

文的父母一起忙来忙去炒菜做饭做汤，虽然天悦想帮把手，但还是被拒绝了，而文却没闲着。将近十二点半，文帮着父母把炒菜一样一样陆续端到餐桌上，父母陆续把米饭和汤也端了上来，天悦一看这整桌的饭菜，十分丰盛。文的父母都是上海人，所以整桌饭菜都是上海特色的。

吃饭过程中，文的父母让天悦自己想吃什么菜就夹什么菜，不用客气。天悦也饿了，自然是不客气的。通过交流，天悦才知道通过文，文的父母知道了天悦的家庭的很多事情，知道天悦的母亲是北京东直门医院的一个护士，知道天悦的父亲是一个高工，知道天悦的大姑和大姑父是老协和教授，与文的父母同龄，知道了天悦是个比较上进的、爱看书的小伙子，知道了天悦不抽烟不喝酒，知道了天悦工作也是很努力的。

通过这次和文的一家人一起吃饭，天悦还知道了另外一点，就是明明文长了一副大嘴，却每次在微笑时都“笑不露齿”的原因。

周一早晨天悦接文一起骑车上班的路上，文高兴地告诉天悦，文的父母同意两个人交往，天悦内心也自然高兴。后来，天悦每次回忆起他与文的父母的第一次见面，都会觉得有一种满足感、骄傲感，至少文的父母没当文的面说天悦太瘦。再后来，天悦差不多一周或者十天去一次文的家里，陪文的全家一起吃饭。

天悦逐渐发现，在文的家里，文的父亲十分喜爱文，犹如掌上明珠，但文自己也爱恃宠撒娇，甚至骨子里有些男孩子气，敢爱敢恨。而文的弟弟，却显得非常安静，反倒像个女孩儿。

痛失双胞胎

随着天悦和文两个人感情的升温和亲密次数的频繁，自然而然会有一些问题出现。有一天中午，天悦和文一起在医院食堂吃饭的时候，他发现文有些呃逆。也就是从那天中午开始，文食欲大减，而且越来越多地吐酸水儿。但刚开始，两个人似乎都没当回事。

在一个周日，天悦买了些水果来到文的家里，在与文一家人吃午饭的过程中，文突然呕了一下，继而马上就放下碗筷，冲到洗手间，天悦见状，马上也放下碗筷跟了进去。只见文对着马桶，一下一下地吐着。

“嚁嚁，我可能是怀孕了！”文转过头表情难受地对天悦说道。

“会吗？可确实是像妊娠反应。”天悦回复着，此时的天悦并没有像别的遇到类似情况的男人那样欢呼雀跃或者喜上眉梢，也没有显出手足无措，只是内心掠过一丝的不安，尤其是当着文的父母的面儿。

天悦外表此时出奇地镇定，他给文倒了一杯温开水，递过去。

“文儿，漱漱口吧！”天悦说着，之后搀着文到卧室里，把文扶着躺在床上，就接着说道，“你想吃点儿什么？我现在去给你买。”

“嚁嚁，我什么也不吃。”文摇着手说。这时，文的父母也进了卧室，母亲坐在了文的床边。

不知怎么搞的，天悦一时不知道该说什么了。就这样迟疑了片刻，天悦对文的父母说道：“伯父伯母，你们陪会文儿，我下楼去买些东西给文儿。”

天悦找了药店，买了早早孕试纸，又去了王府井百货大楼，买了文儿最爱吃的上海出的大白兔奶糖等小食品。等回到文的家里时，文身体不适的感觉已经消退了些。

“文儿，抽空测一下吧！”天悦说着，把早早孕试纸递给了文。

一刻钟的工夫，结果就出来了，证实文确实是怀孕了。结果出来后，文的父母也知道了，但文的父母的表情没有任何的变化，也没有询问天悦任何问题，似乎是有意观察下天悦会怎样处理当前发生的事情。

“伯父伯母，我回家后会把情况对我的父母说下，同时会请一天假陪文儿去趟中日医院，找我的大姑邢淑敏教授，给文儿看看。”

“好的！”文的父母一起应答着。

又过了几天，两个人一起请了假，天悦陪着文来到了北京中日友好医院。中日友好医院有气派的住院大楼和门诊大楼，几乎所有的医疗设备器材都是日本政府援助提供的，在当时属于是很先进的了，尤其医院的就医环境在当时北京所有的大医院里也算得上是数一数二的。

因为事先约好了，所以文在妇产科门诊就诊进展很顺。天悦的大姑告知天悦和文，文已经怀孕快三个月了。天悦和文知道后，令人吃惊的是，两个人商量都没商量未来的走向，就一致决定马上就做人流。天悦去缴了治疗费，然后一边安慰着文，一边把文送到门诊手术室门口，看着文进了手术室。

天悦坐在手术室外边的长椅上，仰着头望着楼道里的天花板，想着文会受到怎样的由于手术带来的痛楚，当然也在想着过去几天来的很多情形：天悦把文怀孕的事情告诉了自己的父母，但自己的父母却没什么反应，好像什么事情也没发生一样，也没主动提出去见见文的父母，也没主动邀请文去家里坐坐，问问两个人以后有什么打算；而文的父母也如往日一样平静，也未提及要见见天悦的父母，也同样没有问两个人以后有什么打算。

过去几天来，文的情绪受妊娠反应的影响，话也不多，但是能看得出来，文也并没有做好怀孕的思想准备。最主要的是，天悦知道自己完全没有做好结婚成家要孩子的准备。尤其是从认识文的父母至今，他既没有向文，也没有向文的父母透露过自己是准备怎样和文继续下去的，因为他甚至从来就没有考虑到结婚要孩子竟然有可能是如此紧迫。他还没有向文求过婚，所以两个人也几乎没有提及过对两个人未来关系的任何憧憬。

还有一点，也是天悦不得不考虑的，就是即便文的父母不反对两个人走到一起，但事实上，自己实际情况还是非常困窘，因为毕竟刚工作几年，没有什么积蓄，自己每个月的基本工资才 58 元，乱七八糟的合起来不含奖金每个月工资条上才 90 多元钱，短期内更谈不上事业上的进步。

当然还有更为隐私的事情，难以说出口，只能埋藏在心底的就是结婚住房的问题。

总之，天悦思考着发呆着，知道两个人不可能就这样稀里糊涂地发展下去，同时隐约地觉得不失时机地做人流是一个基本正确的选择，因为能解除掉未来有可能面临的最大的压力，就是单位里的各种议论，他暂时不希望因为一己之私导致文和文的父母受到困扰。

约莫一个钟头过去了。这时，手术室的门开了，一个年轻护士走了出来，问："文的家属在吗？"

"在，在！"天悦应答着，疾步走向手术室门口的护士。这时，他已经看到文痛苦的步履蹒跚地从手术室里往出走着。

"你是家属啊！她人流中出了些血，你们不要马上走，先让她在椅子上坐会儿，休息会儿，可以喝一点热水。"护士仔细地叮嘱着天悦。

"知道了，感谢！感谢！"天悦对护士说着，然后搀着文去了大姑的办公室。

天悦从大姑那里取了杯子，搞了点白糖冲开水，让文慢慢地喝。

"疼得厉害吗？"天悦关切地问文。

"嚯嚯，我快疼死了！"文有气无力地说，接着把头枕在天悦的肩上。

天悦端详着文苍白的脸庞，吻了下文的额头，额头上都是汗珠。他用手帕把文的额头上的汗擦干净，然后紧紧地搂着文。

"嚯嚯，告诉你一件事！"文说道。

"什么事？"天悦面对面地看着文，认真地问，他担心文在手术中出了什么意外。可他却发现文此时双眼一红，泪珠掉了下来。

"刚才手术过程中，医生给我第一次刮子宫之后，在检查看还有没有遗漏的地方时，果然发现还有一处，就又刮了第二次。"文哽咽地对天悦和天悦的大姑说："医生告诉我，第二次刮的和第一次刮的是双胞胎，说可惜了！"

天悦不听则已，听完文的这话后，顿时全身像过了电，觉得内心非常难过，难过得闭上了双眼。一是为文所受的创伤难过，觉得对不起文，二是为刚才还存在的那一对儿小生命难过。

而大姑听了后，也觉得可惜，便就安慰天悦和文，让两个人不要太难过，让文好好保重身体，让文回家后好好休息两天，借着周末。随后，大姑就去忙工作了。

天悦和文在大姑的办公室坐了经久，天悦才缓过神来，本来想待文的体力恢复些再走，但文还是想离开，所以他把文抱起来，走出了中日医院……

天悦后来一直难忘怀，甚至可能直到他老了以后，想起来那对儿双胞胎小生命，还会唏嘘后悔！

永远无法收回的那一巴掌

文的第一次堕胎似乎是天悦和文的情感关系的一个转折点。那次堕胎以后，虽然天悦和文的情感表面如初，但却多了争吵。显然，文对情感的期待绝不仅止于维持现状。

两个人争吵，总是围绕着几个看似简单的问题：

一方面，文有时表达出来的想法或者期待，天悦无法听懂；另一方面，在处理一些涉及婚姻情感家庭的敏感话题时，天悦不但拿不出自己的意见，反而会把以前谈的女朋友搬出来与文作比较；最后一方面，天悦对两个人的未来关系发展依然是持模糊的态度，他甚至从没说过一句“我爱你”或者“我做梦都想要你”这样一类的“甜言蜜语”。

结果，两个人就是争吵，不是钱的问题，不是有钱能解决的；不是物质的问题，不是物质条件好就能解决的；也不单纯是房子的问题，不是有了房子就能解决得了的。其实就是对未来情感关系发展的一种新的期待和关切，由于两个人的智力和情商的不同，人生的起点不同，理解不同，所以已经造成了内心方面的交流的沟壑。

另外，由于出人意料的怀孕及堕胎，之后文没有得到天悦一家人的更多的呵护和真诚的关怀，令文多少感觉到和天悦在一起没有安全感；还有，文感觉到天悦的家庭有一种家庭关系冰冷的感觉，觉得天悦的父母完全不关心自己儿子的幸福。当然，天悦自己的年轻幼稚无知甚至弱智，似乎也让文感觉受到深深的刺激。

每次吵架的过程，就是以文的哭泣开始，之后开始掀起文的愤怒，最后不欢而散。显然，两个人之间的矛盾越来越大。在这个过程中，文从来没有过蛮不讲理的时候，而天悦每次吵架过后并没有去静下心思考，或者他去问问自己的父母或者问问要好的同事朋友，他没想过求助别人去帮助化解他和文之间的矛盾。

随后的一天，一个周日的中午，天悦陪文的全家一起吃午饭，这时里屋的电话响了起来，文蹭地一下站起来，争着去接电话，进了里屋后，文随即把门给关上了，就剩天悦和文的父母继续吃饭。

默默地吃饭，因为文的父母不习惯边吃饭边没完没了地说话。但令天悦始料不及的是，直到吃完饭涮完杯盘碗筷，文也没出来，还在打电话。此时，文的母亲脸上露出一丝尴尬。

到了文的父母午休时间，文的电话还没打完，天悦只好礼貌地告退了。在回家的路上，他心头有一种不祥之兆，他是一个非常敏感的人。

有了那次情况之后，虽然天悦和文还经常通电话，但他没有再按惯例早晨先去接文上班，下班时和文一起回家。直到他终于要去北医第四临床医学院学习进修。两个人几乎很少见面了，即便他相约文见面，文也回复没空。

过了段时间，有一天天悦接到文的电话，约好第二天下午在东四见面，因为天悦第二天下夜班回家休息。可是到了第二天下午，从下午一点等到下午五点，又到了晚上，天悦一直没有等到文，文也没有打电话到天悦家里，约好的见面就这样不了了之了。

又过了段时间，一次偶然的机会，在自行车棚里，天悦碰到了文。在天悦的一再追问下，文终于承认了她已经在与别的男孩儿交往了。天悦听后，记起最近几次有别的同事向他提起，意外看到过文在和别的男的在一起亲昵的情况，现在文终于向天悦坦白了实情。

天悦盛怒之下，气得浑身哆嗦，情绪一下失控，一巴掌打到了文的面颊下颈部，文显然被天悦突如其来的一巴掌打懵，也说不出来话了。然而，天悦这一巴掌打出去后，似乎也一下子把自己打醒了，虽然当时没有别人在场。

这是天悦长这么大第一次动手打了一个女孩儿，尤其是曾经为自己怀孕并做了人流的女朋友。他猛然醒悟过来，并试图纠正自己此时已经完全扭曲的内心，他已经意识到自己的失态和粗莽无礼是不必要的，是无能的表现。他都不能想象他这样一个男人在刚才居然那样做，但他一急一气之下，竟然忘了当场向文道歉。

文瞪着天悦的眼睛，保持了沉默，似乎是一种无言的抗议！双方就这样目视着对方，在自行车棚里，僵持着，尽管不时有熟识的同事路过两个人的身边。天悦知道这“一巴掌”打出去，就永远也收不回来了……

从此，天悦再也没有去过文的家，再也没有主动联系过文。

毅然拒绝

1992 年的夏天过去了，北京进入了一年里最好的季节——秋天，收获的季节。而身边没有了女朋友的陪伴、没有了情感的累赘的天悦，精神上似乎松了一口气，何况家里身边还有一对儿心爱的猫咪“鸳鸯”和“笔尖儿”可以给他做伴儿。

另外，他面临的是将去积水潭的医院大内科轮转学习进修。还有，他的弟弟夏天时已经从北京外国语大学毕业，准备工作了，而且他的弟弟带回家了一个女朋友，是准备结婚的。所以他思忖着准备要多攒些钱，等弟弟结婚时好给弟弟，算是他对弟弟的一份心意吧！

在这一年的大部分时间里，天悦几乎没有很多时间关注社会上的信息。其实，在那个阶段，或者前推，中国社会上的很多变化让天悦这一代年轻人的内心变得越发灵动、跳跃，也容易引起他们这一代人对生活、对爱情、对未来的无限遐想和努力的追求。

尤其是在文化方面或思想方面，与天悦同一代的或者比天悦年龄大一巡的那一代人，如三毛、琼瑶，如冯小刚、张艺谋，如姜文、王朔，如刘欢、崔健、毛阿敏，如顾城、舒婷、柏桦，等等，或者已经事业如日中天，或者崭露头角，这些人在社会上，在60后人群就是天悦这一代人里已经构成了很大的影响力，他们很多人成为名人，而且成为同龄人的偶像，所以令天悦可以有一些时间去关注一些名人所带来的社会效应和思想的变迁。他们很多人和天悦一样，都是生在毛泽东时代，成长于邓小平时代的一批人。

当时的年轻人受着相对开放了的文化和思想的影响，相当一部分人都有一种对自由成长的渴望，这种渴望从传统达致现实，这种渴望从一种追求变成为一种行动，基本主要都是受到言情小说或者抒情诗或者从港台间接传到内地的港台文化的影响。然而意外的是，文化思想的变迁多少也间接导致年轻人思想上的性开放，不过60后毕竟是受父母那一代人影响更多的原因，性开放才没有泛滥成灾而已。但最大的好处就是使60后年轻人对待情感问题或者性的问题不再显得无知和保守，所以，从90年代初开始，中国社会年轻男女已经逐渐进入了一个牵了手就可以上床的时代。

……

就在天悦几乎已经忘记了文的时候，文又突然出现了，只不过是短促的。

一个周日的下午，天悦下夜班在家休息，他靠在小屋的床头上，一边翻看着一本书，一边抚摸着身边的“鸳鸯”。这时，小屋的窗户外面传来了几声口哨的声音。刚开始，他不以为然，可是口哨声继续不断，竟然有些相熟的感觉。“鸳鸯”也竖起耳朵。

天悦怀疑自己的耳朵，他知道，吹口哨是以前他和文交往时，文来他家时的一个联系方式，目的是确认文是否方便到他的家里陪他。难道现在……

天悦下意识地站起身走到窗户边上，“鸳鸯”也一下跳到窗台上。天悦往窗户外看时，简直不相信自己的眼睛，果然是文，她站在胡同里，朝着天悦打手势。此时天悦尽管心情复杂，但还是抱着“鸳鸯”马上出屋把烈日照晒下的文让进屋里。

进屋后，文突然不顾一切地扑到天悦的怀里，把天悦推倒在床上。

“嚯嚯，我想你！”说着，文几下把自己的衣服都脱了，她趴在天悦的身上开始呻吟着……

就这样，在分手两个多月后，他们又一次做爱了。完事儿后，天悦下地穿好衣服，望着躺在床上赤身裸体的文……

“你来找我有什么事吗？有事的话就说吧！”天悦开口问道。

“嚯嚯，我还是喜欢你！”文带着些不安的表情，又接着说：“嚯嚯，我们能和好吗？”

“我配不上你！”天悦听后沉默片刻，摇了摇头。

听了天悦的答复，文眼圈儿红了，努力控制着不让眼泪流出来。她穿好衣服，坐在床边，对天悦说：“嚯嚯，我怀孕了，你能够再陪我去医院做人流吗？”

天悦听了后，心里觉得文既可气又好笑，当然更多的是对文的失望。无论文怎样恳求天悦，天悦还是断然拒绝了文。

天悦不愿意再和眼前的文多说一句话，不愿意再多看文一眼，也不愿听文再做任何解释。他已经变得理性、冷静，他决心彻底放弃文，没有任何的藕断丝连。因为他知道了文后来的男朋友竟然是他本科的同事申，而在日常工作中，申也经常故意欺负他。

为什么文不去找申陪着去做人流呢？想到这里，天悦铁了心，当场断绝了文的最后一丝念想。文双眼满含泪水地走出了他的家，走一步回次头，走一步回次头。

文的第二次堕胎也正式宣告了文与天悦的情感关系不复存在，有的只是同事关系。几年后的一天，在崇文门北京同仁医院附近，天悦看到了文，文也看到了天悦，彼此都只是善意地向对方报以微笑，谁也没有驻足。当时的文挺着个大肚子，估计再有两个月就要生了。

后来当本院别的同事和朋友问起天悦如何看待与文的感情时，天悦只是平静地说两个人已经彻底分手了。但其实，他内心不得不承认，由于策略上的错误或者说一时的糊涂，他主动抛弃了对与文的情感保持控制权的机会，当时他还是一个青涩的心理。开始时是没有情感方面的规划，而后来主要是没有利用存在于文和文后来的男朋友之间的矛盾，所以失去了他对文的理应属于他的情感控制权。假如当时他稍微感性些，稍微退一步，保持一颗平常心，在文选择回归和好以后，他是可以取得情感主动权的。毕竟文的父母其实已经认可了他和文，自己的父母也已经认可了他和文的关系，当时周边的同事似乎也都认可了他和文的关系。

一句话呢，那次文回来找天悦选择和好，寻求他的帮助，如果他决定全力以赴，选择把他和文两个人的关系推上一个新的台阶，而不是选择放弃文，他就能与文结婚，成家生孩子。

特别的教诲

与文最终分手之后，没有多久，家里心爱的“鸳鸯”由于意外受伤得了肺水肿，由于那时北京还没有什么宠物医院，天悦后来眼睁睁地看着“鸳鸯”在极其痛苦的情况下死去了。天悦被这突如其来的打击弄得悲痛得不得了，一个大老爷们儿为一只逝去的猫哭了好几个晚上，对他来说，“鸳鸯”不单是个宠物。在情感上，他甚至一直把“鸳鸯”当作自己的妹妹。

天悦在院儿里挖了一个坑，把“鸳鸯”埋了进去。之后的很多很多天，家里的另一只猫咪“笔尖儿”，无论在家里还是去外面，到处“喵喵喵”地叫着寻找“鸳鸯”。看到“笔尖儿”对“鸳鸯”的恋恋不舍，天悦又一次痛哭流涕，“笔尖儿”和“鸳鸯”才是真的兄妹。

竟然是因为只猫，以往还从没有交往过的哪个女孩儿在和天悦分手时，能搞得他如此心碎。一个时期里，他的情绪非常的低落，不愿意与任何人交流。在这种情况下，有三个人给了他“特别的教诲”。

第一个人是天悦的老姑。有一次，老姑从天津来北京出差，特意送给了他一本关于心理学的书籍。西格蒙德·弗洛伊德（奥地利精神病医师、心理学家、精神分析学派创始人）写的《梦的解析》，被认为是精神分析心理学的经典著作。天悦通过读这本书，了解到弗洛伊德开创了潜意识研究的新领域，促进了动力心理学、人格心理学和变态心理学的发展，奠定了现代医学模式的新基础，并且为 20 世纪西方人文学科提供了重要理论支柱。

尽管天悦在大学期间曾经学过临床心理学，也就是医学心理学，但真正打开他的心灵之窗的书却是老姑送给他的这部《梦的解析》。自此，心理学缓缓地为他的未来人生打开了一扇门，心理学书籍和心理学实践为他在后来的临床医疗工作中提升自己的业务能力和对精神心理咨询的兴趣实践奠定了坚实的基础。

第二个人是天悦科里的老师，姓郝。郝老师对他是这样说的，女人永远都需要哄，你得努力学习如何去哄一个女孩子。郝老师认为，你用冷漠的态度去面对一个交往中的女孩，这个女孩儿也会变得冷漠；如果你用一百度的热情去对待她，她就会对你沸腾；而你对她不冷不热的话，她便也不冷不热。所以他告诉天悦，女人的温度就是你对她的态度，冷暖自知。深情的男人会让女人越来越温柔，冷酷的男人只会让女人越来越坚强。

尽管如此，天悦知道，郝老师两口子也是经常吵架的，但是都是很好的人，而且家里有个宝贝女儿。

第三个人是天悦的同事，叫段兵。有一次两个人在下班路上一起走时，段兵真诚地对天悦说道：

“天悦，你的个人问题有个毛病，被我发现了。”他接着说：“你一上来就不是很主动的，但佩服你在哪呢？每次都是能碰上不错的女孩儿能喜欢你，愿意和你交往。”

“真的吗？”天悦不解地问。

“可不是吗？你看看咱们一帮同事或者同学，就你最有艳福，运气最好！”他语气顿了顿，接着说道：“哪个同学同事能比得上你！”

天悦听后一时语塞，就问段兵：“那我的毛病是什么？”

“你这人适合谈朋友，却不适合结婚，当然，我是说现在的你。”段兵严肃地回复道。

“为什么呢？”天悦疑惑地问，而段兵看着天悦迷茫的神色，呵呵呵地笑了一会儿，突然又变得一脸严肃了。段兵半天不说话，似乎在思考着什么，几次是欲言又止，这可把天悦急坏了。

不过，段兵总算还是开口了，他说道：“因为你有好的一面，是别人比不了你的，能帮助你一下吸引住女孩儿。”

然后段兵话锋一转，看着天悦的眼睛，不屑地说道：“但是在交往的后半程，你就好像变了一个人，变得没有一颗企图心。”

“企图心？”天悦不解地问。

“从你的第一个初恋，到和文分手，一开始都是不错的，给大家的感觉是你们肯定能结婚，结婚也会比我们早。”说到这，他忍不住笑了，继续说道：“可是你最后都是虎头蛇尾，你也不想想到底是什么原因，唉！”

段兵的一番话让天悦陷入了沉思。

“你给我的感觉，就是做人做事总是差那么一点点，就一点点，把这一点点处理好，你就能很快结婚。”段兵接着说。那时，天悦已经谈过三个女朋友了，一个是在军校时的初恋，叫涧清，第二个是平，第三个就是文。段兵清楚天悦和她们的交往情况，而段兵那时还没有谈过一个女朋友。

尽管有了这样一些“特别的教诲”，但在接下来的很长一段时间里，天悦对个人问题已经看得很淡薄了。即便是医院里或者科里还有别的女同事愿意考虑做他的女朋友，但他是死了心了，说什么也不会再考虑找本单位的女同事谈恋爱了。

比如，在天悦和文分手后，天悦的科里一个叫菲的女大夫，长得苗条漂亮，有几次在下班后，她事先在天悦骑自行车回家的路上，等着天悦，并利用其中一次机会向天悦表白。

尽管菲对天悦的表白很真诚也很含蓄，但是天悦却表现出从未有过的冷漠和严肃，天悦婉拒了菲的喜欢。后来的一天中午，他在科里熥饭的小屋里热饭，被菲看到了，菲便借着周围没有其他同事在场，菲婉转地告诉天悦，她的内心很失落，同时菲也表露出了难以隐藏的对天悦的怨气。那是菲和天悦两个人最后一次面对面的交流。再后来，菲去了美国。

又过了一些年，天悦才知道，菲以前从未谈过恋爱；才知道，那时的菲在街边等待他，菲其实是想和他开启一段初恋。而他是经历过初恋的人，但他的初恋却不是他内心真正暗恋过的一个女孩。对他来说，菲的初恋不能也不应该是他。

第三章

『不一样』的初恋

充满“悲怆”的时代

天悦回忆起自己的初恋，就觉得不得不先把时间往回翻好多好多篇儿，翻回到那容易充满人生抱负和很多理想的岁月，同时，那段岁月从某种意义上讲又不得不说是非常悲怆的岁月。

20世纪70年代末80年代初的几年，正是“我劝天公重抖擞，不拘一格降人才”的新时代开端。高考恢复了好几届了，有数以千万计的人走进考场，才俊起蒿莱；默许“知识青年”回城的“国务院六条”颁布后，上千万被耽误的男女“哭着喊着”回到城市，在勉强争取到的一份卑微岗位上卧薪尝胆，一边工作一边上夜校自学，若干年后他们将成为城市的中坚、国家的栋梁。而大批曾经被整肃的高干子女随着父母冤案的平反，重新获得一份丰裕的发展资源，未来的日子可望纵横天下。

在整整一两代年轻的和不甘年华老去的人们摩拳擦掌，准备在这个“三千年未有之变局”中一显身手的时候，却还有很多同龄但“不一样”的年轻人服从国家的召唤，昂首奔赴南疆边陲，明知此行很可能有去无回。这些“不一样”的年轻人，远离家乡、远离亲人，以一个班、半个班甚至单兵为单位，长年驻守在一种叫作“猫耳洞”的狭小工事里，在生存极限下跟越军展开边境拉锯战，因为从1979年开始甚至一直迁延至1988年的对越自卫反击战。

正是在这一时期的1985年的夏天，天悦18岁的时候，他通过高考如愿以偿地进入了中国人民解放军空军的一所高级正规的医学院校读书。军旅生活一开始，天悦就知道了对越自卫反击战中很多英雄的事迹，尤其是知道了傣族小战士岩龙，知道了那个吹得一口优美竹笛但汉语说得不好的英俊小伙子。在一次激烈的战斗中，岩龙只身潜入敌人侧后，歼敌20名，被授予“孤胆英雄”称号。后来在攻打朗多时岩龙中弹牺牲，在 1979 年，牺牲时 19 岁。岩龙的名字，响亮程度相当于后来的赖宁、今天的周杰伦。

那时的天悦不但带着“炽热的激情”，内心也因为前线那些可歌可泣的英雄事迹而充满“特别的感动”。尽管他当时已经没有可能有机会像高他几届的同学那样随大军往南疆参与老山、法卡山、扣林山等边境地区进行“拔点”轮战，但军校学习生活依然是紧张有序并处在高度备战的状态。军旅生涯的岁月对任何一个人而言，对他人生的成长来说，无疑是非常宝贵的。对他的成长是这样，对和与他同年龄段同样经历的那些年轻人，也同样应该是最充满了人生价值的岁月。

十八九到二十几岁，对于亲历了改革开放 30 多年的那一时期年轻人来说，是什么概念呢？与岩龙相比，张朝阳 19 岁时在清华大学念物理，丁磊 19 岁时在电子科技大学念通信技术，毕业后经过一番努力，分别创办搜狐、网易，成为中国新兴的 IT 界领军人物。马云 19 岁那年第二次走进高考的考场，数学只得了 19 分，只好开始打工，蹬三轮车送杂志；但在市场机会极其丰裕的改革年代，马云最终还是上了大学，创办阿里巴巴网站，并购雅虎中国，大器晚成。

岩龙作为英雄，囿于家庭出身，即使死里逃生，即使数学成绩再好，恐怕也很难像丁磊那样得风气之先而成为北京电信前 100 个用户之一，难以在 IT 界弄潮；但岩龙或者别的什么英雄，如果天假以年，走南闯北做点小买卖，抓住机会发展壮大，最终闯进胡润财富榜也未可知。就算不能成名成家，也可以尽情消受。

要知道，70 年代末 80 年代初期的中国，连穿一件花格子衬衫也像今天的裸奔一样惊世骇俗，时尚和渴望物质享受到了夸张的程度。而参加越战一代的青年人基本未婚，绝大多数没有恋爱经历，更别说初恋和物质享受，还没来得及品尝人生的甘美就匆匆而去。关于介绍岩龙英雄事迹的新华社原稿中提到，岩龙在西双版纳家乡已经交了女朋友，而在社会风气保守的 70 年代末 80 年代初，《人民日报》编辑部可能担心有宣扬“早恋”

之嫌，删掉了这个情节。无论如何，一条19岁的鲜活生命，就这样离我们而去了。通讯写道：“刚刚拐过一个山嘴，一丛树林中射出一梭罪恶的子弹，其中两颗穿过岩龙的胸膛。在他后面的班长看见他倒下来，又慢慢地抬起头，向着北方——祖国的方向，看了一眼，然后不动了。”

可以想象的是，置身“风萧萧易水寒”的燕赵不毛之地，荆轲、聂政身无长物，单刀赴会，生不足畏，死不足惧，自是一番壮怀激烈。但不可想象的是，假如在“烟柳画桥，风帘翠幕”的钱塘江畔，在“羌管弄晴，菱歌泛夜，嬉嬉钓叟莲娃”的一派歌舞升平中，抛弃了人生的良辰美景，葬送了青春的姹紫嫣红，远赴绝地从容就义，需要怎样的坚忍？天悦每每回忆起那时，眼眶都会湿润。

那些牺牲在南疆了的青年令人感到悲怆，他们流血牺牲在跳舞赚钱的年代，他们大都来自农村，尤其是“老少边穷”地区。对越战争中牺牲的烈士，当年按照战士500元、干部800元的标准，政府一次性给烈属发放抚恤金，这笔钱当时可以买几辆凤凰牌自行车、几块手表，在农村也就勉强能买一头牛。那些默默无闻的烈士遗属，亲人骨肉一去不复返，家庭未来的顶梁柱坍塌得到的抚恤就是这么多了。

但更令人感到悲怆的是活着的英雄，由于文化程度普遍较低，留在部队很难被推荐考上军校。在天悦之前的几届开始，军队就逐渐停止了从优秀士兵中大规模选拔军官的做法。而对越作战的英雄后来在部队的官阶普遍不算很高，他们回到地方后，虽然不少人被照顾进国有企业和集体企业工作，但在步入中年后遭遇国企改革，缺少创业技能，凄然下岗。因伤残疾的，可能陷入绝对贫困，留下一个个不忍卒读的故事。

《人民日报》于1990年2月9日发表周良沛散文《生命立体的造型——读〈麻栗坡烈士陵园诗抄〉》，叩问历史：

不论他们生前有多么大的抱负，身后有多少遗憾，他们都从容地义无反顾地走了。身后的光荣，他们丝毫也不可能知道；生前战事的胜败，都得承担责任以致，不知死的光荣，却知生的伸屈。

永远沉默在这里，多数是20岁上下的年轻人啊，他们过早地去了，留下在人们心头的，是惋惜、悲恸，留在史册上的，是写满天地的惊叹号。他们，有的在敌营杀进打出，如同神兵；有的多处负伤，腿折手断也不下火线，肠子打出来了，捂住肚子还甩手榴弹；有的与敌人拼刺格斗，滚下山涧，与敌同尽，在湿热的边境，找到的遗体已腐烂得抓拿不起来，只有我们知道他的那颗头颅，那颗心……

他们，并没有全葬在这里，但这是他们共同的碑；安息于此的，并不是每位都授予了英雄称号，但他们每一位都是这英雄集体中响当当的英雄。他们恋生，有的甚至有过死的恐惧，可是在需要献出生命时，在分秒之间，在一步之差时，没有犹豫，没有豪言，可能有遗憾，却不会有悔恨，知任重而心事重重，尽本分而坦荡无羁。神圣、纯净得如同一位初生的婴儿那样地去了。不同的姓氏，不同的民族，来自不同的地方，都成了麻栗坡人，是麻栗坡永久的居民。

如今，改革开放30多年来的中国，几乎所有社会群体都从改革开放中受益，不同的只是受益的多寡；但不能忘了有一个“不一样”的群体，在天悦眼里，他们就是中越战争的烈士和大部分英雄，特别是伤残退役的英雄，以及他们的亲属特别是遗属！却属于绝对受损。

天悦同样认为，当纪念抗日战争、解放战争的时候，别忘了离自己这代人最近的一场战争！是这场“自卫还击战”，为30多年来“中国历史上最好的时期”的华夏埋下了第一块坚实的基石。

如果说当年抗美援朝的志愿军曾被称为“最可爱的人”，那么毋庸置疑，那些参加中越自卫反击战的战士们就是自己这一代“最可爱的人”，他们绝对是一群“不一样”的人！

难忘的军旅岁月

20世纪70年代末80年代初的中国，处在从毛泽东的革命时代到邓小平提出“不管黑猫白猫，抓着耗子就是好猫”理论引导的政治转折点上。多年政治运动的风声鹤唳渐渐远去，计划经济板结了的社会“大地微微暖风吹”，前方烟柳画桥在望，私欲情欲都在蠢蠢欲动。

年轻人用自家或朋友的单卡收音机，欣赏邓丽君“何日君再来”的“靡靡之音”；在电影院放映日本宽银幕电影《追捕》中，一对儿对儿青年男女痴痴地看着冷面硬汉杜丘和长发美女真由美相拥驰骋在一望无际的原野上，被浑厚男低音主题曲“啦呀啦”唱得心旌荡漾。杜丘的风衣、鸭舌帽，后来又加上美国肥皂剧《大西洋底来的人》里的蛤蟆镜，以及喇叭裤、大鬓角，成为男孩子的扮酷行头。在中国社会世俗化的进程中，一种新的人生观发芽生长，它回归常识，正如意大利文艺复兴作家薄伽丘《十日谈》中译本前言——《幸福在人间》。

幸福不在某个虚无缥缈或者鼓动人民自相残杀的未来天国，幸福就在人间，就在于人民吃得好穿得好；后来还有人补充一句，幸福就在床笫之间。1980 年上映的电影《庐山恋》，女主角张瑜竟然换了 43 套时装，可以想见那个年代的追求。

整个 80 年代，党鼓励一部分地区和一部分人“先富起来”，以个人物质利益为发动机的市场化改革和现代化建设大踏步前进。土地承包责任制被宣布 15 年以上不变，农民甩开膀子发家致富；年广九在安徽芜湖雇工生产“傻子瓜子”，得到邓小平的亲自关照——“不要动他”，党的总书记胡耀邦则热情称赞个体工商户干的是“光彩的事业”；深圳市场经济“特区”试验，在《人民日报》上被描绘成“一场伟大的迪斯科”。

但不管怎样，那时军队的环境和社会上的环境还是有着天壤之别，尤其是在一线部队和部队正规院校，部队院校的环境气氛依然紧张而封闭。那时候《血染的风采》几乎是排名第一位的军歌，其次是《向前、向前、向前》，再次是《英雄赞歌》，当然还有其他的军营歌曲，如《三大纪律八项注意》《军港之夜》《雷锋，我们的战友》《妈妈教我一支歌》等。

总之就是在这样的紧张而封闭的环境气氛下，天悦带着“炽热的激情”开始了自己一生中最难以忘怀的军旅生涯。

那么具体到天悦就读的军校的情形是什么样的呢？入学前对学校是一无所知的，因为当时军队院校的招考资料不像地方院校的招考资料做的那样全面细致，所以去军校报到前自然怀有一种神秘感和紧张感是正常的。

去军校报到时，在大门口，可以看到醒目的中国人民解放军某某大学的大牌子，还看到大门口一侧肃立站岗的警卫战士。甫一踏入到学校里面，天悦马上就有了一种亢奋、激动的心情，因为他看到了学校里有阔大的操场，有足球场、篮球场、排球场、滑冰场，还有很多排落地式和高架式的平衡训练器，还有很多叫不出名的训练场地；有苏联风格的营房楼、教学楼、图书馆和大礼堂等；在行政楼前的空地上竟然还摆放有一架歼六战斗机样机，很多新入学的同学在飞机前单独或和其他人一起拍照留影。

当然，入校没多久，紧张的学习和训练就很快让天悦当初亢奋激动的心情得到平复。军校的校规或者管理简单总结起来就是，除了学习压力大考试紧张以外，军校生活的第二个明显特点是“整齐划一”。

怎么理解“整齐划一”呢？实际的景象就是，每天清晨的6点整，随着警卫连方向响起嘹亮的起床号，天悦和同学就迅猛地起床，几乎在同一个时间冲出宿舍，开始了一天的军营生活。先是30分钟的早操，然后是整理卫生和洗漱，被子叠得四四方方，像刀切的“豆腐”，床单铺得又平又展，水杯、脸盆摆成一条线，牙刷、牙膏都向一边倾斜，玻璃要擦得透亮，地面干净得不留一根头发丝，就连吃饭、开会、上课、上自习和训练，都是迈着整齐的步伐。总之，每天都整洁有序、焕然一新。

大半年下来，天悦不但完全适应了军校环境，自己的性情和体质也比入学前改变很多。而所有这些方面的改变，都得或者都是从踢正步、摆臂、平衡训练到叠被子这些基础训练开始。越往后，从野外拉练到夜间紧急集合，从给炊事连帮厨到营房清洁，从练习射击到练习跳伞……说实话，都是给天悦意志品质锻炼最多的环节。

所有那些锤炼和改变使天悦从一个地方毛孩子变得越来越有担当，逐渐具备了一个军营男子汉的雏形，逐渐知道自己的责任。在军校这样的环境其实有很多这样成长起来的军营男子汉。有很多让他们永远不能忘记的坚强时刻，也有很多让他们情感脆弱的时候。

坚强的时刻：不管是数九寒冬，还是三伏酷暑，那些训练场上的身影一一浮现，单杠、双杠、木马、平衡器上留存着每个人的手语、体温、口令、动作。铁丝网，高墙，550 米障碍都在每个人的眼里心里烙下了深深的痕迹的同时，也让每个人更加坚韧，追求卓越，追求与别人“不一样”。

脆弱的时刻：当唱起一首容易撩拨思乡情怀的歌曲，歌还未收尾的时候，很多军营男子汉包括天悦的眼睛就开始湿润，有一个人开始抽泣，甚至所有人都跟着抽泣……不自觉的，就想起家，想起远方的亲人……

但天悦认为自己最主要的改变是思想上的改变。在军校，曾听到这么一句话：参军后悔几年，不参军后悔一辈子。为什么呢？因为军旅生涯让天悦的内心或者思想变得深刻，让他认识到了一种责任感和使命感。同时，使他成熟很多，使他变化很大，他和加入军校之前有明显的变化，变得像一个成人，能忍受对自己的不公和不利，能接受批评和教育，收起许多毛病和缺点。

总之，天悦的人生旅途真正是从加入军校报到那一刻开始，几年军旅生涯使他逐渐形成了自己的人格和气质：正直、坚毅、勇敢、果断、勤奋、朴素。

天悦在从军队出来之后的很多年里，无论什么时候，无论在哪里，都依然怀念那段岁月，梦想着有一天能再回去看看，看看自己的老师，看看自己曾经睡过的上下铺，以及铺位上铺着干草的硬床板，还有自己跑过步、踢过足球的操场。

直到 2005 年，时隔整整 20 年后天悦再一次回到母校，看到之前的自己住过的六队的营房不在了，一队的、八队的、九队的、四队的等营房楼也都没有了，那架飞机也没有了，很多地方已经被后来的单位重新开发利用。他再也找不到原来的树木、花草，转过的平衡器，跳过的木马，翻过的高墙，以及 550 米障碍了。当看到偌大的操场跑道还在，天悦禁不住心里就生出许多怀念，怀念营房，想念战友，思念过去在一起学习生活的岁月。

尤其是在和已经分别整整二十年的老师崔长安崔教员相聚时，天悦内心无比的激动。当他看到崔教员的身体还好，听崔教员说起别的教过他的教员的身体还好时，他非常高兴。

天悦觉得，虽然青春不在，岁月已老，但是他们的师生情还在，他们的岁月回忆还在。直到现在，他依然保留着他的老师——崔长安教官后来写给他的信。他要把那封信一直保留下去，以作为对那段特殊青春时光的永远的纪念。令天悦始终感念的就在于部队才是一所真正的“大学”，能学到地方上学不到的很多东西，特别是人生的理想、信念、毅力、执着、勇敢、坚强是在军校学到的。

部队院校是一个“大熔炉”，能够练成一根根好钢，一块块好铁，这种让自己终生难忘的宝贵财富，是地方上的青年很难体会得到的，很难拥有的。这就是加入过军队的青年和地方青年的区别。

青春期的躁动

需要提醒的是，在军校校规或者管理方面另外的两个特点就是有趣的业余文化生活，以及绝对不准“谈恋爱”。

业余文化生活方面，军校有专门的文化活动场所，除了大礼堂，还有学习室、微机室、阅览室和报刊室。每天都有“三个半小时”，早晨听广播，中午读报纸，晚上看新闻。尤其是每周能观看一次电影，每次电影放映前各系各队都要组织拉歌比赛，所有学员整齐地坐在座位上，有一个区队长在前面指挥，其他的学员一起随着他喊，或是随着他唱。同学们唱歌激情高涨，铿锵有力，谁也不愿自己的声音被对方压倒，就好比战场上谁也不愿意败给谁。歌声此起彼伏，一浪高过一浪，整个礼堂里成了欢乐的海洋。

业余文化生活的另一面就是军校鼓励学员自己丰富自己的兴趣爱好，比如有的学员凭借自己的爱好购买各种喜欢的乐器，学习之余加强练习以提高自己的技能；比如，每年的五一、七一、八一、十一、元旦等节日会演，各系各队也都会人人奋勇、个个向前，争取露出自己的本事，争取自己的表演节目能够入围学校的演出目录。

军校生活严肃紧张，也朝气蓬勃，充满活力。但也正是这些业余的文化娱乐提供了很多难得的空隙，这种难得的空隙使得一些聪明的男女学员获得有限的接触，不管是明里还是暗里，通过各种方式。军校里的男学员大多都是“和尚”，只有两个纯粹的女学员队，分别是八队和九队，她们都是专门学护理的。当然其他的系队的一些专业也有女学员，只不过人数不多。尽管军校女学员总数少，可是也依然有几位女学员被公认为是军校里的“校花”。

尽管校规严格规定禁止男女学员谈恋爱，但是很多年轻学员的“心”因为青春期的到来而躁动不止，不少男同学女学同学都有恋爱的冲动，只不过绝大部分同学强行抑制住自己内心的渴望，还有一些同学停留在暗恋。只有极个别的男女同学游走在校规管理的“边缘”，如同打“擦边球”，来满足自己一点可怜的欲望，甚至“不惜代价”。

例如，有一对儿男女学员，尝试谈恋爱，被发现后，刚开始是被各自的班长约谈劝诫；但是两个人犹豫不定，藕断丝连，再次被发现后，被所在的学员队队长、指导员郑重约谈警告；然而两个人越倍受压力，却愈挫愈勇，情感关系一发而不可收，最终被军校给予两个人严重警告。那个男同学是山东人，家是农村的，作为优秀战士被原单位推荐考入军校，那个女同学是上海人，城市姑娘，两个人由于漠视校规“红线”，最终被学校开除了。包括天悦在内，没有哪个同学为那个女同学感到惋惜，因为她作为上海女孩儿，是城市姑娘，离开军校回到上海后，有很多的资源和广大的发展空间和学习机会；而那个男同学回到山东农村后，由于是被开除的，没能入党，没能提干，所以在十里八村的乡亲和亲人眼里，永远是抬不起头了，只能种一辈子地，前景一片黯淡。

再如，有一个男学员，是五队的，长得很清秀白净，一脸纯真无邪，不知什么时候喜欢上了天悦所在的六队的一个女学员。大家经常可以看到他会在六队的营房楼门口等待那个女学员的出现。结果是他数度遭到那个女学员的拒绝，这很有可能伤害到了他的自尊。后来，他似乎受了巨大的刺激，学习成绩直线下降，眼神儿经常直勾勾的，甚至影响到了生活自理。最终，他被军校劝退，他的家长来到军校把他接回了家。

尽管有这样那样的例子，还是有很多男同学渴望有机会和女学员接触，所以逼得军校不得不动用警卫连协助各系各队白天查夜里查，“严防死守”。

夏天的一个夜晚，午夜的天空显得格外的深邃，万物都在酣睡，仿佛失去了活力，偶尔远处传来几声军犬的叫声，合着蛙类的叫声、蛐蛐儿的叫声，显出夜晚才有的情调。天悦躺在临窗的上铺，凝视着深蓝的星空，夜风吹拂着，显得非常的凉爽。突然间，似乎有手电筒射出的几柱光在窗外照过来照过去。天悦觉得新鲜，遂探身到窗口向外张望，就见路边昏暗的路灯光照下，竟然是九队的队长和教导员，一人拿一个大号的军用手电筒，一边走一边往路两旁的树丛和营房楼的犄角旮旯儿照射。原来，九队的队长和指导员正在费心地搜索检查可疑的角落。

天悦看了，自觉得好笑，但也敬佩九队队长和教导员的那股负责劲儿。

军中之花

天悦是六队的秘书兼宣传委员，除了平时的个人学习以外，还要负责队内领导指定的秘书文宣工作，所以总是显得比别的同学忙碌。他没有考虑过在军校谈恋爱，而且父母也不允许他早恋。

天悦只要有时间，就会选择做四样事情，一是看书；二是锻炼身体，比如滑冰就是在军校学会的，无论跑刀、花刀还是球刀；三是去市里看看父亲在当地的朋友，去他们的家里做客；四是到处游走赏景，游览山水名胜古迹。

这所军校的所在地是吉林——吉林省吉林市。吉林省是因吉林市而得名，吉林市是中国唯一省市同名的城市，满语名为“吉林乌拉”，意为“沿江的城池”，因康熙大帝东巡吉林城所作《松花江放船歌》有“连樯接舰屯江城”之句，故吉林市又被称为“江城”“北国江城”。尤其吉林市的冬季格外引人注目。天下独秀，神奇造化的冰雪景观“雾凇”更令人心驰神往。与云南石林、长江三峡和桂林山水并称为中国四大自然奇观的吉林雾凇，又被陈运和诗称“用柳枝松叶巧织春梦”。在天悦眼里，吉林是个美妙的地方。吉林市有 1742 年修建的孔庙、吉林文庙；有佛、道、儒三教杂糅的北山古庙群；有明代留下的阿什哈达摩崖石刻；有充满神秘色彩的世界最大陨石——吉林 1 号陨石。还有壮观的丰满水电站、松花湖等。

天悦周末时只要有时间就向系里队里领导请上一天假，拿到外出批准条就自己一个人屁颠儿屁颠儿跑出去了，他喜欢去的几个地方，有龙潭山公园，可以爬爬山；可以去河南街，买些人参糖、人参烟或者吃顿狗肉汤；可以去松花湖，吃吃鱼；当然还有松花江大桥，拍拍照啊。地点不论远近，他只要在当天队里进行晚点名之前归队即可。在入学后读大一的一年的时间里，他自己在周末时大部分时间都是这样度过的。

但是越往后，情况发生了些微妙的变化，是从读大二开始。由于秘书文宣的职责身份，当然还有纯粹属于机密的原因，不知不觉地天悦与第八、第九两个护理学员队的接触越来越多，这也使他有更多机会得以细细品味观察那些穿着军装的大女孩儿了。

夏天里的一个周日，八队营房楼的楼顶设置的电视天线出了问题，由于看不了电视《射雕英雄传》，那帮大女孩儿群起“炸了锅”。估计是头天晚上下暴雨时电视天线被雷击损坏不能用，八队的队长无奈之下找到天悦，让他想办法去把坏的天线给拆下来再装上新的。当时八队队长的样子和语气都很强势，而且没有通过六队的队长和指导员，这下让他内心很发怵。因为苏式的营房楼的楼顶有两个问题，一是斜坡角度陡，二是老式的楼顶叠瓦不怎么防滑。关键是他根本没有机会尽快向自己的队长指导员汇报，因为这天是周日，队长和指导员都休息。所以他只好硬着头皮就随着八队队长去了。

那是天悦第一次去女学员队住的地方，跟在八队队长的屁股后头，进到八队住的楼里。从进去后开始，见到他的八队的女学员就咯咯咯地笑，为啥呢？因为她们佩服她们的队长的同时，也觉得天悦那形神就像是被她们队长逮住的一个俘虏。

到了楼上，当看到一些女学员只穿着大裤衩和背心儿时，天悦脸羞得通红，结果被那些女同学看到，又是发出一阵窃笑。他拿着手电爬梯登高先钻进三角形的阁楼，里面漆黑一片，摸到哪里就满手是土，还没怎么着呢，就是一脸灰，不得已，他又钻出来下到楼道，把军服上衣都脱了，光个膀子，寻了一根木棍，把工具和备用的电视天线集合放在一个包里吊在自己的胸前，就又上去阁楼。

天悦终于找到楼顶的天窗出口，为了防止脚下打滑，他又把皮鞋袜子也脱了，可是不脱还好，这一脱把脚丫子烫得生疼，因为楼顶瓦面被太阳直射晒得温度较高。他一边小心翼翼地拆装电视天线，一边和楼下站在楼门口的八队队长和区队长大声地交流着，主要是随时交流以便了解电视机是否有信号恢复。

终于搞定了！天悦把天线换好从楼顶阁楼下来时，由于是光着膀子赤着脚，脖子上还挂着一双皮鞋下来的，全身上下由于紧张出的汗再加上被汗水搅和过的尘土糊在脸上、胳膊上、身上，搞得很脏，被那些大女孩儿看到了，让她们又乐个不停。天悦虽然自觉得有些狼狈，但是看到那些大女孩儿为又能看到电视、又能看到郭靖和黄蓉而脸上乐开了花的样子时，天悦反而也很开心。此时他内心获得了一种满足感，可能就是由于他一贯追求“骑士精神”在这一刻得以实现所致的吧。

国庆节前夕，九队排练节目，需要文宣策划，九队队长也直接找到天悦，而没有通过六队的队长教导员。天悦第一次进到九队里边，由于他当时穿的是便装，上衣是解放绿下身是空军蓝，结果进楼后，他发现见到他的女学员的眼睛都是大眼儿瞪小眼儿，因为她们从未见过有男的还是连军装都没穿的男学员进过她们的楼里。他还注意到九队营房楼的楼道虽然整洁，但是水房内却挂满了她们大女孩儿的乳罩、内裤、内衣，那景象也把天悦惊得目瞪口呆。

要交流的主要对象是九队的夏月，她是军校里的头号校花，苏州人，见到天悦，她非常谦虚，没什么架子。只见夏月同学瓜子脸，容貌秀丽之极，当真如明珠生晕，美玉莹光，笑靥如花。再加上她清纯谦虚的神态，又恰如花树堆雪。一举手，一双纤手皓肤如玉；一挪步，一双长腿便如透明一般。夏月说话声音极甜极清，令人一听之下，说不出的舒适。天悦在那之前，印象中最美丽的女子就是他看过的香港电影《三笑》里的“秋香”，而眼前的夏月就比电影里的秋香美上一万倍！自此之后，在天悦的心目中，除夏月外，再无“美人”。

有不错的经历和赖以夸耀的艳福，自然也有窘迫的遭遇。有一次，是最让天悦感到悲催的。在冬季的一天下午，他从军校行政楼骑自行车去教学楼，结果滑了一个跟头，让自己“现大了眼”！

由于教学楼前有一片空地，地面结冰，而没有结冰的地面刚好赶上是九队的一个小队的女学员下自习后在列队报数，天悦就怀着侥幸心理试图从冰面上骑过去，但是一想，觉得不成！就还是从自行车上下来，要推着自行车走过冰面。要知道，吉林市冬天，路面积雪成冰后冰的厚度可达一二十厘米，很多当地人遇到这种情况都会在自行车轱辘上加装防滑链。而他骑的自行车未装防滑链。

就在天悦推着自行车颤颤悠悠将要走过那片结了冰的路面时，就在他满心以为可以安然无恙地地通过时，忽然间脚下一滑，想站住是不可能了——“啊呀”一声，随着重心已失，天悦身子向前向后晃了几下后，还是当着那些女学员的面结结实实地摔了个仰巴磕，倒在冰面上，推的自行车也嘁里喀嚓倒了下来，压在了他的腿上。

这一幕完全被那一小队的几十个女学员看个正着，就在天悦仰躺在冰面上感觉到胳膊和屁股生疼的时候，那些刚还在报数的女学员不但没继续报数，反倒一个个接连“扑哧扑哧”地笑起来了，有的甚至笑得前仰后合，搞得他又羞又气又后悔。直到他从冰面爬起来扶起自行车步履蹒跚地走出冰面后，仍然能从背后听到那一小队女学员传来的哄堂一般的笑声。自此之后，天悦觉得无论再做什么事情，尤其是在女人面前，绝对不能抱有侥幸心理。

由于这样的或者那样的机缘，天悦逐渐认识了一些女学员，包括九队的夏月，军校排名第一的“校花”，苏州女孩儿；包括一队的董龙宝，江苏盐城人，性情开朗个性很强；包括八队的区队长李萍，气质很好，男朋友是一名轰炸机飞行员，后来成了天悦的哥们儿；还有八队的冯玲、陈蕾等等，陈蕾的一个姐姐嫁给了战斗英雄徐良；还有后来认识的九队的涧清，晓红等等。

不得不说，天悦其实也很喜欢那些女学员，由于他比别的男学员有更多机会和她们接触，了解她们吧！

那些女学员大女孩儿每天同样都要出早操，进行队列训练。从起床到出操，争分夺秒，必须在有限的时间内整理床铺、洗漱、去厕所。早操之后，紧接着就开饭、上课，一点儿也松懈不得。不管严寒还是酷暑，她们还是照训不误。

有时在队列进行“一二三四五六七八九十……”报数时，她们每个人都会发出“女高音”的清扬之声，令人陶醉；有时高强度的训练让一些女同学在站军姿或队列行进时晕厥摔倒，又让人怜爱不已，但她们自己管这个叫‘摔冰棍儿’。

女学员队列行进，天悦曾经一年四季天天看到，而社会上普通百姓只有可能在电视直播的国庆阅兵式上才能看得到。直到现在，那些女学员们出操、立正、齐步走、正步走整齐划一，统一的制式军装、制式皮鞋，如果再扎上武装带，她们英姿飒爽，威风神气的样子在天悦脑海里依然是历历在目。

是的！她们这些女学员就是军校里当之无愧的“军中之花”。

邂逅

在军校里，平时男学员接触女学员并发展初恋的途径极少，无外乎以下几个途径。

首先排在第一位的就得属互相攀“老乡”吧！应该算是最主要的途径。每到周六晚上吃完饭，只要路过下八队、九队的营房楼下，就会看到一道“亮丽的风景”，只见或者三四个人一伙，或者五六个人一伙，基本都是好几个男学员围着一两个女学员，热切地攀谈着，彼此问询这问询那，间或从人堆儿里爆发出笑声。这样的“人堆儿”数数的话能有几十个分布在楼门口、道路两边儿、窗户根儿、大树底下、晒衣服被褥的晾衣架下等。由于是“攀老乡”，结果就是法不责众，无论是警卫连还是各系各队的领导，只能袖手旁观。

其次，由于军校生活清苦，所以很多学员的父母会经常从家里给在军校上学的孩子寄吃的穿的用的，所以一些男学员会哭着喊着帮助自己喜欢的女学员去市里的邮局取包裹。通过帮助女学员去寄或者取包裹，也可以建立情感。

再次，有好电影时，一些爱看电影的女学员会事先电话联系认识的男学员男老乡帮着去礼堂排队购票，少则几张，多则十几张。而“接到命令”的男学员则喜不自胜地在电话里给对方立下“军令状”，之后积极主动放弃中午吃饭，去礼堂排队加塞儿，甚至不惜与别的队男学员或者警卫连的战士打架，就是为了兑现能为“老乡”或者喜欢的女学员买齐电影票。事后得到的奖赏就是看电影时他能够和他喜欢的女学员坐在一起。

其他的接触机会还有：例如平时晚上吃完饭后，进行各项运动时，可以有机会短促接近；例如平时彼此互相写信，通过当地邮局“鸿雁传情”，算是最靠谱最安全的；再例如，或者说是最有趣儿的时候就是碰巧应八队、九队的要求临时帮助她们解难。还有，行军拉练之前，尤其是学校多于夜间正睡得香甜时搞紧急集合，这些情况下因为女学员手劲儿小，打背包行李总打不好，那么她们在黑暗中就更是常常手忙脚乱。有的女学员打背包时，感觉两手很笨拙，恨不得抱着被子跑出去；有的女学员因为慌乱，只在被子后面塞进了一只解放鞋，就跑了出来；也有的女学员在操场上刚跑两圈背包就散开了。所以男学员无论在什么场合都乐意去教会女学员掌握快速打背包的简易方法，在教的时候，是能够“手把手”教的。而手把手教的时候，那场景是何等的暖心！

军校越是纪律严明，越是不允许谈恋爱，越是有条条款款压制着，越是让自由活动不方便，越是让觉得有时受这个罪很难捱，但只要有那些途径的存在，存在着男女学员接触的机会，就越是容易造成每时每刻都可能存在着的一种男女学员之间的绝无仅有的、稍纵即逝的“刺激感”，或者在一起时的“触电”一般的欣快感。

对天悦而言，什么时候也才会碰到那种感觉呢？那就是得看天意的安排了！

一次偶然的机会，因为科目英语考试完，很多同学想尽快知道自己的成绩，天悦刚好正帮着英语课女教员分发各队英文考试成绩单。不一会儿，他看到两个女学员，她俩来到教员面前询问考试成绩，教员问她俩的名字时，天悦得知她俩都是九队的，一个叫涧清，一个叫晓红，其中涧清的英语科目考试不及格。九队女学员有一百八十多人，有十几个女学员英语考试不及格，涧清是其中之一。

“你是怎么考的？竟然不及格！”女教员质问涧清，当着天悦和晓红的面。

“对不起，教员。”刚才沮丧着脸的润清回答道，接着说道：“我爸前不久突然去世了，我心情不好，所以没复习好英文……”说着说着，润清还哭了起来。

女教员见状，脸色马上变得相对缓和，不再说话，而晓红赶忙劝慰起润清。天悦把九队学员的英语考试成绩单递给晓红，并向晓红和润清做了自我介绍：

“我叫天悦，以后你们有什么需要我帮助的，我会尽力。”天悦表态。

“天悦的英语考试成绩是排在他们这届的第三，你们有机会可以多向他学习学习！”女教员当着天悦的面对润清和晓红说道。

“好啊好啊！”晓红高兴地对天悦说。这是天悦与晓红和润清的第一次邂逅交流……

天悦非常同情润清，也非常想帮助润清。后来，只要都有时间，他就会约着润清一起去图书馆看书上自习，为的是帮助润清尽快从低落的情绪中走出来，并且帮助润清学习英语背单词，准备补考。

同时，天悦对润清的情况也有了更多了解。润清的家在公主岭，母亲是位军医，父亲是位资深战斗机飞行员，哥哥也是位军人。一天下午，润清的父亲完成例行飞行科目回到家里，觉得很累，身体不舒服，就告诉润清的母亲，说想靠一会休息会，等饭菜做好后叫他。后来润清的母亲把饭菜都准备停当摆上餐桌后，叫润清的父亲起床吃饭，发现一连的大呼小叫都不管用，就急忙去卧室查看，才发现润清的父亲人已经不行了。润清的父亲就是这样去世的。

润清很伤心。她的父亲很爱她，从她一小就宠着她，对她的哥哥却严厉有加，非打即骂。润清也深爱父亲，因为父亲总会用各种办法来哄着她玩儿。父亲去世后，母亲因为不愿意再守在原地，不愿意因为目睹原来的每份空间、每个细节、每一物件或者听到战斗机起飞和降落的轰鸣声而伤感不断，遂主动申请调动工作，离开了润清的父亲所在飞行部队，带着润清的哥哥去了大连的空军士官学校工作。

随着两个人接触次数的增加，天悦间接了解到润清不久前还曾与五队的一个男学员私下谈过一段时间恋爱，但因为她的母亲不喜欢那个男学员，所以两个人没能继续下去。天悦尤其了解到五队的那个男学员在很多女学员眼里是属于很色很花的。

九队的电话

要放寒假了，天悦和同一寝室的室友都早就已经是“归心似箭”了。一天晚上下自习后，天悦回到宿舍，他所住的寝室有六套上下铺，住着12个人，此时其他室友都已经回到寝室里了。大家彼此有说有笑，其中有的室友已经拿到272次列车的火车票了。

天悦上床前，泡了一块方便面，往面碗里又放了些榨菜，因为又觉得饿了。和他一样，同屋的其他室友也习惯睡前泡方便面吃。大家几乎每天晚上都是这样，睡觉前容易饿，总得垫补点东西吃。

因为是在部队院校，对男学员而言，每天的学习训练安排时间紧、强度高、密度大，身体需要消耗大量热量，尤其对于仍然处在成长发育期的小伙子来说。由于年代的原因和军校地处东北，当地总体物质生活条件还是很差，导致军校里伙食品种比较单一，也没有什么油水儿。一年四季，每天早餐就是面食、粥、咸菜、腐乳，中晚餐炒菜往往就是白菜、豆芽、萝卜、土豆等轮换着，西红柿、黄瓜、柿子椒 、茄子等蔬菜很少能吃到，更别说鱼肉蛋奶了。有时吃猪肉炖粉条，其实就是酱油炖粉条，见不到肉的。好在主食不错，能吃到最好的东北大米做的米饭，还有包子、饺子、面条，只不过包子饺子基本都是素馅儿的。

由于伙食缺乏油水儿，而单纯的主食米面属于碳水化合物，很容易消化，不顶饿，所以天悦经常早餐一顿能吃五个馒头，中餐能吃两份儿米饭，晚餐能吃两份米饭。平时要改善伙食，最近的通路就是翻越军校围墙进到吉林师范大学，带着几斤粮票几斤面票和一二十元钱到吉林师范大学食堂换点饭票，在他们那里吃上一顿。

天悦记得，在那几年里，无论在军校食堂还是在吉林师范大学食堂，无论是他自己还是其他任何同学，从来没有一个人，从来没有一个学员，不论男女，像现在当代的大学生或者年轻人，无所顾忌的浪费粮食，什么这不吃啊那不吃啊，天悦他们那年代从没有过。

……

方便面泡好了，加了调料后，一股特有的葱香味儿顿时弥漫了整个寝室，天悦不由得咽了下口水，继而对室友们说道：

“春节后开学回学校，我得带几瓶老北京六必居的酱咸菜和鱼罐头来。”

“我要让我父母给我买些咸鸭蛋，我带过来。”天悦背后待在上铺的程卫骅也插话说。

“我计划从家里给你们带些我们家乡的腊鱼腊肉啊！你们尝尝，呵呵！”从隔壁寝室过来串门儿的湖北籍同学张伟也插话说。

大家正说着，楼道门口值班学员张硕跑来了，叫天悦去接电话，天悦随口问了一句是哪来的电话，张硕告知是九队的一个女孩儿来的电话，其他的室友一听，就都起哄，尤其室友韩哨俊带头儿哄笑起来。

天悦来到楼门口。

“你好，我是天悦。”他接起听筒说道，问对方：“你是哪位呀？”

“我是涧清，你现在能出来吗？问你点事儿。”原来是涧清。

“好的。”天悦随即来到九队，离九队楼门儿四五十米就站住了。一会涧清和两个同学一起出来了，另外两个是晓红和刘杨，而涧清自己走到天悦的面前。

“我后天回大连，我就想知道你穿的上衣尺寸，领口和袖口尺寸。”涧清腼腆地说道。

“我穿的军服是中号的，怎么了？”天悦不解地问。

“我想寒假期间给你织件厚毛衣。”涧清边说边用一根细绳量了天悦的领口和袖口、肩宽和身长。

“不用啦！我这不是穿着有军校发的冬装棉服吗，呵呵。”天悦笑着说道。

“我看你太瘦了，你就别管了！”涧清说完扭头小跑着回去了。

天悦回到寝室，边吃着方便面，边继续听着室友们聊天。这时李欣忻发神经了，来了一句：

“刚才我下自习后去趟解剖楼教室取东西，那楼道里的管儿灯照着白墙，楼道里的玻璃柜里的各种人体标本在光的映衬下，好像要复活似的，好像还有好多幽灵在背后看着我似的，真他妈瘆人！”

“你就是胆小鬼！”别的室友说他道。

“你牛！你们谁有本事今晚跑到解剖楼里的实验室睡一觉到明早，我给他十元钱！”

李欣忻说完这话，别的室友就都一下子沉默下来。

“我去睡一晚，你别到时候不给钱啊！”天悦一下子站起来，当着其他室友的面对李欣忻说道。

“你、你，得了，你就算了吧！我了解你！”李欣忻瞪着天悦，摇摇头，无奈地说道。

“呵呵。”天悦乐了，听了李欣忻的话后。

为什么李欣忻这么说天悦呢？李欣忻和其他室友知道，天悦的性情执着刚毅胆大。举例，体育课学习滑冰，为了尽快掌握滑冰的技巧，天悦经常于后半夜一两点从床上爬起来带着跑刀，一个人摸黑去学校里的冰场练习滑冰，不顾夜间零下二三十度的低温。直到有一次两个眼角起了冻疮，才停止了被室友认为疯狂的行为。

那天晚上熄灯后，天悦躺在上铺上，想起了涧清，也想起了晓红。自从邂逅认识了她们，他还从没真正想过或者琢磨过她们，现在不得不想着等春节后返回学校时，除了要多从北京带些吃的来学校，还得计划给涧清买点北京特产，给晓红买个礼物。

选购礼物

天悦认识涧清、晓红几个月了，在天悦眼里，她俩都是很有特点的女孩儿。

涧清身高大概得有一米六五，脸形属于大脸盘，一双大眼睛，两个腮帮子肉嘟嘟的，身材也丰腴，典型的东北女孩儿的外表。两个人接触几次，天悦感觉涧清是个温柔多情、爱笑、性情能放得开的女孩儿。

晓红身材苗条，身高在一米六三左右，瓜子脸，面庞白皙，眉目间别有一股动人的气韵。她一直都很清纯的外表，性情显得优雅而自信，对人友善而不媚俗，行为举止颇有分寸。她是与涧清要好的朋友之一。可惜，天悦始终不能有机会能单独和晓红进行交流，由于她要么和涧清在一起，要么自己行动，当然最主要的原因很可能是晓红从来没留意过天悦看到她时的那种恋恋不舍的眼神儿。当然，天悦也还没有考虑好，自己是否确定好了初恋对象，是否做好了开启初恋的准备。

由于天悦知道涧清曾经和别的男学员交往过，所以天悦内心还是更中意晓红。他有时恰巧碰到九队女学员列队经过时，在擦身而过的瞬间，他的眼睛就不断去分辨找寻晓红的身影样貌——亭亭玉立，明眸皓齿，容颜姣好。还有，就是当每次碰到晓红时，不管她和谁在一起，还是她自己时，当她也看到天悦盯着她看时，那一刻！天悦蓦见面前一张芙蓉秀脸，双颊晕红，星眼如波，随后又抱以如花的笑靥，每每令天悦不敢逼视的笑靥。天悦尤其喜欢晓红的那清纯自信的动人气韵。

寒假很快过完了。天悦返回军校前，经过认真琢磨，在北京特意买了几件吃的、用的、玩的，带回军校，除了留给自己，该送人送人。

用来送人的一是北京果脯。天悦认定涧清、晓红那帮女学员爱吃零食、甜食，何况她们从未吃过皇城大内出的精致食品——北京果脯。果脯乃蜜饯的一种，又称京式蜜饯，其制作来源于皇宫御膳房。为了保证皇帝一年四季都能吃上新鲜果品，厨师们就将各季节所产的水果，分类泡在蜂蜜里，好让皇帝随时食用。后来，这种制作方法从皇宫里传出来，北京就有了专门生产果脯的作坊。果品采摘分类讲究，果实要成熟到果核与果肉能够分离，马上摘下送到工厂加工，如鲜杏去核成两瓣，用白糖溶液煮制，或者浸糖液用抽空压缩机抽去果内水分。如此选料精、加工细，所以产品色泽好，味道正，柔软爽口。色泽由浅黄到橘黄，呈椭圆形，不破不烂，不反糖，不粘手，吃起来柔软，酸甜适口。这老时候，果脯蜜饯的享用，只在宫里或者非贵即富的人家当趣味食品，可以边喝茶边吃，也可以边下围棋边吃，也可以边听戏边吃，也可以边看书边吃。

准备和室友一起分享的吃食，是天悦买好的老北京六必居的酱菜，属于北京特产。在前门大栅栏东口粮食店街，临街有一家店铺，历史悠久，闻名遐迩，这就是已有480年历史的六必居酱园。据史料记载，“六必居”始建于明朝嘉靖九年。最初，这里是一家酒店，为保证酒味醇香甘美，这家作坊曾制订了六条操作规则：黍稻必齐、曲蘖必实、湛之必洁、陶瓷必良、火候必得、水泉必香。六必居由此得名。主要产品有甜酱八宝瓜、甜酱黑菜、甜酱八宝菜、甜酱甘露、甜酱姜芽等。六必居酱制的甜酱小菜，确实色、香、味俱佳，让人越吃越爱吃。过去，北京在清朝前期，专门制售酱菜的酱园很少，大都是油盐店兼营酱菜。它们的酱菜，远不如酱园酱制的菜好吃。六必居的酱菜，酱制多少就卖多少，生意十分兴隆。这里的酱菜，个个有名，而顾客尤其爱吃它酱制的铺淋酱油、稀黄酱、甜酱八宝菜、甜酱什香菜、甜酱萝卜、甜酱黄瓜、甜酱黑菜、甜酱瓜、甜辣白菜、甜辣萝卜干、白糖蒜等制品。这些酱菜，酱味浓郁，色泽鲜亮，脆嫩馨香，咸甜适口。

用来送人的还有就是天悦特意购买了几只北京出的钢笔。钢笔曾是何等荣耀，它曾排在老北京百姓“幸福生活四大件”之首——钢笔、皮鞋、暖水瓶、痰盂儿。曾经代表着一种全新的文明和富足，尤其是钢笔！上世纪七八十年代的人尤其是干部，包括部队干部，通过看他上衣兜里有没有钢笔，就能够判断出他有没有能力，甚至能成为一个人有没有文化的标志。当时社会上流行的说法是——插一支钢笔的是中学生，插两支钢笔的是大学生，插三支以上的肯定是国家干部。

用来送人的最后一件则是一只与真的大白兔大小相仿的长毛绒玩具。“大白兔”长毛绒玩具和“大白兔”奶糖在物资匮乏的年代里，都是极其珍贵的商品和馈赠礼品，是多少60后、70后人儿时最美好的记忆。同时，兔子柔顺、温和、机敏，爱吃萝卜爱吃菜，善于守财，还有警惕性高，也善于快速逃遁，有很强的自我保护意识。

天悦觉得买来送人的几样东西，都是很有面子的，也会讨九队那两个女孩儿喜欢的。他的计划里，大白兔长毛绒玩具送给晓红，果脯送给涧清，钢笔她俩一人一只。就这样准备停当后计划好后，天悦返回了军校。

在火车上，天悦憧憬着到时她俩见到礼物时会是怎样的惊喜。

“大白兔”的误会

开学前的最后一天，这天晚上，天悦又接到了涧清打来的电话，才得知涧清和晓红当天白天回到学校了。她让他过去一趟九队。

天悦兴冲冲地带上大白兔玩具、果脯、钢笔正要出门儿，突然想起要给晓红打个电话，遂拨电话到九队值班室，可是等了半天，电话那头儿值班学员竟然回复说晓红刚出去了。天悦本来是想单约下晓红见个面，把大白兔送给她。

晚上八点半左右的光景，外面下着大雪，雪花漫天飞舞，随着风直往脖子里钻，军校里一片银装素裹。路上，只看到还有刚刚返校的学员，有的学员自己提着行李返校，有的是坐着学校派去接站的军用卡车返校，一二十人正在陆续从卡车上下来，大家有说有笑。这情景反倒显得生机勃勃，天悦顿时觉到一种温馨。

等他抱着东西快要走到九队楼门口时，却早已经看见那熟悉的两个身影——涧清和晓红。

“春节快乐！”天悦望着头发上肩上落满雪花的涧清和晓红，微笑地冲她俩说道。

“春节快乐！”她俩也高兴地回应着，似乎久别重逢，显得更加亲切。

“我给你们俩每人都带了礼物，希望你们能喜欢。”天悦边说着边从编织袋里掏出的第一件就是那只用透明包装纸包裹着的大白兔，“看，大白兔是送给——”

“是送给我的呀！好漂亮哎！”还没等天悦把话说完，涧清就抢着开口了，紧接着随手一把就把大白兔给拿到手里，举到半空中，边端详边笑边说道：

“这个大白兔太可爱了！”

而天悦呢，在原地怔了下，对涧清的举动，此时的天悦似乎还没回过神儿来。而晓红呢，看到那只大白兔也非常喜欢，脸上流露出羡慕的神情。

天悦内心这个后悔呀！后悔自己脑子慢、反应慢、说话也慢。但是已经来不及澄清了。这时他就觉得，这个涧清真的是很反应快的，和兔子比，没什么区别。趁着涧清还在左看右看那只兔子，天悦则认真看着晓红的脸。他和晓红四目对视，晓红低下了头。

“天悦对你这么好啊！”晓红抬头突然冲着涧清说了一句。

“呵呵呵……”涧清也不好意思地笑了。

“还有这些果脯，你们俩分着吃。两只钢笔，你俩一人一只吧！”天悦把编织袋递到了晓红的手里。

“多谢多谢！”晓红和涧清异口同声地说道。

“天冷，你们赶快回去吧！”天悦催促道。

“那我先回去了。”晓红反倒先向涧清和天悦打了招呼，就拿着东西转身回宿舍了。

“喜欢它吗？”天悦面带愠色地问涧清道，又伸出手掸了掸涧清两个肩膀上的雪。

“当然喜欢了！”涧清俏皮地一抬下巴，斜睨着天悦的眼睛，却边说着边把大白兔夹在腋下，同时把一只手里一直提着的一个布包拿到天悦的面前，说道：

“这是我给你织的毛衣，对了！我还准备给你钩织个领衬。”

“这！你真的会织毛衣呀？”天悦惊讶地问。

“当然了，我们很多同学都会织，手都很巧！”润清笑着回答，脸上露出自得的神情，接着说道：“你拿回去试穿下，不合适再改！”

“好的，那我回去了。”天悦说着就要转身走。

“稍等！”就见润清两眼直勾勾地看着天悦，然后瞥了下左右前后，看四下里没有别人了，一下子凑到天悦跟前，快速地亲了下天悦的嘴唇，然后扭身跑走了，动作如脱兔一般。

被润清那一吻搞得猝不及防的天悦，望着润清的背影，内心起伏不定，不知是喜是悲。他一边哀叹着，“我的大白兔！”一边不得不承认这下就已经和润清走得过近了，以至于没有可能再向晓红表白了。尽管他此时内心里已经明确了自己真正喜欢的是晓红，惦记的也是晓红。

雪还在下，雪花飞舞，远处一片白茫茫！天悦的内心没有激动，只有苍茫！

日子一天一天地过着，冬去春来，东北的冬季长，春天短，似乎又要迫不及待地进入夏季。相对应的是，每过一天，天悦都要在自己的学期科目日程表上把过去的这一天画上个叉。慢慢地，这个表上的叉越来越多，同时，有的课结束了，又要开始新的科目的学习，而学习以外的训练依然紧张。

总体上天悦与润清的交流是越来越多，他除了知道了那只“大白兔”在整个九队掀起了一股热潮出了名，他也知道了更多的有关她们那些女学员的一些状况，包括知道了那些女学员的情感需求和爱美心理，跟社会上的女孩儿没有什么区别。

比如，她们女学员都爱想家，所以无论谁几乎遇到点鸡毛样大小的事情，也会写信给家里，甚至大部分女学员都有过隔个十天半月就得哭个一两次的记录。

比如，她们有的学员是经基层连队选拔推荐通过报考考进来的；有的学员是基层连队面试保送进来的；有的学员因为自己的家人是高级首长而受到照顾考进来的；有的女学员则从没有想过自己未来会要去做一名护士；等等。她们的年龄都是在十七八或者十八九岁，最大也不过二十出头的岁数，全都是处在人生美好的花季。她们每个人都渴望收到心仪的男人送给她们礼物。

她们都很爱美，很多女学员都多少用点如“大宝”类的雪花膏。不过没有哪位男学员或者男士选择送护肤品如雪花膏给她们女孩子做礼物，而香粉之类的美容用品更是想都不敢想的，因为男人完全不懂，天悦也不懂。何况没有哪个男学员希望女学员像东北当地女性那样，往往竟然将婴儿痱子粉拍在面颊上，再往颧骨上擦一点已经不香的胭脂，照照镜子后，穿着衣服裙子就若无其事地走出门去，旋即招来刺人的目光，她们也不免就一下生出千夫所指的恐慌。

其实，胭脂是不敢拿来在脸上调弄的，它只能藏在女人的小抽屉里，偶尔拿出来把玩，躲在屋里和姐妹一起在眉心点一颗朱砂痣可以，一张人工白脸就已经很小资情调了，再增加一点红颜色，就有放荡之嫌。

当时一段时间里，西哈努克亲王和他的夫人频频上镜。那个法兰西女人——柬埔寨王后，总是浓妆艳抹嘴唇涂得绯红。模仿她的东北女性包括吉林当地女性，便在百货公司发现了一种叫“面友”的东西，它比后来的雅方牌粉底霜更粗劣，更抹不开。传统审美观说，“一白遮七丑”，所以黄皮肤的女人有了它就等于拥有了一张白脸。当然仅有“面友”那单调的白，是镇不住物质匮乏带来的一脸菜色的，那东西容易在眉毛周围和鬓角那地方顽固地泛出一些蓝来，爱美的女人并不自知，昂着一张苍白泛青的脸走上街去，却让人以为是一钵面粉扣在了脸皮上。

当时爱美的女人还尝试过上海日化厂生产的老牌子“四合一”增白粉。那是一种装在纸盒子里的粉末，那盒子比香烟盒略小。不谙化妆术的女子要上街了，就拿两根指头撮一点粉末放于手心，滴两点水珠儿打湿，两手往脸上仔细搓揉，再勾下头掬一捧清水洗净。女子猛一抬头，那张被漂得惨白的脸，也是可以将人吓一踉跄的。

涧清是东北女孩儿吉林女孩儿，对当地女人如何爱美、如何化妆是最能讲得头头是道。天悦听了她这么一讲，从那之后便越来越觉得女人还是素颜真实的好些，清纯直接，容易亲近。至于送礼物给女孩儿，天悦无论何时何地都没送过什么护肤品化妆品。

有惊无险

在与涧清的交往中，天悦也了解到她们女学员很多都“不素”，经常没事儿时或者熄灯后不睡觉，做什么呢？不断地互相讨论交流品评男学员，似乎是看三毛或者琼瑶或者金庸的小说看得走火入魔了。一句话，她们女学员几乎每个人心里都装着一个男人！只不过她们心里装着的男人呢有的是本校里的男学员，有的是家里父母帮着相的亲就是类似青梅竹马吧，有的是学校里的干事或者参谋，有的是飞行员，不一而足。所以其实每天晚上熄灯后，女学员的寝室要比男学员的寝室热闹得多。

自然的呢，天悦后来也曾经收到八队、九队别的几个女学员写给他的用于表白心迹的情书，也知道还有别的队的叫得出和叫不出名字的女学员喜欢他。但真正让他魂牵梦绕的只有晓红一个女孩儿，只不过他已经知道自己的初恋只能是涧清，而且只可能有一个初恋对象。

再后来，通过涧清，天悦又认识了涧清的其他好朋友，如刘杨啦蔡一玲啦许静啦等。但天悦并没有把自己的男同学或者寝室的室友都介绍给涧清她们认识，因为天悦不想张扬。

天悦和涧清两个人更多的交流往往是在大学里的图书馆上自习时进行的，这样几乎每天晚上都可能在一起，只不过因为是可以事先占座，所以每次晚上见面，两个人在一起的位置都是固定的。经常是天悦先到先占座位，之后涧清自己一个人或者带着一两个同学过来坐。

天悦每次和涧清面对面地坐着。看书看累了，或者复习累了，两个人就通过互相递纸条来交流，过程中，涧清也会调皮地把双脚搭在天悦的膝盖上。当然，实在想念得不行时，要表达柔情蜜意时，涧清也会每天晚上在上自习时递送言情卡给天悦，言情卡是涧清和她的同学在校外市场上细心挑选后买来的。

涧清每次都是在言情卡上留言后送给坐在对面的天悦，然后看天悦的反应。

有的言情卡片正面的印刷文字：标题是“但愿长相忆”，标题底下附带的文字是“那串携手赋歌的日子，那段值得回味的往事”，卡片背面印刷文字是“别让怀疑成为分手的原因，关怀友谊才是永恒的回忆”，那么涧清在卡片背面的文字旁就用天悦送给她的钢笔写下“自从有了你，就有了这段相思、这段回忆。”

有的卡片正面的印刷文字是：“爱人是痛苦，被爱是一种幸福。然而在爱与不爱之间也会留下一段难忘的甜蜜”，卡片背面印刷文字是“爱的圆缺，不能由结局的美满与否加以断言”，那么涧清在卡片背面的文字旁就还是用天悦送给她的钢笔写下“我走进你的眼睛，会奔上你心上那座等待的小桥，会沐浴爱情甜蜜的狂飙，发现你心上那块绿色的山坳。”

有的卡片正面的印刷文字：标题是“恋”，标题底下附带的文字是“只要心中充满了爱，就会发现美”，卡片背面印刷文字是“我选择了你，并非我的季节里没有晨露和阳光；我选择了你，并非我的行程上没有南方和北方”，那么涧清在卡片背面的文字旁依然用天悦送给她的钢笔写下“天悦……用了世上最轻最轻的声音，轻轻地唤你的名字、写你的名字、画你的名字、而梦见的是你发光的名字。”

有的卡片正面的印刷文字：标题是“渴望”，标题底下附带的文字是“爱情、幸福、和平是我们渴望和追求的目标”，卡片背面印刷文字是“种的多，得的多——这是生活的一种启示”，那么涧清在卡片背面的文字旁就继续用天悦送给她的钢笔写下“你的梦是驶向我的小舟，我的梦是飘向你的帆，让我们的梦合在一起，日夜嬉戏在大海的中间。”

有的卡片正面的印刷文字：标题是“奉献的生命”，标题底下附带的文字是“把无限放在你的手上，永恒在一刹那里收藏”，卡片背面印刷文字是“让我们齐来歌颂，齐来祝福，愿你幸福快乐，直到永远永远”，那么涧清在卡片背面的文字旁就继续用天悦送给她的钢笔写下“永恒，刹那；刹那，永恒。……等你在时间之外抑或在时间之内。等你！在刹那、在永恒……”

除了图书馆的场合，天悦也会为涧清还有她的一班姐妹买好看的电影票，每次都是买到礼堂里中间最好的位置，有时为她们一买就买一二十张。有时也会陪涧清晓红两个人一起去邮局取包裹，等等。

但是毕竟是两个人只要在一起，就会要冒着被军校逮住进行警告或者处分的风险。

有一次，是在秋天的一个晚上，借着下自习后和洗漱前的空当，天悦和涧清相约在操场，操场上一片空旷，朦胧漆黑，涧清贴着天悦的胸怀站着，两只胳膊搭在天悦的肩上，而天悦也搂着涧清的蛮腰，两个人嘴对嘴接吻着，非常投入，可能维持了三十分钟的亲密。不过呢，好景不长，突然渐渐的，由远而近传来凌乱的脚步声和说话声，尤其是天悦看到有手电筒的光柱在打来打去。

“那里是谁？干什么的？”

突然从远处传来的严厉盘问的声音，在空旷的夜晚听起来异常刺耳！天悦和涧清同时觉察到了危险的临近。声音虽然刺耳，但天悦敏锐地感知对方距离自己所站的地方依然还有小一百米距离。事实上，感知力或者说是预判能力是战场生存所需练就的最基本的技能。

“你快走，俯下身猛跑！”天悦觉得情势不妙，便匆忙嘱咐涧清赶快跑。

涧清此时对天悦的嘱咐也是心领神会，未及向天悦道别，就扭身跑开，不到半分钟就消失在夜色苍茫中了。

很快，出现了警卫排的几个战士，他们走到天悦面前，用手电一照，看到是天悦，就惊讶地问道：

“怎么是你呀？就你一个人吗？”

“是啊！我在这练习桩功，就听到你们大呼小叫的声音了。”天悦微笑着说。

天悦认识警卫排的一干官兵，关系当时也还处得不错，因为有时在一起聊天，或者一起吃夜宵。他主要是通过一个姓司的老兵和一个姓黄的区队长，改善了和警卫排的关系。之前刚入学时的一两年，天悦和室友曾经和警卫排一帮战士打过几次架，互相抡武装带，抄棍子，结过梁子的。

“我记得刚才好像还是两个人的影子，怎么就只有你一个人了呢？”一个战士依然在纳闷儿。

“呵呵，别瞎琢磨了！下次你把眼睛擦亮点儿！别大呼小叫打草惊蛇的，像这次似的，不就得了！”天悦微笑着对那个战士说。

那几个战士见状只得悻悻地离去了。天悦也是受惊非小，但同时佩服涧清那种动如脱兔的敏捷。回到宿舍楼，他第一时间电话涧清，等了半天，涧清才接电话。

“你是谁？”涧清似乎紧张地问道。

“是我！天悦。”他回复涧清。

“妈呀！吓死我了，我以为是被谁发现了或者你被抓了！”涧清这回答，一方面让天悦感觉到她依然惊魂未定，一方面让天悦觉得好气。

也许是被涧清的乌鸦嘴咒的原因，后来的一次两个人在一起，结果就没有幸运可言了。

后来的一天晚上，大学礼堂放电影，大家都去看了，包括自己队的队长教导员。但天悦没去看，反而趁自己日常掌握队里办公室钥匙的机会，把涧清接到了自己所在的队办公室。两个人借此机会在办公室里缠绵拥抱接吻，又不敢开灯。

就这样过了良久，突然天悦听到了办公室窗户外面传来队长和指导员说话的声音，他下意识地感觉到显然是他们二人刚从办公室窗前走过，要回队里，电影已经散场了。

“我们队长和指导员回来了，刚经过窗前。”天悦紧张地对涧清说，自己心脏也开始怦怦地跳动，仿佛要从身体里跳将出来似的。

“那怎么办？”涧清紧张地问。

“别慌！”天悦把涧清拉到办公室门口，依然没开灯，却先把门锁打开，把门开了个缝，然后就在队长指导员的脚步声距离办公室门口还有十几步的距离时，他瞬间把灯打开，把门拉的大开，也正是在队长指导员到达办公室门口将入未入的一刻，涧清低着头一下子从天悦背后闪出，如泥鳅一般从队长和指导员两个人的眼前滑过，疾速冲出了楼门。

那灯一闭一亮之间，加上门忽然大开，使得队长指导员被晃得猝不及防，根本来不及注意离去的涧清的样貌。后来尽管队长和指导员很生天悦的气，当即要求他予以解释，但他只是很坦然地告诉队长指导员，自己也是刚进到办公室，准备取了自己的复习作业给那个随自己而来的女学员的，只不过自己和女学员前脚，队长指导员是后脚，赶上了。

天悦那时没有勇气承认错误！结果呢，他后来还是写了书面检查给队长指导员，也被要求把办公室钥匙交了出去，但队长教导员商量后并未继续深究。

总体上来说，天悦与涧清的这两次校内零距离接触还算有惊无险。即便如此，天悦内心知道自己的自我控制能力有很大欠缺，他骨子里不希望再出现这样的问题，也不希望有别的学员同学出现自己这样的问题。

至于涧清，经过这两次，她被吓得不轻。可是通过这两次有惊无险的事情，天悦对涧清的性情、为人处世、情感的把控和做事的果断有了初步的认识。

龙潭山公园

由于已经有两次险些在学校里被发现并差点被识破，天悦和涧清商量决定，利用周日的时间争取一起外出。这样做更便于交流，也安全。之后，龙潭山公园成了两个人去的最多的地方。

龙潭山遗址公园位于吉林市东部、松花江东岸，因山上有龙潭古池而得名，是一个以森林为主要景观的公园。山势挺拔雄伟、巍峨壮观。最高峰俗称“南天门”海拔 388.3 米，登峰远眺，江城尽收眼底。山上有一座渤海时期的古城遗址，山上还有清乾隆时建的观音堂、龙王庙、关帝庙等，统称龙凤寺。乾隆十九年（公元 1754 年）八月初九，爱新觉罗·弘历东巡吉林时，曾游览了龙凤寺，祭礼了龙潭，并为观音堂正殿书写了“福佑大东”匾额，封一棵二十八米多高，挺直无曲、枝叶翦齐的黄娑罗树为“神树”。此后，每年春秋两季，清驻吉林的文武官员在吉林将军率领下，都要到龙潭山祭礼“龙潭”与“神树”。

龙潭山公园最著名的景观当属“龙潭”，龙潭位于山的西北最低洼处，有板石砌成阶路送你到潭边。龙潭藏于山洼林荫深处，寒气袭人。龙潭东西长 47 米，南北宽 22 米，潭水呈墨绿色，水面布满浮萍，显得深不可测。龙潭古池是一处由泉水形成的潭，俗称“水牢”，潭呈长方形，四壁以花岗石条垒砌，是 1500 多年前高句丽北疆古城堡的储水池。与水牢相距 250 多米处，有一圆形石砌深坑，俗称“旱牢”，是高句丽时期古城堡储存军需物资的地窖。

龙潭山上植被丰盛茂密，每年一到秋天，那原来绿色的山，转眼就变成了色彩斑斓的五花山了。

你看那红的浓烈，黄的富有，紫的凝重，绿的深沉，红绿参差，黄紫斑驳，远远望去像一幅重彩油画高悬于天地之间。公园里的林木、牌楼、水榭、亭台都使人心旷神怡，乐不思归，徜徉其间，脚下踏着厚厚的落叶，阳光从林隙间透泻而出，一束又一束组成光帘，真是一幅绝妙景色。

每当天悦和涧清来到龙潭山公园，两个人都会觉得非常轻松，觉得非常的开心，觉得非常的舒服，然而更觉得时光的宝贵。两个人要么牵着手徜徉在林间小路上，要么一起坐在大石头上远眺，要么找一块平地铺上报纸野餐，要么一起探讨学习心得，要么随便谈天说地，要么天悦被要求讲讲他们男学员的趣闻。

关于他们男学员的趣闻，天悦给涧清讲了很多，但一直让涧清觉得最有趣的事情有两件。

第一件，是发生在夏末，由于当时校内校外很难吃到水果，即便有，也都不新鲜，所以天悦和寝室的同学室友都非常馋。退一步，没有应季新鲜水果的话，市面上能有些新鲜蔬菜也好，如可以生吃的黄瓜啊西红柿啊心儿里美啊胡萝卜啊，可是也没有！

一天晚饭后，天光仍然明亮，天悦和室友一起漫无目的的在校园里散步，走着走着，前面近处就是校长和政委两家分住的小楼。真不错啊！大家不但羡慕校长和政委家住的小楼，还羡慕校长和政委家楼下都各有一块不大不小的地，那些地里种了一些菜。

“快看，看这个绿叶下面土里肯定是种的萝卜，估计是心儿里美。”一个眼尖的室友边用手指着边提醒大家说道。

“不错，不错，绝对是！”室友们包括天悦都搭腔说道。天悦仔细认也一样认得出的，因为他在北京什锦花园小学期间，全班经常被班主任带着去乡下“学农”。

“我都流口水了。”有的室友说着，一行人边吐槽边回到了宿舍寝室。直到熄灯号响，寝室关了灯，大家还在聊、还在馋那些萝卜，睡意全无。

“我提议，咱们十二点时爬起来去到政委家的地里，弄些萝卜回来吃如何？”又是叫李欣忻的室友发起提议。

“好主意！我参加。”睡他下铺的室友小韩率先回应着。

“我也去”“我也去”……大家纷纷响应着。

总算熬到半夜十二点了，大家打着手电准备好了背包、小刀等，换上了解放鞋，一律只着背心短裤，打开窗户，鱼贯从窗户溜出，俯身狂奔目的地。

大家分了四组，三人一组进行分工，有三个组两人负责拔萝卜，一人负责装包里，还有一组负责警戒望风儿。行动非常迅速。就在三个组要开始拔第三个、第四个萝卜时，又有室友出馊主意了，他轻声地对大家说：“这么拔痕迹太明显，我们还是先把这些萝卜的萝卜樱子切下来，还插在土里，把萝卜拿走。”他这么一说，随即引来大家一阵窃笑。

“高！实在是高”，又有室友附和着。

如此忙活了半个多时辰，大家总算是满载而归，回到寝室后，大家忍不住，把搞来的萝卜用刀去皮后，大快朵颐地饱食一顿，剩余的就藏在床底下。

之后连续三天，大家分头有意去溜达往政委家菜地附近留意观察，发现萝卜樱子依然翠绿，显示萝卜长势正常。但是到了第四天，就突然发现校长和政委家附近新设了警卫排的战士巡守，再看看菜地里，头几天翠绿的萝卜缨子都已经衰萎了。天悦问巡守的一个战士出了什么事，那小战士煞有介事地说，政委家的萝卜被人偷走了。小战士还一再嘱咐天悦别对外宣扬。

涧清听了天悦讲的这个“偷萝卜”的故事，就笑得前仰后合，边笑边说天悦那帮男学员太坏！

第二件，也是夏末，只不过是在雨后的一个晚上，由于室外操场附近的野地里蛙类聒噪不已，吵得大家难以入眠，一个室友起床提议大半夜溜出去捕捉青蛙，回来涮着吃。结果大家纷纷附和行动。

虽是半夜，但经过一个时辰的努力，大家收获甚丰！回到寝室后，经过一番去皮、去内脏、清洗等处理，大家有的开始煮开水，有的准备碗啊筷子啊，有的负责倒酱油啊，等等，随后，就一只只开始涮着吃。如此的血腥，结果大家都还吃得津津有味。

涧清再听了这个血腥的故事，便觉得浑身起鸡皮疙瘩。

龙潭山公园风景好，令人心情舒畅，天悦也愿意讲故事，涧清也爱听。每次讲故事的时候，涧清都会依偎在天悦的怀里。但那两个故事趣闻在涧清听了后，她一边觉得好玩儿，一边又忽然觉得天悦那帮室友都太鲁莽狠心，所以她特别嘱咐天悦以后不要再做类似的事情了。

每次去龙潭山公园，涧清依然还是会送一张事先准备好的言情卡片带给天悦。

有的卡片正面的印刷文字：标题是“悠悠我思”，标题底下附带的文字是“好友，一切如昔？可好？但是，对你的怀念却是恒久不变，岁月飘忽、时间虽然能够改变许多东西”，卡片背面印刷文字是“一切聚散，莫非前定？且珍惜当今有缘”，那么涧清在卡片背面的文字旁就用天悦送给她的钢笔写下“也曾问流水的声音，也曾问白云的去处，问不清，问不清是爱的情绪，见也依依，别也依依。”

有的卡片正面印刷文字：标题是“永恒”，标题底下附带的文字是“一切将永远活在我的记忆里”，卡片背面印刷文字是“你轻声的祝福，是我最大的喜悦”，那么涧清在卡片背面的文字旁就还是用天悦送给她的钢笔写下“离别之苦延续到何时？你知否我的心多寂寞，我想告诉你，我心中的秘密——就是我想念你。”

有的卡片正面的印刷文字：标题是“希望”，标题底下附带的文字是“在蓝色的永恒里，我找到了绿色的希望”，卡片背面印刷文字是“真正的知音，不须多言，两心之际，在刹那间就可以有万万千千次往复交流的感应”，那么涧清在卡片背面的文字旁就继续用天悦送给她的钢笔写下“没有等待，哪有相逢？没有等待的痛苦，哪有重逢的欢欣？我骄傲，我们拥有等待。”

有的卡片正面印刷文字：“爱，是愁天恨地中，一片似锦的繁花；是风霜困顿旅程中，一盏最温暖的灯。朋友——诉不尽的感谢，你给我的真切关怀”，卡片背面的印刷文字是“最诚挚的友谊：一如高贵的花瓣，也能制造香精，它的牌子是——永恒，永不蒸发”，那么涧清在卡片背面的文字旁就是用天悦送给她的钢笔写下“没有花前月下的悠闲，没有湖上泛舟的浪漫，只有浓缩的感情，融在一张张清白的信笺纸上。”

有的卡片正面的印刷文字：标题是“寿”，卡片背面的印刷文字是“愿你，像松柏，万古长青”，那么涧清在卡片背面的文字旁就用天悦送给她的钢笔用心写下“我的生日，10 月 11 日，伟大的一天！生命带我进了高一段台阶，它象征着成熟与庄重，也铸成了人与人的情感。二十个春夏秋冬，我高兴，有你与我同庆共欢。”

总之，龙潭山公园给天悦留下了无数的关于初恋的美好回忆。

贾母探班

第三个学期快过去了，天悦和涧清的关系并未有大的发展，也从未有过出格的举动。

天悦只从涧清那里得知，涧清的很多女同学尤其室友都知道了她和天悦的事情，而且似乎也都私下支持她与天悦。她们几乎所有人都喜欢那只大白兔，经常互相争着抢着要玩几天。最主要的是她们羡慕涧清找了个本校的、比她大的、家是北京的同学做男朋友。

但当天悦的室友有时和天悦开玩笑，聊起他和涧清的事情时，他总是不以为然，或者不愿意多说。因为他依然爱慕晓红。他有时对室友说自己不着急结婚，即便结婚，恐怕也要 40 岁以后了。不过，没有哪个室友相信他是真的那样想。

直到 1987 年的秋天，一个秋高气爽的季节，一天在龙潭山公园，涧清依偎在天悦的怀里。可能是由于秋蚊繁殖快数量多的原因，两个人待了不一会，涧清就被该死的蚊子叮起了好几个包。

这天见面，涧清不顾秋凉，穿了她最喜欢的一件白色连衣裙。为了帮助遮挡蚊子的袭扰，天悦把自己的上身军装脱下来，盖在涧清的腿上。谁成想，那群蚊子毫不客气，几乎一刻钟不到，就在天悦的胳膊上、手背上叮起了几个大包，不由得，他下意识地把手伸进了涧清的裙子里，就只这不经意的一碰触涧清的大腿，他明显地感觉到涧清的身体微微颤抖了一下。

天悦尝试着去轻轻抚摸涧清那双白嫩的大腿，但好像抚摸的力度越轻，涧清的身体颤抖的越厉害；他尝试着去轻轻分开那双夹紧的大腿，但好像力度越轻，却越把涧清的大腿皮肤弄的直起鸡皮疙瘩，紧一阵儿缓一阵儿的；他越是尝试着去轻轻抚摸，涧清搂着他脖子的双臂搂得越紧，并不断发出轻轻的吟叫。这是两个人自认识以来到那天当天，发生的就算是最出格的亲近了。

后来在回学校的路上，涧清向天悦承认，她已经告诉她母亲关于她和天悦的事情，而她的母亲和哥哥知道后，也并未如她所想象的那样大发雷霆，反而非常平静。相反，涧清的母亲告诉涧清，准备在方便的时候和涧清的哥哥一起去学校看涧清的同时，顺便见见天悦这个北京小伙子。

天悦知道后，就和涧清开玩笑说：

“你姓贾，你母亲就是贾母，来学校看你我，呵呵，就像红楼梦里的贾母探班！”涧清听天悦这么一说，也不由得笑了。

涧清真的是一个不错的女孩儿，她一直没有口头或者暗示天悦要为她自己做些什么，以便讨好她的母亲。不但没有，涧清反而还经常为他做这做那，直让他的同学室友羡慕不已。但他心情多少还是有些紧张。此刻的他啊，远离父母，没有亲人能告诉他该怎么做；远离社会，没有成败的恋爱经验；远离他自己的想望，因为他真正喜欢的是晓红。

“贾母探班”这天终于到来了，涧清的母亲和哥哥来到了军校。为了见面，天悦没有穿军服，而是穿上年前在北京买的带到学校的那套品牌叫“顺美”的西服套装。见面后，他看到涧清的母亲是穿着一身呢子军服，涧清的哥哥也穿一身军服，加上涧清也穿着一身军服。他心中不禁赞叹，贾家一家都是行伍出身，必定严于律己，家风端谨。

“阿姨您好！大哥您好！”天悦礼貌地向涧清的母亲和哥哥问候道。

“你就是涧清说的天悦啊！”涧清的母亲一边细致地端详天悦，一边用眼睛的余光瞟着涧清的表情。涧清脸上似乎露着些紧张和不自然，而涧清的哥哥就站在母亲的身后，一动不动地看着。估计这个阵势场景兄妹俩都是第一次见。

这也是天悦长这么大以来头回见女朋友的家人，何况是初恋女朋友的母亲。

“我就是天悦，涧清说的没错！涧清对我说了家里的很多事情，我觉得涧清是个挺好的女孩儿，平时总念叨父母哥哥，想想也是挺可怜的！”天悦轻声地回答道。

涧清的母亲听了这话，眼眶突然一下红了起来，涧清见状，马上近前挽住了母亲的一条胳膊。

“我这女儿挺懂事的，顾家。她手脚都不笨，脑子也聪明。就是有时候爱跟大人发脾气！”贾母不无自豪地说，接着转头对着涧清说道：“你不是想我和你哥了吗？今天我带着你哥一起来看你，也看看天悦，你这回高兴了吧！”

“妈！我高兴！”涧清一听就摇晃起母亲的臂膀，不好意思地笑着说道。

后来，贾母一家请天悦吃饭，边吃边聊中，天悦发现，贾母虽是一个资深军医，但交流起来时没有任何架子，对他和颜悦色，贾母称呼他“天悦”。贾母首先向他了解家里的情况，之后再了解他的学习情况，后又问他是否已经适应部队院校营房的生活，是否饮食习惯等等，他都一一认真回答。而涧清和哥哥则是坐在一旁倾听。涧清的哥哥是一个敦厚之人，属于中规中矩的军人，话不多。

涧清的母亲当着涧清和她哥哥的面，告诉天悦：

“涧清自小是娇生惯养长大的，只能接受顺境不能接受逆境；”

“涧清多少也还懂事，懂得疼人；”

“涧清是家里唯一的女孩儿，也是母亲的心头肉；”

“涧清喜欢的，家人一般不会反对；”

“对涧清有什么意见，可以写信告诉母亲；”

“两个人在一起，一定要多交流沟通，无论何时，都要把对方放在心上。”

天悦当着涧清和哥哥，向贾母保证，会把贾母的教诲谨记在心。

一家人吃完饭后，在松花江大桥边照了一张合影。而天悦也送给了贾母一张照片，是一张他穿着空军军服在北京天安门广场国旗下与守卫国旗的武警卫士的合影。

涧清的母亲和哥哥离开吉林一周后，涧清就告诉天悦，说她母亲很喜欢他，说母亲不仅夸他长得白净，还夸他文质彬彬，人很老实，也很懂事。贾母希望涧清和他两个人彼此珍惜，互相帮助。贾母并通过涧清转达给他一个口信儿，就是希望他有空时可以给她写写信。

天悦听涧清说了后心里自然是高兴的。也就是说，贾母不但不反对涧清同自己交往，也是希望自己能把涧清的家当成是自己的家。

毕业前后

岁月如梭，光阴荏苒！天悦到了最后一个学期了，已经开始毕业实习阶段，实习就在空军吉林465医院。而涧清是学护理的，也已经到了第三个学期。就是说，两个人的学习考试压力越来越大。每个月里能见面的时间越来越少，而每次在一起，说的更多的都是学习和考试方面的事情。

涧清后来经常跟天悦说起学习方面的事：比如第一个学期里，为了学习解剖知识，她和同学经常利用业余时间到尸体解剖室熟悉神经走行和人体解剖部位。她们还把教学用的比较小一些的人体骨骼带到宿舍里，手里拿着那些骨骼，躺在床上复习解剖部位，常常不知道什么时候就抱着那些骨骼睡着了；比如第二个学期，护理基础理论知识比较枯燥，大多内容都需要死记硬背。有一些护理技术操作，如皮下注射、肌肉注射、静脉注射、输液、针灸、艾灸、插胃管、灌肠等等，她和同学们多是在自己身上互相练习，由于技术不熟练，大家都受过不少皮肉之苦；比如第三个学期，要进行临床护理模拟操作，虽然是模拟练习，但静脉穿刺时在胳膊上造成了皮下瘀血；肌肉注射时，在臀部和胳膊注射部位留下了很多针眼；插胃管时，恶心、反胃，把胃内容物都吐了出来；灌肠之后，肚子很不舒服直往厕所里跑。尤其学校设有示教室，里面有模拟人、人体骨骼架以及其他教学用具，她和同学们经常在里面练习清洁口腔、给氧、吸痰、洗胃、测量血压和测体温、更换床单位以及穿、脱隔离衣等护理技术。

天悦每次听涧清讲，都是边听边笑，但他很少讲他自己的学习、实习和考试。他更愿意帮助涧清分析和掌握有效的学习方法和复习考试窍门儿。由于还有一年就毕业了，所以他此时更多地在考虑毕业分配的事情。

另外，天悦也多次收到涧清的母亲发来的信件，提出要他尽快抽时间去大连金州家里看看，所以他也在盘算何时能成行，以及要不要在毕业前把自己和涧清的关系报告给自己的父母，毕竟涉及以后分配能否两个人分到一起，涉及感情是否能够延续。

……

就这样，转眼间，几年的军校生活就真的结束了。

军营或者部队院校就是这么残酷，根本不给机会给你品味团聚的快乐和离别的痛苦，就要投入到下一轮的工作。在即将离别的时候，天悦却希望时间过得更慢一些，虽然他的心思早就飞到北京，飞到未来的工作岗位，虽然他已经提干将要开始新的人生成长历程。

离别的这一天终于到来了，在集合地点，来送别天悦这届毕业学员的有他们的教员们，有低他们一两届的同学们，有队长，有学校领导，当然还有涧清和晓红。

在奏响的军乐声中，天悦登上送站的解放牌军用卡车的一刻，他和将要分别的同学们紧紧拉着手，每个同学都是泪水横飞；涧清也是边抹去泪水边向他挥手。在军车载着天悦他们驶出军校大门的一刻，大家无不痛哭。内心里，他们早就知道会有这一刻。

在即将毕业离开的时候，天悦很高兴地对寝室的室友说：终于熬过了这几年，但是，部队院校锻炼我的，我将受用一辈子！

天悦清楚他走的那天，他会流泪，甚至痛哭，但是年年老学员毕业的景象，他还是历历在目。一年一度的老学员毕业就是这么的残酷，他们来自四面八方却终将分别，他们来自五湖四海，却终将各奔东西。缘分使他们走到一起，缘分让他们成为战友，缘分却又让他们离别……

再见了，战友！

再见了，队长、教导员、各位教员！

再见了，大学生活！

天悦会去怀念，会去想象你们的的好，你们的责备，甚至还会去想种种不愉快，总之，他会把在部队院校里面发生的一切记录下来，他会去写，无论多久之后，一定会把这几年的点点滴滴记忆下来，用文字的形式永远刻录在他的脑海之中。

谢谢你，战友！

谢谢你，队长、教导员、各位教员！

谢谢你，钢铁一般的军校大熔炉。

是你们让天悦成熟，是你们让他成长，是你们让他回味过去种种幼稚，不断地改变过去的作风，除了练就一项专业知识，还获取了终生享用的精神。

……

润清在天悦毕业离开大学之前，就和天悦有了毕业前的约定！这个约定就是不管谁，离校后无论发生什么事情，彼此都不会再去找别人了，除非最终没有分配在一个地方工作。很明确的了，或者说公开的了，润清是天悦的初恋对象。

天悦毕业后回程路上，没有第一时间回北京看望父母，也没有第一时间去未来的工作单位报到，而是第一时间去了大连金州。

金州位于大连市东北部，西濒渤海，东临黄海，北靠东北腹地，海岸线很长，四季分明、气候温和、空气湿润。而且金州有很多值得玩的去处，如金石滩、铜牛岭、大黑山。但天悦去大连金州的目的不是去玩儿的，而是诚惶诚恐地去看望贾母。而且他此行既没有第一时间通知润清，也没有第一时间通知贾母，而是故意想要给贾母一个惊喜。

坐火车倒汽车，一路奔波之后，天悦终于到了金州空军士官学校的门口，警卫立正敬礼。天悦请求警卫给官校医务室打电话，以便看看贾母在不在。让他惊喜的是得知贾母正好在，而贾母也在问警卫战士是谁找她，天悦故意对警卫说他是一个外地的，请贾母出来接下他。

不一刻，天悦就看见学校里面走出一个熟悉的身影，里面穿着军服，外面套一件白大褂，头上戴着白帽子。正是涧清的母亲。他遂主动紧走几步，迎了上去。

“阿姨，您好，我来看您老了！”天悦笑着说道。

“是你？！天悦，真不敢想象会是你！”贾母激动地拉着天悦的双手说道。

贾母脸上既喜形于色，又充满梦幻般的神情，接着埋怨天悦道：“你这孩子！怎么来之前也不打声招呼呢？”

“我毕业了，离开吉林时就改签了火车票，我是急着想尽快来看看您。”天悦笑着说。

“又坐火车又坐长途车的，累了吧！”贾母心疼的眼泪就在眼眶里直打圈。

在回家的路上，一老一少边走边交谈。贾母只要遇到同事阿姨或者叔叔，一律介绍天悦是她未来的姑爷。

在金州士官学校的家里住了两天，贾母给天悦做了很多好吃的，顿顿都是海鲜，要么就是鲅鱼馅饺子，可见贾母很疼他。他把与涧清毕业前的约定告诉了贾母，贾母一连声称是。贾母并嘱咐天悦回京后要努力工作，还要保重身体。最重要的是，贾母再三嘱咐天悦平时一定要多给她和涧清写信。

离开金州后，天悦从大连坐船前往烟台，在海上看了日落，在海上看了日出。

到烟台游蓬莱后再去泰安登泰山。天悦一直梦想能登泰山，并把登泰山作为自己大学毕业和成长为大人的一个标志，也想通过登泰山来抒发自己的胸怀壮志。

这天，登泰山，快到中天门时，恰乌云丛起，环绕在天悦的身前、身后和头顶，如虬龙搅海一般。不多时，伴着一阵狂风，豆大的雨点啪啪地打在他脸上、身上、地上，随即而来的倾盆大雨哗哗地下起来，路上其他的行人唯恐避之不及，纷纷找地方躲避。

天悦却没有任何躲雨的念头，他希望这雨下得越大越好，能够冲刷掉一身的尘土和汗污，能够洗清自己以往的一些过错。他甚至希望那场风雨能意味着他未来的人生能风调雨顺，也希望大雨能去除泰山当地的久旱，泽被一方人民。他继续冒着大雨拾级而上，直到山顶。到山顶后，他环顾四周，终于明白了“一览众山小”的意涵。回想起刚过去的那一场大雨，天悦不禁联想到自己莫非就是一条苍龙，龙行天下，浩气干云……

天悦登泰山一路拍照留念后就下山准备回京了。在泰安火车站，等车的人人山人海，由于暑期，要坐的车又是慢车。这时他目睹一个老年女人领着四个孩子挤到自己身边，那个老女人看着穿着军装的天悦后，就问他坐哪趟火车？坐火车去哪里？他告诉那老女人他自己是准备坐哪趟火车，而且是回北京。

那位老女人听天悦这么一说，她的表情由刚才的忐忑不安马上转为放松放心的样子，然后边指着几个孩子中年龄最大的一个女孩儿边告诉天悦，说她是她的大女儿，高考考上了北京中央财政金融学院，此时也要去北京，去学校报到，另外的几个孩子是那个大女孩的弟弟妹妹，吵嚷着非要一起送姐姐到火车站。原来，那老女人是那几个孩子的母亲。那位母亲其实是想请求天悦帮忙，在火车上照顾下她的女儿，

天悦见状就爽快地答应了那位母亲的请求，而且他得知，那个女孩是第一次离家出远门儿，而且没有买到座位，只买到站票。不过，天悦也同样只买到站票。

嗣后，那趟去往北京的慢车徐徐进入站台，所有候车的人都蜂拥而上，在一片拥挤中，在那个大女孩儿与她的母亲还有弟弟妹妹匆匆告别后，就

随着天悦一起冲向了一节车厢。

天悦自己一举身背肩扛手拉七个大小包，包含那个大女孩儿的。那大女孩儿紧跟在天悦的身后，牵着他的衣襟儿。他左遮右挡、前突后拱地护着那个大女孩儿上了火车。在车厢里，他不顾满头大汗，坚持和有座位的乘客协商，争取到让出个手绢大小的地方，让那大女孩儿坐下了。

那大女孩儿感激地看着天悦，并做自我介绍姓胡，考上的大学学校地点在北京市西城区大柳树那边。一路上，两个人聊了很多。车厢里人多拥挤，又不怎么通风，加上聊得口干舌燥，使天悦觉得口渴了，他从包里摸索半天，掏出了仅剩的一个苹果，他毫不犹疑地把苹果递给小胡。

小胡看到只有一个苹果，开始就不好意思吃。后来小胡坚持把苹果分一人一半儿，她才肯吃。就这样，苹果被分了一人一半儿，天悦咬着苹果，酸甜清脆，渴得嗓子直冒烟的他终于得以缓解，而小胡边吃着苹果，脸上也边露出幸福的微笑。

夜里，疲惫不堪的天悦或站或蹲或靠，最后困倦得不得不蜷缩在车厢地板上小睡。如此他就半睡半醒地终于熬过了一夜。

清晨五点半，火车总算到了北京南站。两个人下火车出站后，天悦把小胡送上了去她学校的公交车，分别之际，小胡一再感谢天悦对她一路的照顾。

从天悦毕业离校的一刻到在金州见到贾母的一刻；从在大连上船后没多久就遇大风令他亲眼所见海上惊涛骇浪的一刻到看到船上其他旅客都已经晕船晕得不行而他自己却没有任何不适；从快到烟台时在船甲板上他有生以来第一次看到壮丽的海上日出的一刻到在泰山山顶“一览众山小”；从他上车前承诺小胡的母亲的一刻到下火车后把小胡送上去学校的公交车，这毕业的旅途上所见所闻以及所做之事，让他心底里有一种莫名的自豪感！

天悦愿意而且在默默地实践自己内心所追求的那种“骑士精神”，他希望在自己正式参加工作前就给自己的职业生涯交上一份乐于助人的答卷儿。

书信交流

天悦回到北京后没多久就到工作单位报到，正式参加工作了。

天悦工作的第一年是考察期、试用期。他努力工作，积极表现，尽管一切都是按部就班，这样的话他顺利通过了一年的考察期，在工作单位得以转正。他在工作后的那漫长的一年里，和母校的同学哥们儿依然有书信往来，交流频繁。很多的信的内容都是告知彼此的情况，或者是倾诉内心所想，并相约日后再见。

例如，四队的范东写给天悦的回信是比较有代表性的，信里这样写道：

天悦吾友：你好！

来信收到，内情已知，分别半年有余，也很想念你们。想起我们北京老乡一起玩儿，也不觉孤单，而现在虽说老杨他们队又来两位北京老乡，但在一起玩儿的机会很少，总觉现在很无聊。在校期间，也许有许多地方对不住老兄你，还望你谅解。关于现在母校情况，一切如故，只是新的学员又来了一大批，才感到从沉闷中带来了一丝生机。部队的名言，“铁打的营盘，流水的兵”，你们老学员们走了，新学员们又来了，来来去去，去去来来，生生不息。回忆那时你们要离开母校了，我们大家互相拥抱，握手，握住的是战友之情，离开的是怀念之意。

今年考来的新学员中包含有三个护士队，其中有一个队是从地方初中毕业生中招来的，看起来年龄很小；新学员还有医士队 120 人，军医队 500 人；其他是还增加招收了部队上的检验、药剂、仪器维修干部学员队；而核医学工程招收只针对被停飞的航校飞行学员了；另外营养系还增设了大专班。虽然如此，这里还是那么幽静，还是那样的死气沉沉。

至于我现在的学习，反正是很紧张的，本月 19 号要考微生物学，元旦放假都只顾玩了，该看看书了。上一轮课目考试成绩，各科都 80 多分，不过遗憾的是没有过 90 分的。对了，我们今年 1 月 30 号放假，我打算去哈尔滨玩一玩儿，大概 2 月 2 号回到北京，到时我会找你的，到时咱们大家在一起吃一顿饭。

代问段兵等几位老乡好！

祝邢兄工作顺利，生活愉快！

此致

军礼

友东

每次当天悦提笔给母校同学校友写信或者回信，都不会忘记当时互相挥挥手，含泪作别军营的景象。他怎么能忘记，在形同野战环境下的毕业实习考试中，他和范东等在一起摸爬滚打，匍匐前进，模拟抢救伤员的一刻。

每次当天悦收到并阅读军校校友的来信时，就仿佛又回到了部队院校，仿佛能看到新学员们穿着崭新的军装，提着黑色的课本包，从他的面前列队走过。天悦知道，他们又将是一个个新的军营男子汉，她们又将成为一朵朵新的“军中之花”。

每次当天悦提笔在信尾落款时，他也同样向校友同学回致军礼。总之，他的军旅岁月，他的深爱的营房，虽然离开一年了，但无论离开多久，都不会让他忘怀的。

当然了，在工作的第一年，对天悦和涧清的情感关系的发展也相当于一个漫长的考察期。这一年的下半年，涧清也已经离校进入毕业实习阶段，她实习单位是空军济南医院。两个人虽然早就不能像以往能天天见面了，但只要有时间就写信一诉衷肠。

涧清在写给天悦的其中一封信中写道：

亲爱的天悦：你好！

昨天休息，也无事可干，看看书，而后去市里修理了一下我的秀发，回来照照镜子，还可以。今天值中午班，试着打电话给你，没想到这么顺利就拨通了。你不是今天值班，怎么又不值了，多亏我没有晚上要电话。知道你一切都好，我很高兴，就是工作总忙。

你注意多休息休息。不过！！！别忘了你已经欠我几封信了。

中午下了班，我老师约我去她家，她爱人值班，她想让我陪她做饭，她本人不会做菜，平时都是她爱人干。我想我也不大会，可比她强点儿。我们一同买了好多菜，忙了一下午，费了好大力气才做出几个菜，自我感觉还可以。我觉着做做饭还挺好玩的，不过要是做多了，可能就会嫌烦的。然后我到幼儿园把她的儿子接回来，她儿子和我玩的可好了，五岁，长得很好看，虎头虎脑的。晚上在她家看了会电视才回来。

对了！昨天夜里可又梦见你了，具体梦见什么事，我想不起来了，只觉着醒来时很高兴，然后开始后悔怎么醒了，想闭上眼睛接着做，可技术不佳，没接上，太可气了！梦中的你，总是和和气气的，拉着我的手，走在绿草坪上，我经常重复做这样的梦，并且我做梦是彩色的，好看极了。你也许做过我的梦，也许我在梦里是只老虎或是只猫一样厉害吧。我希望每天都梦见你才好。

护士节快到了，我们准备放一天假，看当护士就这点好处，一年里比你们男士多放了一个妇女节和一个护士节，还不错吧！

我妈一直很惦记你，但不知给你的信里说了些什么。每次她来信都教育我一顿，好像我在你面前多不懂事、光气着你似的。我都怀疑你告我的状了吧！什么时候，我们一同去我家，我可以教你游泳，保证教会你，你应该学会游泳。

你给我妈回信了吗？？电话里想聊好多话，但都忘记问了。就到这，祝快乐！

吻你！

夫人

天悦在工作后的一年考察期，工作紧张，精神压力大，只要有时间就多用来看书学习，所以并不一天一封信的写给涧清，甚至回信也不及时。好在涧清的信有时一封接一封，此时，涧清把自己当成是天悦的“夫人”，而天悦把自己当成是涧清的“男人”。

这天下班前，天悦又收到了涧清的信。涧清在信里写道：

亲爱的天悦：你好！

今天护士节，我放了一天假，下午院科组织我们去市医院参加他们的护士节文艺联欢，我觉着没什么大意思，就没去。但是和我在一起实习的那七位护士小姐全去了。而本院护士每个人节日发了一个皮包，没我们的份儿，大家气坏了。本来下午有四人值班，这一来没人去上班了。而我们团小组活动，干不干都没奖金，连这点钱都不肯给我们八个人出。平时也一样干护士的工作，工作量也不小，这些领导一点儿都不会调动我们实习护士的积极性。

反正还有几个月，我就提干转正了，也不在乎这一点了。今天刘杨的两个老乡晚上来我们这里玩儿，说了半天连护士节都不知道，还问我们今年是第一次开始过吧！看来我们护士还是没人重视。在他们眼里，护士就是每天打针发药就完了，说我们的工作舒服极了。呵呵，怎么在众人眼里，护士只做这么简单的打针和发药，我们何必还要上这三年学呢？！

明天我也休息，还没有想好该做些什么，但有两件事一定要完成的：给你写信和复习功课。就像你说的，写张纸条给你寄去也可以。我们在一起的时间太少，少得可怜。每每想起这些，总有深深的遗憾在心间。我现在能为你做的事太少了，深感惭愧。

但想起在校时，已经为你洗过九次衣服，总算能找到些安慰。那时你真不怕麻烦，把衣服床单也拿到我那儿来让我给你洗。还行，晚上睡觉之前你还知道过来收被子拿衣服。

我们大约7月10日左右就离开济南，时间过得也快，这一年就这样过去了。实习日子里确实是我们众姐妹们欢乐的时光，在济南的生活比起在校时快活多了，也舒服多了。但以后正式工作了，就完了，再也找不到这样的日子了。但我还是希望这两个月快些过去，可又不情愿回校，内心矛盾着呢！

明天休息一天，又是我一人“独坐西楼，寂寞梧桐深院锁清秋，剪不断，理还乱，是离愁，别是一番滋味在心头。”

吻你

夫人

天悦总是认真地看涧清写来的每一封信，一字一句认真地看，有时看了一遍后又看第二遍。看完这些信，他都保存起来，并不断思索着，思索何时能去济南看看他的“夫人”涧清，或者接“夫人”涧清来北京。他觉得这才是应该他做的，而不只是停留在笔头儿写信上。

一天，天悦到北京火车站提前购买了去济南的火车票，最主要的是自己的一颗心早已经飞到了济南，飞到了令自己朝思暮想的“夫人”身边。

探望“夫人”

天悦去济南的前一天的一早，就又收到了一封寄自空军济南医院的信。他一下拆开信，就见“夫人”涧清写道：

亲爱的天悦：

真抱歉，昨天本是你值班，我却没打电话给你，这并不怪我。今天我去收发室跑了三次，也没你的信。想想这段时间只收到你一封信，你越来越坏，明天再收不到信，我也该休息几天了，或者是两个月。

你越来越不关心我了！！！

今晚医院里放电影，露天的，我和同学们去看，很晚才回来，白天休息人很多，只有等到晚上，大家睡下来。现在四周是莫大的空虚和寂静，刚刚同学们一起又谈起毕业分配之事，我心情很烦，很快也将告别既有痛苦、也有欢乐、又多充满幻想的军校生活了。命运的孤舟将飘进狭窄的港湾。我感到了，现实如一个暴烈男人的手狠命地打着昔日梦想的耳光了。每每谈起分配之事，我心里总是这种感觉，而且这种感觉越来越深了。

还应该抄点好东西给你，给你讲个故事：在大学图书馆里，四周很安静，大家都在用心看书，复习功课，可在一个角落里，一男一女却在互相传递字条。

男的：太想要了！我真想把你抱在怀里好好地吻几下！

女的：可以。

男的：7月25日我们去一趟龙潭山呗，我们也不用看什么风景，我们俩好好待上一会儿呗。

女的：我不去。

男的：那么你7月25日有什么事？！还是另有安排？！你简直就是个笨猫！

女的：什么事也没有，你再瞎说，我几号也不去了。

男的：你以后再玩虚的，咱们俩就绝缘。

女的：可以，限期一节课！

边传递纸条，这个女学员还把脚放在坐在她对面的戴着眼镜的男学员的腿上。总之，太不像话了！

吻你

夫人

天悦看到信的结尾涧清讲的这故事，和她画的配图，脸上露出诡异的笑容。他此时觉得，永远都是女人离不开男人，但男人没有女人依然可以很潇洒！

天悦已经买好了去济南的火车票，但没有通知涧清，他决定要给涧清一个“突然袭击”！

随着列车车厢里广播提示：亲爱的旅客，列车已经到达济南火车站，天悦下了火车。他军服外面穿着一件深色长风衣，戴着大檐帽，军帽的帽檐压得很低，几乎遮住了他的眼睛。他还提着个大号的衣箱，只不过箱子里放的不是重几公斤的狙击步枪和枪瞄以及七点六二毫米直径专用弹药，而是一堆北京精致食品，给涧清、刘杨和杨晓红她们带的。

天悦从济南火车站出来，深呼吸了下，冬天的空气很干燥。他又看了看周围，觉得很土，这是他第一次到济南。去医院的路上，他看见经常有男士骑着个自行车，车后座上带着个女人，应该是那些男人的老婆。令他觉得有趣儿的是那些坐在自行车后座上的女人们几乎每个人都穿着件要么大花、要么靓丽的棉袄。

到了医院，院子很大，好多栋楼，经过询问后，天悦左拐右拐终于找到了涧清工作的病房，他直接找护士。不多时，当涧清穿着护士服戴着白帽子和大口罩出现在天悦面前时，互相看着，彼此感觉都很异样！竟然谁也一下没有认出对方，天悦也几乎认不出涧清，涧清也几乎没认出天悦，就这么互相对视着，有小一分钟，还是天悦先开口了：

“这是谁呀？怎么大半年不见，这么胖了？！”天悦调侃地说着。谁知涧清反倒显得很冷静，问天悦道：

“你是谁呀？你找我什么事？”涧清边问边把口罩从脸上摘了下来。

“我是你哥哥阿太呀！”天悦笑着顺口而出一句电影《海霞》里的一句台词，同时摘下了大檐帽。

“你——”此时的涧清简直不敢相信自己的眼睛，惊呼道：“是你，不会吧！”

不过，涧清刚表示完诧异，马上就又把脸给拉了下来，说道：“你又来了不是！上回你去金州，你就不跟我妈打招呼，这次你来济南，又不和我打招呼。”天悦看得出来，涧清面色是稍有不悦。

涧清接着说道：“你先坐会儿，喝口水，我去问问后勤部还有没有空出的房间，好给你安排住的地方！”

“多谢夫人！”，天悦边说着，边随着涧清来到护士站旁的一个屋子，见周围没有其他人，他就从背后一把抱住涧清，把涧清抱起来，转了几圈，直到涧清笑着大叫再转就晕了时，他才缓缓停下来。涧清抓了一把椅子，让他老实地坐着。

天悦静静地坐着，静静地看着，在护士站，有医生、护士、病人走来走去。涧清给他倒好一杯热水，随后离开病房去联系住的地方。他边喝水边看着涧清的背影，不禁觉得感慨万分，毕竟有很长时间没有见过面了。

当初在军校时涧清那熟悉的身材、熟悉的面庞、熟悉的微笑又重现在他面前，所以他还是很激动的。这种激动的感觉似乎是一种理想的爱情状态下才会迸发出来，也只有在一种“你舍不得我，我也不能没有你”的心灵交汇下才能获得，才能意会得到。而这种激动的心境和情绪在一个人的一生当中应该不可多得，尤其是因为不但能感动自己，也能感动对方，更能感动周围的人，不需要通过言传。

当晚，天悦被涧清带着来到医院食堂，在这里，已经有一桌人在候着了。有刘杨等涧清的女同学，还有几个小兵哥，据说是涧清等几个同学的老乡。大家陪着他又吃又喝，边吃边聊，还玩起了老虎棒子鸡啊的游戏。酒足饭饱以后，他已经有些醉了，涧清带着他到了医院里的一处平房，进门之后，他注意到这平房分几个小间，但共走一个外屋门。两个人进了其中一间，由于时间很晚了，涧清帮助整理完床铺以后，正要离开，可外面风很大。他本想留住涧清一同就寝，但再一琢磨还是放走了涧清。

当夜的那场大风让天悦一生难以忘怀，自从他到了济南下了火车那一刻起，济南当地就开始刮风，风似乎从他的脚底开始刮起，直到涧清要走时的光景，风不但未见小，反而越刮越大。从窗户里往外一看，那风刮得昏天黑地，飞沙走石，窗户被刮得噼啪作响。刚才大家一起吃饭时，还有人开玩笑说这大风是被他带来的。

天悦关了灯，躺在床上，想入睡，却睡不着。他一直半梦半醒，此行济南正如真龙下凡，龙行千里，狂卷西风，少刻不有停歇，看来刮就要刮它整整一夜！

第二天清晨，似乎四五点时分，天刚蒙蒙亮，天悦只听见有人敲击他所住的屋子的窗户的砰砰声。他如梦方醒，一骨碌坐起，随即看到窗户前一个人影一闪，直觉告诉他，敲窗户的应该是涧清。他顿时睡意全无，蹑手蹑脚下地进到外屋，轻声打开外屋门，一看果然是涧清，他把涧清悄悄地迎进里屋里。

进得里屋，天悦随手把里屋门关上并插上插销。涧清一下扑到天悦的怀里。

两个人激情接吻足足十分钟。之后不容分说地，天悦拥着涧清一起就势躺下了。因为是张单人床，涧清躺下后，两个人很快侧面搂抱在一起。好在屋里的暖气还挺热，天悦本来就只穿件裤头儿，而涧清此时也已经把衣服都脱掉了。

这是天悦长这么大以来第一次亲近一个全身赤裸的女孩儿的身体，这时的涧清二十岁年纪，长眉入鬓，她面露娇羞、凤眼含春、嘴角含笑地看着天悦。

“我来看你，你高兴吗？”天悦吻了下涧清，然后轻轻地问道。

“高兴啊！好想你抱着我。”涧清回复着，晨光下的她桃腮欲晕，呼吸渐渐加快。

天悦坐起来，边看着涧清全身皓如白雪的肌肤，边用手指捋着涧清漆黑的头发，他在细细观赏品鉴“天下第一尤物”。长这么大，他终于明白什么叫“稍染猩红”，什么是“琼林玉树”，什么是“全露天真”了。涧清一只胳膊伸出紧紧搂住天悦的脖子，把天悦的头按向她的胸部，另一只胳膊伸向天悦的下身……

天悦才想起来，顺势把裤头儿脱了。由于这是他与女人的第一次肌肤之亲，紧张之下，他直到完事儿，都不知道是不是真的插进去了，反正他很快就射了。

愁洒大明湖

起床之后，涧清陪着天悦游大明湖。两个人手挽着手，天气晴好，碧空如洗，虽然还是寒冷，但空气清新，昨天的大风似乎刮跑了一切的云雾灰尘。

那大明湖位于济南市里，是由众多泉水汇流而成的一处难得的天然湖泊，被誉为济南三大名胜之一，据说也是后来拍的《还珠格格》里乾隆帝与夏雨荷邂逅的地方。毕竟是冬日里的大明湖，湖面虽无碧波，但冰面辽阔，在太阳的照射下熠熠生辉。如果是在夏天，则完全可以想见清代书法家铁保留下的“四面荷花三面柳，一城山色半城湖”的名句中那样的美景和大明湖的绝好之处。

涧清又给天悦讲了所谓的大明湖里有“四怪”——青蛙不鸣、蛇踪难寻、久旱不落、久雨不涨。涧清讲济南民间盛传，大约是在清朝乾隆年间，乾隆皇帝下江南路过济南，一天开始，先游览了趵突泉、千佛山等名胜后，于午时来到了大明湖畔的历下亭休息。真龙天子驾临大明湖，自然也就惊动了大明湖里的各路神仙，于是百蛙齐鸣，众蛇会聚，大明湖畔更是鸟飞虫跑，一众生灵都希望能够一睹天子龙颜，所以外面鼓噪声此起彼伏，惹得一身疲惫正想小憩的乾隆皇帝龙颜大怒，一拍桌子，颁下圣旨一道，敕令：“蛇归洞，蛙不鸣。”众生灵见龙颜大怒，于是立刻慌慌张张的溜掉了。从那以后，大明湖里就再也见不到蛇了，也听不到蛙鸣了。

天悦听了这个故事，面露笑容，只想着日后有时间的话，一定要在夏天重游大明湖。虽然大明湖胜景自唐代起就名扬四海，且宋时曾巩曾有诗道：“问吾何处避炎蒸，十顷西湖照眼明。”虽然至金代，诗人元好问在《济南行记》中，始称大明湖，且大明湖一带历代建筑甚多，素有“一阁、三园、三楼、四祠、六岛、七桥、十亭”之说，所有建筑均建造精美，各具特色，但冬天的寒冷容不得天悦和涧清逐一细致观赏。

天悦搂着涧清的肩膀，只去了其中最著名的历下亭，位于大明湖水面诸岛中最大的湖心小岛上，亭因处历山之下而得名。唐天宝四年（公元745年），著名诗人杜甫曾与北海太守李邕饮宴于历下亭，并写下《陪李北海宴历下亭》诗，诗中“海右此亭古，济南名士多”一句被人广为传诵，历下亭也因此名扬天下。亭中匾额“历下亭”三字，为清乾隆皇帝手书。

两个人边游大明湖，却也边谈涧清毕业分配之事。一谈到毕业分配，涧清顿时愁容满面，因为一是涉及未来两个人是否能最终走到一起，二是涧清从骨子里向往首都北京，她还从来没去过北京，所以一提到北京，就让她生出莫名的兴奋。

“涧清，等元宵节时你可以请假去北京，我可以陪你玩玩，你也顺便见见我父母，如何？”天悦问涧清道。

“那当然好耶！我也这么想，我妈也建议我借机会能去北京看望下你父母。”涧清高兴地回答道。

“那就这么说定了，呵呵。”天悦边说边吻了下涧清的耳朵，顺势把涧清的肩膀搂得更紧。

“嗯。”涧清答应着，也把头紧紧地靠在天悦的肩膀上。

回到医院后的晚上，照例又是吃喝，但只是与涧清和她的一众同学。天悦来济南之前，给涧清的信里提到，要是去济南的话，得让刘杨请吃羊肉串儿，刘杨通过涧清的回信告诉他，说不请天悦吃羊肉串儿，要天悦得先请她吃才行。

现在大家坐在一起，刘杨依然是一副调皮的大女孩儿的样子。而杨晓红一直话不多，脸上一直透着一股绯红。天悦虽然和涧清坐在一起，但眼光主要还是看着晓红的那双眼睛，晓红羞得几次欲言又止，后来终于鼓起勇气对天悦说道：

“天悦，今年我能去北京的话，一定要去看你。”天悦听了晓红的这句话后心里自然是高兴极了。

“看，关心你的人还很多呢！”涧清听了后，笑着对天悦说，晓红也不好意思地笑了，涧清别的同学也都笑了。

临近吃饭结束，天悦把从北京带来的一箱子好吃的尽都分给一众大女孩儿，乐得她们一个个手舞足蹈，谢声连连。

饭后天悦在涧清的陪同下回到住的地方，两个人待着闲聊。

突然有敲门的声音，涧清起身去外屋开门。一会儿，她带进来个中年男子，大约四十多岁的样子，穿着军服。天悦随即站起身来，涧清当即介绍那个男子是医院管后勤的，是他帮助安排的天悦住这儿，天悦听后马上就对他表示了感谢，随后大家坐下来一起聊天儿。

说是聊天儿，可那个中年男子一边聊却一边抬眼只在涧清身上乱看乱扫，渐渐激起天悦一种异样的感觉。都聊到晚上快十一点了，他已经很疲惫了，可那个中年男子依然无意离开。

即便天悦慢慢进入了浅睡眠，但感觉他俩依然在聊。后来，他听到那个中年男子叫涧清出屋，不知道那中年男子要和涧清做什么，但也没有听到那中年男子和涧清开外屋门一起离开平房的声音。就这样，他满腹狐疑地半睡半醒，估摸到了半夜十二点多了，就听见里屋门开的声音。

随后天悦听见涧清和那个中年男子在门口嘀咕了几句，感觉涧清和那中年男子看天悦睡着了，才一起离开那处平房，而涧清没再回来。不但如此，涧清也没像头天清晨那样一早儿再来这儿，陪他睡一会。

天悦起床后，本来一天的安排，是涧清陪他去逛逛趵突泉和千佛山，之后他就要返回北京了。但去趵突泉的路上，他却心情不佳，何况冬天如何能看喷泉，再加上冬天上千佛山，穿的风衣不足以御寒。于是，在他的执意要求下，两个人又去了大明湖。一路上他话不多，只是细致游览。

天悦在涧清的陪同下看到了道教庙宇北极阁汇波楼，也看了园中之园铁公祠。他一字一句地朗读关于大明湖的诗句《千花台》：“烟波与客同樽酒，风月全家上采舟。莫问台前花远近，试看何似武陵游”。他还觉得晚清大家刘鹗对“佛山倒影”的描写更是引人入胜——“到了铁公祠前，朝南一望，只见对面千佛山上，梵宇僧楼，与那苍松翠柏，高下相间，红的火红，白的雪白，青的靛青，绿的碧绿，更有那一株半株的丹枫夹在里面，仿佛宋人赵千里的一幅大画，做了一架数里长的屏风。正在叹赏不绝，忽听一声渔唱。低头看去，谁知那明湖业已澄净的同镜子一般。那千佛山的倒影映在湖里，显得明明白白。那楼台树木格外光彩，觉得比上头的一个千佛山还要好看，还要清楚。”

天悦又朗读了若庵的《大明湖》诗句“大明湖畔绿成茵，寥落新荷远岸尘。只道风光无限好，往来多少负心人。”

于是乎就只这两句“只道风光无限好，往来多少负心人”，便一下让天悦眉头紧锁，若有所思。涧清一路上只就跟着天悦一同观赏，却不知此时的天悦已经愁洒大明湖。

三天三夜过去了，天悦的济南之行终于结束了。他的内心有喜有忧，喜忧参半。虽然他与涧清两个人有了第一次肌肤之亲，虽然涧清陪着他两游大明湖，但他只要一想起那个中年男子对涧清的神情，就不免有生出诸多困惑。因为那个中年男子与涧清的神神秘秘，因为依然未能与晓红有多一句的交流，他终是悻悻地要回北京了。

去火车站之前，天悦再次向涧清提出可以利用周末或者元宵节去北京，而心中留存的疑惑却按在心底，他没有向涧清提问。直到后来也没问过那天晚上涧清和那中年男子在外面屋子到底发生过什么事情。

元宵节

时间过得很快，马上就要到元宵佳节了，意味着涧清将要来北京了。天悦把涧清将要来北京的事情告诉了父母和弟弟，全家人都很高兴，都热切地盼望着涧清的到来。事实上，父母和弟弟对涧清并不陌生了，因为他多少告诉过他们一些他和涧清的事情，而父亲又特别爱趁他不在家的时候，偷着翻看他的日记和他与涧清的来往信件，所以对两个人的事情知道得更多。

由于父亲经常偷看天悦的日记和信件，所以天悦经常为这种事与父亲争吵，而父亲却总以“知子莫过父”为理由来搪塞天悦。

元宵节的头一天，涧清到了北京。在站台上，天悦看到穿着军服提个大包的涧清出了列车车厢，就马上迎了上去，把大包接过来。两个人时隔不久又见面了，所以各自喜形于色。涧清主动亲了下他的脸颊，挽着他的一条胳膊，共同出了火车站。

在回家的公交车上，涧清伸着头颈左顾右盼地望着窗外，天悦不时给她述说着相关的地名。但快到家门口时，涧清却紧张得迈不动腿，一再地问他，说这样就见家人好吗？什么都没带的情况下，而他也好心抚慰涧清，让涧清放宽心。

涧清满脸通红地被天悦领进了家门，天悦的父母和弟弟一起站了起来，天悦向家人介绍涧清，再逐一介绍家人给涧清。

“叔叔阿姨好，弟弟你好！”涧清说着。

“你好！”父母和弟弟也紧跟着回复。

“累了吧！先喝口水。”母亲看了涧清后，高兴得合不拢嘴儿，招呼涧清坐下休息喝水。

“我什么都没带就来了，也很不好意思！”涧清惭愧地说着，没有马上坐下来。

“没关系的，你又没工作没上班，买什么东西呀，家里什么都不缺。”天悦的父亲马上应答道。随后，涧清才坐了下来，向天悦家人介绍了自己的实习工作等。

当晚天悦全家人带着涧清去东四路口中国书店旁的一处酒楼“青海餐厅”吃饭，点了七八道菜一个汤。

大家边吃边聊，父母详细地了解了涧清的个人情况，天悦也一个劲儿地给涧清夹菜，场面热情洋溢。弟弟问题最多，没完没了地问涧清关于部队里的女孩子会是什么样。实际上，一直以来父亲，还有弟弟最关切的就是涧清的外表是什么样子的，长得好看不好看，是不是比较开朗，尤其弟弟总觉得部队里的女孩子肯定会很有趣儿。现在父亲和弟弟终于看到涧清性格是什么样和长得怎么样了。

天悦是和父母一起住平房，平房有两间屋子，父母住一间，天悦自己住另一间小屋。因为天悦的弟弟正在上大学，日常都是住校，所以吃完晚饭后，弟弟没有耽搁，就直接回了北外。父母觉得涧清是个明事理的女孩儿，也就没有和天悦涧清分开商量，父母就安排涧清住天悦住的那间小屋，涧清也爽快地答应了。

晚上两个人临睡前，母亲看小屋里的温度已经有二十七八度了，就帮着把小屋的火炉子给封上，并嘱咐天悦夜里别忘了起来添煤。

再次见面，天悦和涧清躺在热被窝里谁也睡不着觉，一直开着灯聊天儿。直聊到很晚时母亲过来敲门，喊他添煤，他才光着个屁股下地，把火炉子上面的炉盖儿拨弄到一边，把盖在最上面的一块儿蜂窝煤的火盖儿钩下来放在一边，之后，迅速地把里面的煤一块接一块都加出来，把后夹出来的两块烧乏了的蜂窝煤扔到屋外门口，之后按顺序把剩下烧的正格好的煤再放进去炉膛，在上面又添了两块新煤，之后顺序盖好火儿盖和炉盖儿，便瑟瑟缩缩地钻回到被窝里。

整个过程涧清看得真切，因为从没见过火炉子取暖，所以觉得十分的新鲜。其实从她下火车，在路上，在胡同里，在院儿里，她一直都觉得很新鲜。

但是此时，没有什么能比肌肤之亲更能吸引一对儿正常的性欲十足的男女了……一番云雨过后，涧清依偎在他的怀里，合上眼睛入睡了。

天悦看着睡着的涧清，原来的一些疑惑愁绪暂时没有了，他觉得涧清是个很温柔的女孩儿。他知道，涧清请了五天假来北京玩儿，也是不容易，他要抽空尽可能地多陪涧清，带她多逛逛，给她买件衣服或者买双鞋，带她多吃些北京小吃。

第二天，已经请好假的天悦领着涧清去了离家最远的颐和园，在颐和园游逛的一路上，看得出涧清很兴奋的样子，他问涧清颐和园之比大明湖如何，涧清笑而不答，他虽然猜不出涧清的心思，但觉得涧清肯定内心很高兴。

第三天，天悦陪涧清去了天安门广场看了人民英雄纪念碑，还去了中山公园和故宫，之后去的王府井百货大楼。

第四天，天悦陪涧清去了天坛公园和地坛公园，还陪着她看了场电影。

第五天，天悦陪涧清在东四就近逛了北海公园和景山公园。

几天下来虽然都感觉有些累，而涧清还是乐此不疲。最让她开心的就是天悦还带着她到处转到处寻么好吃的北京特色小吃。天悦把北京的特色小吃种类及趣闻逸事尽可能多地告诉了涧清，还告诉她，北京历经四朝建都，博采四方小吃的精华，兼收各族小吃之风味，所以样多味美。

天悦告诉涧清，林海音女士的《城南旧事》一书描写北京的细节中，除了有那一队队的骆驼，除了有那夕阳斜照的紫禁城角楼，除了有那灰暗的小胡同，还有就是那推着小车沿街叫卖的“驴打滚”。隆福寺街面儿上的清真白魁老号，大门里面就有摆卖“驴打滚”，花上几分钱便可果腹。一种大众化的叫法“豆面糕”，是以黄米面和黄豆面为原料，将熟黄米面团放在熟豆面上揉匀，裹上豆馅，然后摊平，撒上芝麻、白糖、水糖渣和桂花拌成芝麻糖，再在铺着熟黄豆面的案板上一滚就成，闻着香味扑鼻，吃起来柔软而有劲，甜中又带有芝麻香味。不光是孩童爱吃，许多成年人也常在摊边吃上一盘。

和“驴打滚”差不多的“艾窝窝”，则是用糯米蒸熟后包上核桃仁、芝麻、瓜子仁、青梅、金糕及白糖、冰糖渣、糖桂合成的馅做成，形似元宵，但要凉食，表面沾有熟米粉，如挂白霜，吃时黏软柔韧，馅松散而香甜。京师竹枝词描写它：“白黏江米入蒸锅，什锦馅儿粉面搓；浑似汤圆不待煮，清真唤作艾窝窝。”这种小吃历史悠久，元人称为“不落夹”。明万历年间内监刘若愚所著《酌中志》说：“以糯米饭夹芝麻糖为凉糕，丸而馅之为窝窝，即古之不落夹是也。”明代的李开先在他的《金瓶梅词话》第七回里也曾提到过。而今北京一些清真小吃店里还有的卖，然而和早年间的质量已经不能相比了，因为过去的艾窝窝是现捏现卖，顾客可以挑选果馅，新鲜而随心。

北京的芝麻酱烧饼也是大众化食品，最受北京人欢迎。烧饼古称煎饼、胡饼。东汉刘岐《三辅决录》载：“赵岐避难于市中贩胡饼。”宋梦元老《东京梦华录》说：“胡饼店即卖门油、菊花、宽焦、侧厚、油锅、髓饼、新样、满麻。每案用三五人擀剂卓花入炉，自五更卓案之声，远近相闻。”北京芝麻酱烤烧饼，一面带有芝麻仁，皮焦脆，内柔软，香味浓厚，里面层次分明，一般有十五、六层。刚出炉时趁热夹上“焦圈”或是酱肉吃，真是适口充肠，其味无穷。

所谓“焦圈”，俗称“手镯”，是自清宫传出。御膳房专做此吃食的孙德山，传给了升源斋烧饼铺的邬殿元，流入民间。这是用面和上明矾、碱面及盐做成圈状经油炸而成，形似手镯，吃时酥焦香脆，即便放上七八天后竟不失其脆性。另有一种名敬子麻花，也用油炸，但带有芝麻及糖桂花，形如四个椭圆形的花环束在一起，质地酥脆香甜中带有桂花味。这种小吃古称“寒具”“环饼”。苏东坡曾有诗赞其：“纤手搓成玉数寻，碧油煎出嫩黄深。夜来春睡无轻重，压扁佳人缠臂金。”

北京的小吃尚有薄脆、糖包、脆麻花、蜜麻花、炸三角、炸回头、炸荷包等。其中马蹄烧饼中间空心，夹肉末吃最适宜。传说慈禧太后一夜梦见吃烧饼，早点时正好进肉末、马蹄烧饼。慈禧说是给圆了梦，重赏了做烧饼的厨师。后来北海漪澜堂专售肉末烧饼。北京的小窝头也是与慈禧有关的。据传八国联军攻进北京，慈禧去西安，沿途以窝窝头充饥，觉得食之甘美，回銮后到处索问哪里可见这种吃食，御膳房只好以玉米面、黄豆面加白糖做成小窝头供应。

北海漪澜堂的芸豆卷、豌豆黄、千层糕亦源自清宫。千层糕制作精细、色彩绚丽、吃之松软而有弹性，甜中带香，每块糕有八十二层，层次清晰可数。当年西单曲园饭店的银丝卷也是一绝，齐白石老人当年常派人去买。它形似花卷，但在面皮中间包藏制成的面条。面条经抻拉九次制出，成为511根细丝。故吃起来柔和松软、油润香甜。另外，如有二百多年历史的一窝丝清油饼，也是用这种方法制出面丝，刷上香油，盘成饼状，烙制而成，不过制时须再抻两次，制成面丝2048根，它又名“盘香饼”。

北京人还喜欢喝豆汁，当年和平门南新华街有“豆汁张”，东安市场有“豆汁何”。豆汁色灰绿、汁浓醇、味酸而微甜，喝时与辣咸菜同食，既酸而辣且烫，别有风味。“炒疙塔”也是北京风味小吃以穆家寨的名声最响。其创始人为和平门外“广福居”那穆氏母女，人称之为穆桂英。久之，“广福居”就改为“穆家寨。”以后，前门外“恩元居”也仿之而为。

“炒疙瘩”是以黄豆大小的面疙瘩，煮后再和牛肉末、青菜加麻油炒。颜色青、黄相间，淡雅美观，吃来绵软有劲，滋味香醇。“豌豆粥”也是别处很难喝到的，它数西单的“豌豆赵”做得最好。一碗稀粥加上红糖，一经搅拌，越搅越稠，可使筷子插粥中不倒。原料须用张家口产的褐色花豌豆，煮后颜色褐红，豆烂而不碎，粥稀而不汤，沙甜满口，香味醇厚。

有人认为，奶制品的小吃是近代西方人带来的，其实并不尽然，北京的奶酪，历史也颇久远。它是用牛、羊奶制成的半凝固食品，乳白滑腻，入口即化，香甜爽口，富于营养。奶酪古称醍醐、乳酪、羊酪等。唐皮日休诗中曾有“雕胡饭熟醍醐软，不是高人不合尝”之句。《红楼梦》十九回中贾妃赐给宝玉的“糖蒸酥酪”便是此吃食。曾有人赞它说：“饥者甘食、渴者甘饮，内以养寿，外以养神”，奶酪以东安市场内的丰盛公名声最好。

以小吃出名的还有“馄饨侯”“爆肚满”“年糕刘”“馅饼周”以及“都一处”的炸三角、后门桥合义斋的炸灌肠、鲜鱼口会仙居的炒肝儿等等。

天悦告诉涧清，乾隆时诗人杨米人《都门竹枝诗》中有云：“日斜戏散归何处，宴乐居和六和居。三大钱儿买甜花，切糕鬼腿（油条）闹喳喳。清晨一碗甜浆粥，才吃茶汤又面茶。凉果炸糕聒耳多，吊炉烧饼艾窝窝。父子火烧刚买得，又听硬面叫饽饽。烧卖馄饨列满盘，新添桂粉好汤团。爆肚油肝香灌肠，木樨黄菜片儿汤。”

几天下来，涧清把北京小吃吃了个够，解了嘴馋的同时也记住了好几种小吃的名字。

涧清回济南前，天悦又领着她逛了在北京有名的东四外贸服装一条街。那时无论京城内还是京城周边省市，凡是喜欢时髦爱装扮的青年男女，买四季时尚衣装、买包、买皮带、买鞋、买围巾、买帽子、买太阳镜等等，无一不是到北京东四这条外贸服装街来，使得东四外贸服装街既繁荣热闹又不失体面贵气，而朝阳区的秀水街比之则逊色很多。

涧清从没见过如此繁华的外贸服装街，所以逛得分外开心。她注意到各店卖品琳琅满目，再加上店主也热情，所以她几乎每店必进，就更加让她目不暇接。她喜欢长筒靴，又看上一套长款纯毛大衣，最终经过比选，天悦掏腰包帮她选购了一套中意的全毛料的长外套和一双中意的高及膝盖的全皮筒靴。

涧清提着大包小包，要上火车了。在站台上，天悦从背后抱着涧清，吻着她的头发，直到要开车了，涧清才意犹未尽地上了火车。

从元宵节那天开始到这天上火车，五天过得太快了，天悦望着远去的列车，想着五天里的日日夜夜，想着两个人在一起的分分秒秒……天空又开始飘起雪花了。

一锤定音

送走了涧清，天悦的父母很关心地询问他，他和涧清的关系是否确定？涧清在家住的几天是否有什么不满意？涧清在北京玩得是否开心？给涧清买的衣服鞋是否是涧清真喜欢的？涧清什么时候会再来北京？等等，天悦刚开始一一解答告诉父母，但父母还是问个没完没了，就让他反倒生出些不耐烦。

似乎心有灵犀，涧清走后的第三天，天悦就收到了涧清寄自济南的来信，信中写道：

亲爱的天悦：你好！

我于昨日晚顺利回到济南，因为这几天在北京玩得很乏，上了车就睡了。在北京的五天里得到了你全家人热情照顾与关心，我心里有说不出的高兴，我能够拥有这样的家，拥有这样的父母和弟弟，而感到高兴、自豪。全家人都是朴实、热情、大方，我一点儿不觉得拘束。记得以前我说过，我很怕见你父母，在我印象中。大多数家中的父母都很严肃，要是见了严肃的家长就像见了我们上级一样的难受。可第一眼见了你家人，却推翻了我的一切想法甚至后怕，心里也安稳下来。

你也花费了休息时间陪我玩儿，看来我现在的体力并不如你，很想多玩儿玩儿，可恨怕累。但是在北京的五天里的每分每秒，都是那么愉快而幸福。特别是和你在一起的时候，你的温情与爱让我陶醉。每当此时，我多想让时间与空间永远地停滞下来，让我永远和你在一起，我一步也不想离开你。

可我还是回来了。我们又开始了牛郎织女的生活。我怕过这样的生活，也过够了这样的生活。可又有什么办法。只有到今年的七月份，我们才能再见面，我现在只是盼着日子快些过。

这次去北京实在太匆忙，没一点准备，你可不要介意。今天白天休息，洗了几件衣服，晚上上夜班。就到这，祝工作顺利生活愉快！

洞清

天悦头天刚收到的涧清的第一封信，不到两三天的工夫，就又收到涧清的第二封信，信里写道：

亲爱的天悦：你好！

我盼着能早日看到你的来信，和你那熟悉的字体。离开你已经有四五天了，心里好想念你。想起和你在一起是多么幸福和快乐。而每次的相聚却等于又一次的分离。每次离开你，我心里很难过，几个星期或者一个月也恢复不过来，我是多么想永远和你在一起。要知道，世界上最最可贵的是得到了你的爱，同时我也真心地爱着你。我也反问过自己真心爱天悦吗？我没有一点犹豫地回答是的，我永远地爱他。我相信我现在的感情是牢固的，是不可摧毁的，同时我也是幸福的。

近几日叔叔阿姨都好吗？你的工作忙吗？你多注意身体，不要把自己搞得太疲劳，在校时，有位教员这样对我们说："在学习工作之余，要像狼一样去贪吃，要像猪一样地去贪睡"，想起来很滑稽，我看你也应该这样。

我自上周返院后，第二天晚上了一个夜班，接着被借到外二科上了三天的特护，是一个心脏手术病人，但最后还是死了。所以这几天一直忙于工作，明天周日有值班。门诊工作不忙，要比在科里好得多。今天周六晚上，大家都想轻松一下，合伙去市里看了场电影，回来后她们几位去看电视了，我则坐下来写信。要再不写，怕你真的以为我说的只给你写两封信。

刘杨让我代她向你问好；杨晓红则一再要求，今年路过北京，肯定会去看你。呵呵，她们都很关心你。还有，我妈来信说很惦记你，因为你好久没去信给她了。以为咱们俩的关系怎么着了呢。我妈连连嘱咐我和你要好好相处，别爱耍脾气，实际上我还可以吧！要是生气也都是因为你惹着我了，是吧？话是这么讲，你在我面前，一直很懂事，处处关心帮助我，我心里很高兴。实际上两个人之间，把话谈开了，还有什么好生气的呢。作为我，在各个方面，应该更多地学会关心体贴你，可我做得远远不够。我本身毛病也多，如果让我说出来，似乎也讲不出什么。也许在你面前，我掩饰了很多，只能靠你自己去发现指出了。

目前我更忙于复习功课，因离七月份真的不远了。给你弟弟的信大概收到了吧，本应该给你爸妈写封信，这几天时间很紧，也没抽出时间，就让你弟弟代替了吧！好，就到这，祝你快乐！

涧清

（我又忘记写夫人了）

就在涧清离开北京没多久，就在天悦的父母也在惦记涧清的时候，天悦就收到贾母的来信，提到为了涧清毕业能分配到北京工作，将要来北京，一是要见见天悦的父母家人敲定下两个人的亲事，二是去见涧清父亲的一个老战友，盼他能念着与涧清逝去的父亲间的战友情谊，能帮助把涧清的工作单位安排到北京。

与上次去火车站接涧清回家一样，贾母到京，天悦也是诚惶诚恐地到站台接了贾母。贾母一身戎装，能在北京见面也是第三次见到天悦，自然是喜上眉梢。回家的一路上，天悦把涧清上次来北京待的五天都是怎么过的，一五一十、绘声绘色地报告给贾母，贾母听得时而点头，时而称是。

天悦的父母见了贾母，除了热情寒暄外，并没忘记在贾母面前一顿夸奖涧清，贾母自然也是夸奖了天悦一番。

天悦父母热情招待了贾母，并请贾母就住在家里，因为贾母在京逗留时间有限，所以尽可能双方间多了很多实质的沟通。贾母一方面坦诚告诉天悦的父母，希望天悦和涧清两个人能相好下去有个美满的结果，虽然两个人都还没到结婚年龄；另外最主要希望把涧清的工作单位能确定落实在北京。天悦的父母自然完全同意贾母的意见，相当于两家已经提前订下了亲事。

翌日晚上，天悦陪贾母去到北京东城南锣鼓巷一处大院儿，拜会了涧清父亲的那位战友龚叔叔。寒暄过后，贾母当着天悦的面落泪，告诉龚叔叔，自老贾去世后，她一方面自己带着一双儿女实非易事，另方面是考虑着女儿的未来，希望女儿毕业分配，能“人往高处走”分配到北京工作，并把天悦介绍给龚叔叔认识。

龚叔叔听了后对贾母的想法表示理解，尤其叔叔回忆起与涧清的父亲一同工作的岁月，惺惺相惜之余也觉得非常感慨，所以就当场向贾母和天悦表态会尽力帮忙，如此贾母才破涕为笑，千恩万谢之后，和天悦离去。

在回家的路上，天悦极力安抚贾母，不要太担心，说自己可以再找大学同学帮忙试试看，因为他的那个同学是五队的，和天悦关系不错，也请天悦去过她的家里，她的父亲是作战部部长。贾母听了天悦的述说，心情更是有些放心。

第三天，贾母依依不舍地与天悦家人告别，返回了大连。没有多久，天悦收到了贾母的来信，说涧清的工作单位已经落实，毕业后会分配到北京的空总，空总离天悦的最早的工作单位指挥学院很近。

接踵而来的消息是，九队的张晶、一队的董龙宝等好几个心里喜欢天悦的人也纷纷来信说，将要开始的毕业实习不约而同地落实在空军北京医院。

同居后的争吵

涧清毕业后工作单位一落实下来，天悦就在信里相约涧清，在涧清毕业后来北京前一起回趟金州看望下贾母，涧清欣然同意。

两个人一起回到大连金州的第一天，贾母和涧清的哥哥见到涧清和天悦一起来看望他们，就欢喜得不得了。连续几晚，贾母都顺势而为，安排天悦和涧清同住一间屋子，是住的涧清哥哥的房间，而让哥哥睡在客厅。

连续几天下来，在金州家里，贾母待天悦胜似待自己的儿子，直就让涧清和涧清的哥哥觉得羡慕嫉妒恨。不过，贾母和涧清的哥哥更为涧清毕业分配到北京工作而感到不尽的欢喜，涧清也是扬扬得意，家里就差挂灯笼放鞭炮庆祝了。

有喜就有悲！一天在金州空军士官学校医务室，天悦意外地见到了晓红。此时的晓红颜面憔悴，心情忧郁，眼睛红肿，似是每天哭过的样子。见到天悦后，晓红却强颜欢笑，天悦怜爱地问她道：

“你还好吗？我听说你分到大连了，没想到你却被安排在士官学校了。”

“我还好，谢谢你的关心！”晓红回答着，表情委屈地看着天悦。

“唉！还说你会去北京找我，我一直等你，等啊等！我不来的话，可能上回在济南的会面就是最后一次会面。”天悦嗔怪晓红说。

“我想过去找你，只是没能有机会啊！”晓红说着，眼圈又充满了眼泪。

天悦一看，心头也一酸，马上伸出右手拍了拍晓红的肩膀，安慰她说道：“大连也不错！这里的环境又好，最主要的是医务室应该工作轻松。”

“嗯，是的。但是我父母知道我被分到这里，还是觉得失望！”晓红说道。

“嗯，估计叔叔阿姨也很惦记你，你多保重吧！”天悦回应着。

“你和涧清好，所有人，包括我，都为你们俩感到高兴。”晓红表情又从悲伤转为高兴地说。

……

天悦听了晓红的一席话，顿时内心生出痛苦。他这时才明白：原来应该是晓红分到北京工作，涧清分到金州工作，等于在托了龚叔叔的关系后，涧清顶替了晓红，分到了北京工作。而此事，涧清一直瞒着他，他只知道，自信满满的晓红在得知毕业分配单位出了变故之后，感觉如晴天霹雳，哭得非常伤心。

天悦和涧清从金州回到北京后，他陪着涧清去单位完成了报到。之后没多久，涧清就正式工作了。

涧清的工作单位给她安排了宿舍，与别的女同事合住。但她几乎每次下班后都会回到东四，和天悦一家人一起住。一是为了尽可能多地和天悦在一起，享受事实上的家庭生活和夫妻生活，同时她也帮着天悦的母亲做家务。在家务活这块儿，她手脚十分勤快，又任劳任怨，十分得天悦母亲的喜爱。

但是随后发生的两件事让两个人的情感关系急转直下。

第一件事，是涧清在工作大约三个月后，她自己回大连探亲了一次，可就是在这次探亲归来，涧清独自在回北京的火车上，认识了一个中年男子，之后关系发展很快。直至在一个周末，涧清竟然将那个中年男子领到了天悦的家里，当着天悦家人的面，两个人彼此之间不但关系热络，甚至在天悦的父母做好饭菜端上桌之后，那个中年男子竟然对饭菜挑三拣四，十分无礼。天悦的父母虽然未吭声，但心里却已经对涧清和她擅自带来的中年男子生出些厌恶和不满，饭后直接请那中年男子走人，但涧清也随同那中年男子一并离开了。

那天之后，涧清不怎么再回天悦家住，所以天悦改为只要有时间就会骑车去涧清的单位去看她。

有一次，天悦去看涧清，进到涧清的宿舍，看到涧清躺在床上，涧清看到他来，就坐起来靠在床头上，有气无力的，似乎身体不舒服，见此情景，他马上问涧清身体是得病了吗？涧清似笑非笑地说没什么事，可能是累的……

天悦没坐上一会儿，就听见有人敲宿舍门，他起身开门，却碰见一个其貌不扬的中年男子走了进来，此人身材不高，长得却很敦实，年龄在三十五六岁之间。涧清见到此人，却急忙要从床上起身下地去迎，那个男子快步走到床前，径直坐到了涧清的床边上，没让涧清下地。

天悦出于礼貌地站起来，看着涧清和那个男子聊，聊着没完没了。而涧清也并不做任何介绍。

涧清和那中年男人两个人自顾自地聊，因为毕竟有与涧清同寝室的室友在场，所以搞得天悦十分没面子，气愤之下，他愤怒地指着那个男子问道：

“你是谁呀？怎么连个招呼都不打？连个自我介绍都不做？”

“你是谁？我跟谁聊，和你有什么关系吗？”那个男子依然坐在那里不动，却语带挑衅地回答天悦。

“我是她的男朋友。”天悦一边看着涧清一边对那个男子说。

“我怎么不知道！”那个男子回复说。

天悦看到此时的涧清，她显然一副无动于衷的样子，就对涧清发火说：“到底我是你的男朋友，还是他是你的男朋友？”

“你发这么大火做什么？他也是我的朋友。”涧清若无其事地回复天悦。

“这样啊！那你看吧，现在要么他在你这待着，我走；要么我在你这陪你，他走，你看着办吧！”天悦气愤地对涧清说。

“我走我走，呵呵！”那个男子坐了半个钟头终于站起身来，看着涧清为难的样子，提出要走，涧清赶快下地，穿上鞋把他送出了宿舍寝室。

此时，涧清的室友轻声劝天悦消消火，同时告诉天悦，说那个中年男子几乎每天都跑来陪涧清待会儿，关系似乎很亲近。他听后，也一下子联想到涧清在军校与五队的那个男学员、在济南与那个中年男军人大半夜出去等情况，反倒心态平和许多。他坐在涧清的床边，边思考着边等涧清回来，可是等了半个钟没有等到，他因有事不得不离开。

这件事过去了个把月，涧清又开始逐渐回天悦家住，甚至有一天，她打电话叫天悦去医院接她，顺便帮忙。天悦下班后赶到她那里，原来是她看中了寝室楼道里的一窝猫咪，其中一只一两个月大的小白猫儿深得她喜爱。在天悦的帮助下，她把那只小白猫捉住后，和天悦一起把小猫儿带回了天悦的家里。

自从家里多出这一只小猫儿后，无论天悦的父母还是弟弟还是亲朋好友都喜爱得不得了，母亲给小猫儿起个名字叫“咪咪”。天悦更是对咪咪怜爱有加，每天下班后回到家，完全不似以往先去小屋看看涧清在不在、在做什么，而是径直去到大屋，先看看或者抱抱“咪咪”。

涧清完全没想到，没有料到天悦一家人对咪咪会如此喜爱，几乎把只猫当成了“掌上明珠”一般，此情此景似乎使她平添了一种被天悦和天悦家人冷落的感觉，后来为“咪咪”还和天悦吵过几次架。其中的一次，涧清愤怒地问天悦：

“你到底是爱猫还是爱我？”

“我也爱你，但也爱猫。我们把它和它的妈妈、兄弟姐妹给活生生拆散了，难道不应该对它好吗？”天悦理直气壮地对涧清说道。

听了天悦这话，涧清抡起拳头对着他的前胸后背就打，而他一动不动就直忍着，直到涧清扇了他一个嘴巴，他终于发怒了。他想起过去的一些事情，他是在意的，而涧清却始终没有任何解释，也若无其事，加上这次她竟然和一只小猫儿争宠，实在是太过分了。

天悦怒从心头起，虽然没有抡胳膊动拳头，但是三下五除二把涧清的双臂反剪到背后，涧清似乎被弄疼了，“哇”地大叫了一声。

可能是涧清的叫声被天悦的母亲听到了，母亲从大屋来到小屋，涧清委屈地哭着向母亲展示被天悦弄青了的胳膊和手腕，没想到母亲不由分说，竟然一巴掌狠狠地也扇向天悦的脸。说时迟那时快，天悦敏捷地躲到一边。

天悦看看斗不过两个女人，就离开家去外面散心了。他没想到一只小猫竟能惹出这么一堆麻烦。他后来还是主动向涧清道歉，求得了涧清的原谅。

可是一波刚平，一波又起，一天下班后，天悦回到家中，涧清一个人下夜班后在家，天悦问候了下她，但她似乎情绪不对。天悦又去看“咪咪”，但是左找右找，却全然不见了咪咪的踪影。无论天悦怎么呼喊“咪咪、咪咪……”也听不到咪咪的令人心醉的喵呜喵呜的叫声了。

此时，天悦内心顿时蒙上了一层阴影，随之而来的是一种难以名状的不祥之兆，他马上进入到涧清待的小屋，厉声询问涧清，问那小猫跑哪去了。涧清从没见过他发过这么大的火，才哆哆嗦嗦开口说她早晨下夜班回到家后，出来进去由于总想着别的事情，就忘了关里外屋的门，等到中午才发现咪咪不见了。

当晚，天悦的父母下班回到家里，知道“咪咪”丢了，都感到非常难过，天悦的弟弟知道后也感到很难过。后来的一个多月里，父母、天悦和弟弟或者说全家的氛围一下子变得死气沉沉，寥落无比。

涧清又重新回到单位宿舍住。如此，她与天悦的关系渐渐地陷入了情感上的一种“冷战”。

无言的分手

也许涧清似乎知道自己做得不好，也许她觉得对不住天悦的父母，有一次就又电话拉着天悦去她单位寝室楼道，从那只猫妈妈守护的小猫里又带走两只，这两只小猫就是后来的“鸳鸯”和“笔尖儿”。

虽然天悦家里重新有了猫咪，但是两只小猫想猫妈妈，整夜地叫，叫得所有的人都感觉凄凄惨惨的，这似乎也预示着天悦和涧清的情感将要走到尽头了。

快要冬天了的时候，涧清的情绪变得越来越低沉，有些该来的事情终究是躲不过去的。一天在涧清的单位食堂，两个人一起吃饭时，天悦注意到涧清出现恶心和呃逆，饭菜只吃了一半儿就吃不下去了，之后连着数日都是如此。涧清把自己的怀疑告诉了天悦，两个人方才醒悟，应该是涧清怀孕了。随后有一天，涧清在天悦的陪伴下去做了检查，医生证实涧清是怀孕多时了。

天悦知道后内心十分复杂，涧清知道后情绪更低落。虽然一个时期以来两个人有争吵，但相处仍然以同居为主，不过在过去的几个月里，涧清时而反常的地方也越来越多，所以天悦这边最主要的是不清楚涧清怀孕的具体缘由。而润清那边也不肯对自己的孕期和当时的情况做任何回忆，并且对去做人流的态度也很坚定。不管怎么样，天悦还是一心一意地陪着润清去医院做了人流，并且比平时对润清有了更多的关心。

相反，天悦的父亲母亲知道此事后，也只是简单问了问，并没有对润清的身心表示出更多的关切。之后，润清不再回天悦家住了，还抽空把她放在天悦家里的衣物鞋子等也都带回了宿舍。虽然不吵架了，但是两个人的感情也没有得到提升，更没有迫切结婚的愿望。

一是毕竟两个人都不到结婚年龄；二是最难以启齿的原因，虽然天悦父亲单位分了一套两居室的房子在朝阳区十里堡，而且父亲也希望天悦和润清能结婚，但父亲竟然说，天悦和润清要在朝阳的房子结婚住的话，他也跟着要住过去，就是说父亲竟然要和天悦润清两口子住在一起，父亲还声言需要润清伺候他；三是两个人的情感已经出现了明显的裂隙，尤其是润清对天悦和天悦的家人变得不信任。

天悦隐约能感觉到和润清之间的情感危机、情感裂痕、情感上的不信任，但他一直不太清楚在润清身上到底发生了哪些事情，他觉得自己似乎被蒙在鼓里。

从双方家长的交流情况而言，除了那次贾母来北京和天悦的父母见面聊过之后，就彼此再也没有过联系交流，天悦的父母从未主动通过写信或者电话与贾母进行交流，甚至根本上就懒得交流，或者说就不愿意进行交流。

从天悦自己与家长的交流情况而言，与贾母那边，天悦由于觉得润清隐隐地和那男子藕断丝连，让他没有安全感，所以他不想把一种患得患失的感觉通过写信流露给贾母；天悦自己家这边，他父亲的言行不但令他无语，更极大地伤害到了他的自尊。

天悦刚工作不久，还在储蓄阶段，经济上在家里没有发言权。天悦为润清买衣服买鞋买吃的买这买那等各项开支，无论花费多少，从不多说一句，但父亲为润清买辆自行车，都要没完没了地磨嘴皮子炫耀，动不动就是一句“我出的钱，我给润清买的……”再加上每当父亲动不动就说房子也是他的、钱也是他的时，母亲对天悦父亲言行的态度就是无动于衷，保持沉默，所以让天悦对自己家庭生出许多失望和无奈。

天悦在家里没有经济地位，也没有发言权。他从来没有想过依靠父母做过什么，何况父亲本质上是自私的，而母亲骨子里是冷漠的。所以，他思来想去，觉得要向涧清提结婚，他自己似乎是说不出口。而且，从涧清到北京工作住宿舍开始，直到后来把一些衣服鞋子等从天悦家里都拿回到宿舍，再到最后，他的父母从未去过涧清单位看看涧清，哪怕是一次也成。

后来天悦改为经常在下班后骑车去西八里庄看涧清，但即便是事先约好了，天悦也经常扑空。直到有一天，约好的下班后在涧清那见面，天悦去了传染科病房，涧清没在，下班了；去了食堂，没见到涧清；再去宿舍，涧清没回去；从晚上七点到八点，从八点到九点，从九点到十点。晚上十点后，天悦又去了一趟宿舍，涧清还是没回去。

天悦无奈地坐在涧清的床边上，边等涧清边细心地整理床上物品，他意外地在涧清的枕头下发现了一个信封和一些照片，信封里面也装了很多照片，他发现这些照片都是涧清和一个与天悦素不相识的男子的合影，有的合影是她和那个男子两个人依偎在一起。

看到这些照片，天悦傻了，他平生第一次遇到这样的事情，他平生第一次受到这样的刺激，当时只觉得脑子里一片空白。他向涧清的室友道了谢就赶紧出了宿舍寝室，但他没有选择离开，而是决定当晚就在宿舍门口旁边的一个花架子下的石椅上坐着待着，守着等着涧清归来，无论守到几点。

但是到第二天天亮了，该上班了，涧清也未出现，天悦才不得已拖着疲倦的身体离开。上班的一路上，他都感觉自己神志恍恍惚惚的。

上班后，天悦只要有时间就拨打涧清单位科室的电话，终于拨通了，天悦在电话里说道：

“是我！昨天我在宿舍门口坐了一夜等你，你去哪了？说好的昨天晚上见面的。”

“我临时有事来不及告诉你，我去别人家住了。”涧清回答，语气中显得很不耐烦。

“我有些事想和你交流的，你最近哪天有时间见见面呢？”天悦恳切地问。

“我最近都没时间。”涧清回复道。

“我们家分了套两居室，我们以后不用住东四了，可以住东八里庄。”天悦高兴地告诉涧清。

“那套房和我有什么关系呢？我在忙，挂了吧！”涧清那边匆忙地挂掉了电话，紧接着听筒里响起了忙音，而天悦却久久地不愿意放下话筒。

这一天里，天悦又不断打电话给涧清，但不是占线就是每次接电话的人都告诉说涧清不在。

当天下班后，天悦先回到家，取了涧清曾经给他写的那些信和言情卡片之后，又去西八里庄找涧清。结果是直到快半夜了，涧清还是没有露面，没有回宿舍。在夜光下，天悦还是坐在头天晚上坐的花架子下的石凳上，随意翻出涧清曾经写给他的一封信，打开后的信里写道：

亲爱的天悦：你好！

今天收到你一封信，虽然短短一页，我也很高兴。

我今天上了半天的班，晚上是夜班，门诊夜班可以睡觉，不像在科里。我老师每次让我上到晚上十点就回宿舍睡觉，有什么大事可以打电话叫我。下午睡了一觉，醒来都快五点了，马上要接班。

我去北京玩儿的几天，觉着是很乏，但是心情很好，回来也没事。你给我买的衣服我穿着，同学们看了都说好看，我自己也很满意。杨丹及江强都是五一后刚刚走，我估计杨丹还会来，江强不会再来了。至于许静的那位白马王子，一点消息都没有。

给你写信的空还是有的，可等你的信却很没耐心。现在只是非常非常想你，你呢？

你的那本小说看完了吗？我不在你身边，你大概看得很快。想起你看小说时，理都不理我，我真的气坏了。前不久我去济南的新华书店看了看，还可以，我就也买了几本书，现在还没来得及看呢。

我现在复习功课，可实在认真不下来，看得马马虎虎的，还不如前些日子看得认真了，复习多少算多少了。

说实话，我时常担心毕业分配而带来的麻烦，分到哪对我都无所谓，到哪里都一样工作生活。可目前却不能这样想了，毕业分配得至少能离你近些，这些事只能你和我妈来办了。如果离你远怎么办呢？就像周赤龙和蔡一玲一样，不过两人现在挺好的，周分到广西，太偏僻了。我还不至于分到广西边疆去。

还有两个月，我们又能见面了，这期间你真的不会来了，我只有眼巴巴看杨丹来看刘杨，或许江强和王子也来。也好，在北京见面吧。今天就到这，这信写的断断续续，因为一会来一个病号，一会来一个病号。祝你今晚睡个好觉！

吻你

夫人

他又拿出一封信来看，信中写道：

我今天转到供应室工作，这些小科都不忙，很舒服。目前我每晚吃过饭休息一会，就去科里看看书，我想尽快多看点儿，免得回校紧张。

好久没收到你的信了。不知道你是怎么了，这几天济南气温很高，又闷又热，而且已经开始有蚊子了。太阳光很足，所以白天根本哪都不能去。供应室没有夜班，在本科只需上两周，下一科在五官科，之后是小儿科，再有一个妇产科，我们就全部结束了。算一算只还有六周时间，就可以回校了。

我开始复习功课，不想多写了。盼回信！

润清

看到这里，天悦抬起了头，望着东北方向的夜空，他忽然想到了晓红，想到了那个面容憔悴、心情忧郁、眼圈红肿的晓红。他不由得叹了口气，意识到自己似乎在成全了润清的梦想同时，打破了晓红的理想；他又意识到初恋的过程很美丽，而结局却可能很苍白；再有是他意识到自己亲手粉碎了自己的“暗恋”。

……

突然，有起床号响起，非常嘹亮，异常的嘹亮，对于昏昏欲睡的天悦来说。他一下抬起头，就看到东方的天空渐渐露出的一抹鱼肚白似的晨光，他用双手来回揉搓了几下脸，之后也似乎真正醒悟了。

天悦直觉认为该结束的就让它结束的好，总要开始新的一天。他推起自行车，再看了看涧清住的宿舍楼后，又缓缓地去往两个人曾经一起吃过饭的食堂门口，驻足下来看，接着又去涧清工作的病房楼，他走进病房楼，左看右看。就这样，他在医院里兜了一大圈儿。

就要离开了，天悦极力抑制住自己内心的悲怆，极力不让眼泪从眼眶里流出来，尽管内心感到难过，极其难过，因为回忆两个人自相识到如今这个早晨以来的一幕幕……

天悦跨上了自行车，离开了，他没再回头。他觉得没有什么可以抱怨的，他不怨涧清，不怨任何人。相反，他知道自己有很多地方做得不好，让涧清失望了，他也深深觉得还对不住晓红，但他觉得自己最对不住的当是那只可怜的猫妈妈。

天悦和涧清分手几年之后的一天，他竟接到了涧清单位科室主任的电话，主任想第二天带她的爱人到天悦工作的医院来看心脏病，电话问询他是否能帮着安排个专家号等事宜，他满口应承下来。

第二天，天悦把一切诊疗事宜都安排好了，主任的爱人挂号就诊检查都很顺利，而主任在对他表示感激的同时，也告诉了他关于涧清的后来的情况——涧清在与他分手之后不到一年，就结婚并马上有了孩子。但遗憾的是，涧清没能选择好好珍惜得来不易的家庭婚姻生活，而是由于又受到其他男人的诱惑，导致产生了婚外情，涧清的丈夫被迫与她离婚，并带走了孩子。涧清则再婚，嫁给了医院大院儿里的一个中年男子。

天悦听了后，只是哑然一笑。

龙 宝

龙宝是个学军医专业的女孩儿，是一队的，江苏盐城人，性格开朗。但有时也会长吁短叹，给人一种多愁善感的感觉。她身高一米六六，身材挺直，穿军服时就是典型的职业女军人，不穿军服时，则显得落落大方。

天悦和她第一次邂逅，是在军校里的开水房，一次在排队等待打开水的时候。天悦一手提着四个竹编开水瓶，两手提着八个，排在一个女学员的身后。此时，站在前面的这个女学员在和旁边的人打招呼，旁边站住的人恰是龙宝，她是过来准备帮着她的同学拿暖水瓶的。

在开水房内开水不断冒出的一片湿热蒸腾的雾气中，天悦看到龙宝，她脸膛方正蕴含着清秀，面皮黝黑透着健康，最主要的是她那神情中就透着一股不输男人的英气，所以使得她看上去很是光彩照人。她不好意思站进等着打水的队伍里，就微笑地看着天悦，脸上显出两个小小酒窝，微现腼腆。如此，天悦自是明白，也就请她站在了自己的前面，两个人就这样认识了。

在几年的军校生活学习当中，天悦把她当作自己要好的朋友，有时间会在一起进行简短交流，而且她也知道天悦已经在私下里交往着涧清，所以天悦与她互相之间的交流并不涉及儿女私情，从未流露些微其他执念。

两个人之间最深切的交流是在天悦毕业实习前一年的中秋之夜，当晚军校各系队都自己组织中秋活动，而她因为情绪不佳，所以电话约天悦出来转转。就在篮球场上，两个人坐在篮球架子下的大石板上，谁都不着急先说话，都只是看着星空，一起看着晴朗的夜空，那天晚上月亮格外的圆。

秋风殷殷，月光皎皎，也许是中秋佳节倍思亲的缘故，周围的一切的氛围都是很婉转的样子，尤其是心情，比较像纵有诗情画意但无心挥毫泼墨，也像是纵有悲欢离合却无意把盏共饮。

她先转头看了一下天悦，她转过头的一刻，天悦只觉得她在月光下的容颜和第一次在开水房见面时、和平常碰面时有极大的不同，当真是双目晶晶，似月射寒江；两颊融融，如风吹荷塘；丽若春梅绽雪，神如秋蕙披霜。她瞧见天悦竟这样眼睛直勾勾地看着自己，就微微一笑，开口问道：

“我把你约出来，你怎么想的？”

“呵呵，我估计你是觉得寂寞了呗。”天悦笑着回答道。

“嗯，我是觉得有些惆怅，心情很复杂，所以想找你聊聊。”她笑着说：“不知道未来的我们会是什么样子，你觉得呢？你有什么梦想？”

“嗯——我是一个爱幻想的人，又从小就是一个非常喜欢做梦的人，而且在课堂上，在寝室里，无论在哪，都会做白日梦。”天悦也笑着，继续说道：“经常有人，包括老师说我爱走神儿，爱发呆，呵呵。”

“不错！只是梦想和现实往往离得太远，尤其以后一工作，年龄一大，做梦的时间就会越来越少的。”她若有所悟地说。

“但是，梦想有时候能够帮助你达到你真正想达到的某个境界或者一个地方，即便你在那个地方或者某个位置不一定是成功的，但是能成为你的心灵依托。而且只有你能成，无论是人生或者是心灵想到达的地方，只有你能到达。”天悦回答道，又继续说：“我从小的梦想就是想长大后能成为一个像波拿巴·拿破仑或者像中国古代的项羽、岳飞那样的人。”

“为什么？”这时龙宝瞪大眼睛惊讶地问天悦。

“因为我从小就喜欢看或者听有关他们事迹的小说啦、评书啦，还有喜欢看像《奥斯特里茨战役》那样的电影，他们都是旷世英雄，与别人不一样，我比别人更崇拜英雄。再加上我从小就不断受周围孩子欺负的情况下，我父母就不断地鞭策我，告诉我，不要和胡同里的那些野孩子一起玩儿。并且告诉我，作为一个男人，应该怎样、不应该怎样，等等。所以我就想要独立地创造真正属于自己的人生，长大了能够比别人强大，能够与众不同。”天悦边深思边讲。

“现在很多同学都希望未来毕业分配能去个好点的单位，希望以后能有好的生活，希望以后能有更多的机会，但是社会上很多人还都在琢磨着如何生存。所以对我来说，我是比较幸运的了，就看我自己以后会不会再有别的幻想或者梦想。”天悦说着看了一眼龙宝，继续说道：“我其实有时很自卑，有时又自尊心很强，可能以后还是，但是我觉得这种自卑感加上自尊心使我会变得越来越理性。我是说，无论以后我走到哪，或者做什么工作，我都会把每天的生活当成是一场战斗。”

“不错！我们无法预知未来会碰到什么样的事情，不管是毕业分配还是继续深造，还是婚姻情感，无论处在顺境还是逆境，其实都是很日常的事情，不要把它当作非常的不得了或者是不可接受。”龙宝笑着说。

“我觉得一个人能够坚持走到后来，往往不是他的学历有多高，背景有多深，而是心理能力有多强大，就像我的一个叫乐远章的叔叔，他能坚持走到现在，走到最后，其实靠的是强大的心理和对婚姻家庭的执着。”天悦又说道。

“天悦，你知道吗？我很喜欢你。”龙宝看着天悦，笑着说。

“真的吗？为什么？”天悦听龙宝转了话题，就问她。

“我觉得你做人很善良，也很真诚，又很爱思考。”龙宝坦然回答道。

“没有啦！以后还不知道怎么样呢？我觉得爱迪生一句话说得好，就是一个人年轻的时候不学会思考，那么这个人将最终一无所获。”天悦面带谦虚地说。

“我很希望无论是毕业实习还是以后分配工作，都能去北京，可以多和你在一起，像现在这样无拘无束地和你交流。”龙宝边说边抬起头看着月亮。

“那样当然好，祝你心想事成啦！”天悦笑着看着她说。

……

一年多以后的一天，天悦去空军北京医院看望了正在实习的龙宝，见面后两人依然聊了很多。天悦临走前，她心疼地看着天悦，说觉得天悦瘦削的厉害，还开玩笑说天悦和涧清那方面的事情是不是做的太多了；天悦则邀请她有空就去家里玩儿。

没过多久，龙宝去了天悦家里做客，也认识了天悦的父母和弟弟，并彼此都留下了美好的回忆。那次龙宝在天悦家里还见到了涧清。

再后来，龙宝没能如愿以偿地毕业分配留在北京，而是被分到了南京。似乎是天意，也正因为以上的缘分，才有了1989年的夏天时天悦的弟弟华清得以一去南京，在南京得到了龙宝的眷顾。在那之后不久，天悦的父亲收到龙宝的来信，她在信中写道：

尊敬的叔叔阿姨及天悦、华清，你们好！

叔叔的两次来信均收到，至今才回复，我深感欠妥，借此信聊表歉意，祈望叔叔海涵。

华清此次南下，有机会来宁做客，我很高兴，只是本人条件有限，未能招待好，尤其饮食方面不能使其吃上可口的饭菜，我补表遗憾。若是有自己的家，或许能方便些。

前段时间的学潮，全国上下为之震惊，我虽不能预测其后果，但至少能预测其趋势。尤其是全国的工人阶级，思想情绪较为稳定，这就为学潮的发展趋势定下了基调。叔叔阿姨能在混乱时期坚持上班，充分说明了你们对此次学潮的看法及想法。得知你们全家平安，我就放心。同时很敬佩叔叔阿姨的思想，因为你们的目光能看得远。故在工作上应以叔叔阿姨为榜样，争做先进，认真工作。

天悦目前一切都好吧？华清就该上学了吧？若有时间，可让他们和我多通信！不多叙！祝福全家生活幸福！

军礼

董龙宝

1989年之后天悦和龙宝两个人有过断断续续的书信交流，包括每年新年或者新春的彼此祝福。2000年的新年，天悦收到了龙宝寄来的贺年卡，上面写着：

“我们不常拥有新年，却常拥有新的一天，愿你在新年的每一天里都充满着欢乐与幸福！同学：董龙宝”

在2010年时，在天悦去到上海出差期间，特意去了空军上海医院看望龙宝。一起吃饭时，她向天悦倾诉了离开北京后的工作生活。

龙宝在毕业分配到南京后工作了一些年，因为希望业务能力可以得到真正提升，就努力争取来到了上海。她没有像别的同学那样急着结婚生孩子，而是努力工作，努力钻研提升业务水平，积极进取。个人问题方面，她看不上其他任何男人，她心里装着的、脑子里浮现的、梦中在一起的、理想中的爱人就只有一个男人，这个男人就是天悦。无论别人怎么劝她，给她介绍，家人怎么逼她，她都不肯屈就自己，一晃独自过了很多年。

在三十五六岁的时候，在龙宝开始对个人问题的态度变得心灰意冷时，好在像她这么优秀的女孩儿、女军人，上天自然不会抛弃她。有一次她生病，独自在宿舍里，躺在床铺上，觉得十分委屈，又发着烧，不禁潸然泪下，恰在此时，经人介绍的不断主动联系她的一个男士给她来电话，了解到了她生病卧床无人照看的情况，就马上跑去医院宿舍，自觉地看她陪她，为她做饭，给她送汤。

龙宝遂终为其热诚所感动，终于决定与其结婚成家，她嫁给那个男子后一年就有了可爱的孩子。但她告诉天悦，过后即便有了孩子，她心里依然觉得成为她丈夫的那个男子配不上她，她依然还在留恋天悦。

龙宝虽还是心有不甘，但是也只能凑合过日子。因为她的同学不管是女的还是男的，由于各种问题导致婚后过得不好的在多数，而且她的同学还由于工作不顺心等原因，他们大部分都已经转业了，只有她自己毕业提干后又入党，努力进取，积极工作。她也不打算马上转业，因为她要争取做到正团级再说。

天悦听后甚是感慨，才真正知道龙宝长期以来竟然一直在暗恋自己，他也就告诉龙宝很多关于自己的过去的情况，包括情感经历。龙宝听了后，也是唏嘘不已。

天悦和龙宝都彼此感动，都叹息人生如白驹过隙。临别，他和她互道珍重。

第四章 梦想与爱情

理想 · 幻想 · 梦想

2016 年 6 月 9 日傍晚，天悦从中日友好医院回到了东四家里，他自己一个人过这个端午节。他在茶几上摆了一盘原味炒葵花子、一盘酱牛肉、一盘粽子、一盘油炸小黄鱼，还摆了一盘炝拌土豆丝，之后他打开了一瓶吉林通化出的干红葡萄酒。

天悦对自己一个人这样简单地过一个节日感到很满足。因为从毕业开始工作，到后来进外企，再到去年，他多少年来的节假日，大部分情况下要么是在医院工作时替老师替同事值班，要么就是下海后因为工作派遣的原因，长期在国内外不同的地方生活工作，马不停蹄地四处奔波出差，要么就是上课学习，整个人就像一部发条上足了的机器，像现在这样可以坐下来享受下假期的时间屈指可数，尤其是在北京的时间少之又少。而现在总算是可以不用像以前那么辛苦了，只是要能有个老婆和孩子陪在身边就好了。

自 2012 年从广东回到北京以后，天悦有相对多的时间可以陪陪父母，也有更多时间可以考虑下自己的终身大事，还有就是做得了未来三年、五年、十年、二十年的人生规划。过了 40 岁以后，天悦对自己的内心越发了解，他知道自己想要的是什么了；他对自己的能力也更清楚，知道哪些事还可以做，哪些事不能去做；他知道了未来的规划就是要完全实现自己的人生目标。

天悦 40 岁之后给自己订立的人生几个目标，或者说是梦想：第一是读透一本书；其次是写一本书并出版；再次是成家；第四是做到心存一份美好情感；最后一点是做一个真正的好人，有良知的人。美国哈佛大学有调查数据显示在这个世界上，只有 3% 的人有长期目标，10% 的人有短期目标，60% 的人目标模糊，即梦想没有清晰的表达，而还有 27% 的人完全没有目标。在经过了 25 年的跟踪调查后发现，那 3% 的人会成为社会上的精英，10% 的那部分人士成了社会里的中上层人士，那 60% 的人生活在社会的中下层，而最后那 27% 的人则生活在社会的最底层。

天悦能维持自己单身到现在的原因，用他自己的话来总结，就是有五个方面在支撑着他，这五个方面分别是：读书、把孤独看作一种品质和能力、工作、信仰和梦想。

关于读书，或者说读透一本书，丹麦学者法朗士曾经说过：书籍会把真正的幸福赐给那些由于珍爱书籍而尝到甜头儿的人。而中国清代的学者申涵光也曾经说过：人生学随时而进，如春华秋实，自有节次……

天悦也是一直学随时而进，但是在他的眼中，很多国人读书或者受教育不是为了寻求真理或者改善生活质量，而只是身份和显赫地位的象征和标志。读书人从别人那里得到尊敬，并不是因为他们为了别人的幸福做过什么，而只是因为他们获得、占有了相当的知识。事实上，他们中的大多数只不过是一群仅仅通晓考试，却从不关心真理和道德的食客。他觉得，受到广大百姓指责的现行教育体系很大程度上已经成为一种失败和耻辱，它已经不能够服务于教育本应所服务的对象：社会。这个教育体系不能提供给社会许多有用的个体，它只是源源不断地制造出一群投机分子，他们渴望能够受益于社会所提供的好处，却毫不关心如何回报社会。

天悦觉得在现在的教育体系下，一些教师更像专制魔王，他们一点都不同情年轻学生，他们唯一的目的就是要填塞学生们的脑袋，要把年轻人变成像他们那样的博学人猿或者金钱学者。如果有学生显出一丝一毫的独创性，就会遭到无情的指斥。事实上，很多在校时期的模范学生到了社会上以后都失败了。国家可以培养出大批的高技能人才，但却很少可以培养出合格的、可以独立主持的管理级专家。

天悦非常清楚要服务于一个公司或者社会，光有技术是不够的，还需要有勇气、胆量、正直和诚实的领导才能，这恰恰是大多数国人所缺少的品性。正如亚瑟·史密斯——一位著名的西方传教士在一个世纪前所指出的，中国人最缺乏的不是智慧，而是勇气和正直的纯正品性。这个评价，虽然历经百年，如今依旧准确诊断出“中国综合征”的病因。

天悦认为面对当前中国积弊丛生、扼杀人性的教育现实，有良知的中国知识分子尤其大学校长们首先应该在传统教育框架内整饬学校，通过大兴经世致用之风以恢复传统教育的优良传统，同时积极关注制度与思想层面的变革。继承蔡元培等前辈们对“传统礼教”“忠君尊孔”等封建思想的无情批判，并带头积极宣传自由、平等、民主等启蒙价值，倡导人性解放，高扬人的价值与尊严，以“改造国民性”养成健全人格为主旨，才有可能为“全民创新”“全民创业”奠定精神基础和哲学基础。

“古者称师曰先生。”在天悦的评判标准里，现在并非所有的教师，都配称“先生”。因为百年国史已有镜鉴：教育盛，即便战乱纷争仍会人才辈出、民力丰沛、国体向上；教育衰，纵然四海平定歌舞升平也会社会浮躁、未来迷茫、振兴乏力。教育是一个国家的命脉，牵一发而动全身，系百年而导国运，而“先生”又为百年教育之魂魄，是一个国家民族事业发展的方向性指标。以前的“先生”们：如蔡元培、胡适、马相伯、张伯苓、梅贻琦、竺可桢、晏阳初、陶行知、梁漱溟、陈寅恪，他们开风气之先，不坠青云之志，他们的人格风骨、思想情怀、学术风范、学问自由，莫不是时代的榜样。

他们不擅评职称，更擅长个性教学法；有知识，更有情趣；有性格，更讲人性和品格；教学相长，更倾力爱护学生；不独守三尺讲台，更在广阔的社会舞台上展示大国民风范；学贯中西，更想回中国致用；热心时政，更能为国家担当。在波澜壮阔的民国文化、烽火连天的抗战守拙和大江大海的南渡北归中，他们宛如一座座顽强的灯塔，各自照亮一方山河！

天悦以自己的人生成长经历和职场生涯为例做了横向观察和纵向观

察后，他认为而今的高考和大学教育使国人的整体思维能力、理性能力、逻辑能力普遍低下，因为国人的思维普遍缺乏哲学思维，是因为故意放弃真正意义上的哲学教育导致的。当今国人的思维基本局限在个人的恩怨情仇和人脉关系方面，所以决定了国人的基础层次不高。除人均智商不低于任何民族外，国人的道德文化特质并不非常适合现代科技和现代哲学。例如，每当有婚恋网上的女会员问天悦，问他在国外待过几年后，有什么样的感觉？为什么西方人瞧不起中国人？为什么很多中国人在国外待得不习惯等问题，他也只是莞尔一笑，不会过度解释为什么。

国人一般只追求世俗成功，虽然勤劳程度不在任何民族之下，也有更强的忍耐力，但只是为了“金钱、房子、豪车、美女”。所以在经济上，即便国家在经济总量排名全球第二位，但除了金钱和女人，国人无法使自己整个民族事业上升到更高级别的事业，自然在哲学上、科技上、经济上就与西方发达国家之间还是存在很大的差距。国家即便目前有显而易见的科技进步，也仅是属于一党事业，完全不属于全民族的事业。因为物质生活条件一边改善，一边国人的整体道德水平却在急速下滑。

天悦觉得目前教育体系另外的一个缺陷就导致很少有国人明白一个事实，就是威望和成就是通过一步步努力的工作和牺牲实现的，不付出就没有所得。简单来说，如果是为了谋生，那一个人只有去索取；但如果是为了过好的生活，一个人必须要去奉献。

或者说，谋生是一种低级的事业，而思想创造则是属于一种高级的事业，前者几乎没有任何尊严可讲，后者可以畅谈成就和道德。尤其是在当前国家正在遭受着资本主义社会两大邪恶的折磨，即环境破坏与人性丧失；再结合国人天生的贪婪本性，合起来后，国人可以毫无保留地接受资本主义的阴暗面，即无止境的追求利润，同时忽视个人的尊严。

日月荏苒，随着时代的变迁，天悦过了 40 岁以后，就不再幻想，也不妄谈理想，但至今还是有梦想。他估计现在的社会上没有多少青年男女能分辨得清楚理想与幻想与梦想三者之间的区别。而他自己从来没有梦想过有能挣多少大钱，他认为金钱房车是身外之物，是上天赐予的，是前世修来的，是得要有福缘来消受才成的。

天悦毕竟是学医的，所以他认为健康快乐才是显得比金钱重要得多，所以他从不到处去与别人攀比，他欣赏唐伯虎的《桃花庵》中的句子：

若将富贵比贫贱，一在平地一在天，
若将贫贱比车马，你得驱驰我得闲；
他人笑我太疯癫，我笑他人看不穿，
不见五陵豪杰墓，无花无酒锄作田。

最主要的是，天悦的人生观受了理学开山鼻祖周敦颐所著《爱莲说》当中的名句“出淤泥而不染”的影响，“出淤泥而不染，濯清涟而不妖”暗合了《华严经探玄记》的经义，使天悦思想受到很大感染。如果说菊花是人间的隐士，如果说牡丹是人间的贵族，那么出淤泥而不染的莲花就是人间的君子。天悦对“出淤泥而不染”的荷花的赞美之情，也从中寄寓了他自己的人格理想。

心存一份美好的情感

天悦在思考，他之所以如此关注教育，一是因为他这个年龄的人或者说他这一代人已经成了国家现在各行各业的脊梁，或者说担纲者，自然会更关注教育；二是因为当代教育将会决定未来一二百年中国国家民族兴衰，而且会无时无刻不在影响中国的所有女人，当然也包括下一代。一个民族的女人有什么样的理想、幻想、梦想，有什么样的人生观，有什么样的价值观，有什么样的爱情婚姻观，无疑将从基因上影响到这个民族的传统和未来。

天悦已经立了业但还没成家，他觉得最近一些年，要找个合适的对象尤其是志同道合的对象结婚越来越不容易。不同于女人的理想源于对爱情的追求和向往，天悦是一个理性的男人，他发现由于教育体系的问题，整个社会浮躁导致社会上已经形成并放大了人们在各种观念方面的意识鸿沟，也包括在婚姻家庭情感方面。在当代中国对四五十岁的单身男人而言，要想结婚或者再婚实在不是一件容易的事情，即便他们还有梦想，为了这些梦想，他们在不断奔波；即便他们还有能力，在不断地创造，在不断努力。

曾有一篇转发很广的文章，《男人四十，请远离二十岁的女孩儿》，大意如下：四十岁是一个无奈的年龄界限，它是春天里最后的一朵玫瑰，让人眷恋，让人遐想。曾经的青春，已经渐渐地远离了我们，容颜、生理、身体各方面在四十岁以后都会发生越来越大的变化，这个时候我们就不能再像青春时光时一样肆意挥霍自己的青春，只能更加的呵护自己才能维持好的状态。这篇文章列举了四十岁男人的根本状况，并警告四十岁男人：

男人四十岁时，如果还没有结婚，就别结了。无论你是一次未娶还是多次失败，你的身心已经到了不健康的地步，再把这种不健康带给别人是不负责任的。如果可以做到清心寡欲，独自漫步，也能活的自在。

男人四十岁时，如果一事无成，就难成了。十几年的教育，二十几年的社会，这些都没整出点动静来，就不要为难自己了。当然，没出息的也有没出息的活法：好吸烟的抽两根小烟儿，好喝的抿两口小酒儿，好赌的打两副小牌，好色的看两张黄碟。放低目标，摆平心态，日子也照样能过得舒舒服服。

男人四十岁时，不要再像二三十岁那样，目不斜视、直勾勾地盯着女士着装暴露的部位。纵使心里波涛起伏，也要注意形象举止得体。非礼勿视，若非要视，最好斜视。

男人四十岁时，如果活得不开心，那估计是要把这份不开心带到棺材里去了。要放宽心胸，成就大小与金钱无关，是否风光无须载入史册。要记住：芸芸众生、人来人往，不是谁都能傲视天下，这其中有命，有运。走过、路过即可，不要耿耿于怀，更不要愤世嫉俗。

男人四十岁时，成就过一两件事情很不容易，什么事情都没做成更不容易。对于那些一事无成者虽然为时已晚，但大器晚成的例子从古至今、跨越东西比比皆是。只要还相信自己，就值得再去放手一搏。

男人四十岁时，别把自己的身材搞得一塌糊涂。臀部下垂和腹部隆起不是四十岁男人的专利。腾出些时间适当运动一下，譬如打打球、跑跑步都能对身心的抗老化起到积极的作用。

男人四十岁时，当官的要清廉不垮，经商的要纳税守法，打工的切忌伸手乱拿。二三十岁犯错还能洗心革面、重新来过，四十岁再来次失足落马可就苦海无边，回天乏术了。

男人四十岁时，应多尽些孝道，事业再怎么大、工作再怎么忙也要抽出些时间陪老人们吃吃饭、聊聊天，传承中华民族优秀精神的同时，也传递一个家庭互爱的传统，给后辈做出榜样。要记住：你怎么对待你的父母，你的后代就会怎么对待你。

男人四十岁时，纵使有钱到了令人发指的地步，也不要去包养什么二奶小蜜。不管是谁征服了谁，最终使坏的都是金钱。而金钱这东西虽然没有长腿，却和有腿的跑得一样快。除此以外，在这个时代，只要你身旁站着一个比你老婆光鲜亮丽却不是你老婆的女人时，你就会变得猥琐起来，在旁人看来这不是钱色交易就是权色交易。

男人四十岁时，大多已为人父，最好有一两件精彩的人生故事与你的子女分享。这些故事无须惊天动地、鬼哭神泣，但要让你的子女们知道他们有一个并不庸俗的父亲，身上流淌着不寻常的血液，这个信念在他们未来的人生当中会起到至关重要的作用。

男人四十岁时，要多参加几次葬礼。人生至此已经行将过半，在中途先参观一下终点可以让自己消除恐惧的心理，驱赶过一天算一天的麻痹，得以更加感激生活、感激生命、感激岁月。

男人四十岁时，要远离二十岁的女孩儿，无论她多么楚楚动人，无论她多么飞蛾扑火。她尚处桃李年华，而你理当知天命、知是非。若真心欢喜，就不要给她一条泥泞坎坷、异常艰辛的道路。

男人四十岁时，要有肩膀，要扛得起风雨，要承担得起生活的重负。即使再苦再累，也要给妻子一床温暖的被褥，给孩子一个避风的港湾，你给家庭一个不悔的承诺。

男人四十岁时，应该去读一些佛法、圣经之类的书籍。要理解，这浩荡人世之外的玄妙；要领悟，这生命一次又一次的轮回；要看到，这滚滚红尘背后的因果；要畏惧，有一双神秘的眼睛，一直在注视着我们。

男人四十岁时，就算到了四十也别怕。如果碰到有80后嘲讽年龄，用王朔老师的一句话回击最淋漓尽致：你们牛什么，不就年轻么？老子也年轻过，可你们老过么？

乍一看，天悦觉得任何人都会把《男人四十，请远离二十岁的女孩儿》的文章作者看作是一个“圣贤”。但是当看了这篇文章全部内容之后，天悦却倒吸了一口冷气。因为他意识到当前的社会之所以浮躁，就在于当前社会里有一大批思想意识如该文作者一样的而且是“坐享其成”的社会人，他们 / 她们的年龄当然不大，却几乎被认为是中国当代“垮掉的一代人”。他更一下子意识到，该文这位不知高姓大名的“圣贤”所写这篇文章能被广泛转发，无疑说明了今天的中国社会，正变得越来越狠。

从公务员不交养老金退休之后却领高于企业人员几倍的养老金，到官商利益集团在房地产和股市洗劫屌丝和中产，到进口转基因食品给国人吃、国内无良企业造有毒食品给国人吃，到失意个人纵火烧公交车拖着别人一起丧命，到城管“执法”时疯狂打人，到官员奸淫嫖宿幼女，再到现在一个伪善的文化写手公然发文章歧视60后和70后中年男人，并对60后、70后中年男人进行含沙射影的攻击等等，无不是透着“狠劲”和“歇斯底里”。

置身于这样一个变狠的当代社会里，对男人们而言，尤其是中年男人，他们为国家建设发展奉献了青春、心智和热情，已经成了当代国家事业的脊梁时，却被逼得要在心理上生存，无端承受年轻人的白眼儿和指斥。

而类似该文作者的一大批“坐享其成”的社会人攻击性正变得越来越强，并且这些“坐享其成”的社会人同时也倾向于主动去培养某种危险的社会性格——喜欢独占所有的资源。当他们的社会性格和社会结构相遇时，无论是支持它的运作，还是去破坏它，表现都越来越夸张，越来越具备攻击性。由此，就可以观察到一种非常明显，也是最值得注意的社会性格——人们正在变得“更狠”。

按照霍布斯的说法，自然状态下，人们不更狠根本无法生存。而大家都变得更狠，其实也就相当于社会的“自绝”，“每个人对每个人的战争”的结果，是整个“社会自绝”。今天的中国社会很尴尬，表现出的狠是行为的残忍，对别人尊严的冷漠，对正义的伤害，对道德底线的突破，对他人、社会的恨的大杂烩。就是说，人们变狠，很大程度上是，如果他不这样干，他在利益上，在心理上都难以保护自己。狠，就相当于在神经过敏中，当他预期到在社会博弈中，在和别人的互动中自己会受伤前或者吃亏前，可以允许在精神上、行为上主动去伤害他人。

正常地说，人性有着积极的一面，也总有着阴暗的一面。国人亦如此，只不过是国人的人性长期处于被压抑、被践踏，所以导致国人人性中更多充满了阴暗的一面。国人自己民族对自己民族更歧视、更冷血、更刻薄，导致了国人长期养成了“内斗”的惯性。国人的人性中90%的成分是“感性自私”“小农意识”，这造就了中国历史长河中的“邪恶永远压制正义”的现象。所以进一步说，国人对外族的态度，是宽厚、忍让、包容，对自己民族则是粗鄙、残忍到无以复加，在全球来看，这恐怕是所谓的具有五千年文明中华民族独有的特色。

真正的“圣贤”，就是能够自我思考和批判、建立起自己的思想理论体系、追求“至善”，并能于实践中运用成功的这样一种人。天悦不知道那位“坐享其成”的文化写手写那文章的企图是什么，要么是那位文化写手把自己真当成了“圣贤”，要么就是那位文化写手包藏祸心，要么那位文化写手是一个彻头彻尾的“小人”，故意要煽动中国社会“人性冲突”，唯恐天下不乱！

人性的冲突如一个个陷阱，失足踏入就会摔死；人性的冲突宛如一个个漩涡，不慎落入就会萍漂无际；人性冲突就像一个个峭壁，横亘在你的人生道路面前，让你举步维艰。人性的冲突更多地表现在利益输赢问题上，这些利益输赢问题正如陷阱、漩涡、峭壁，却是你之前看不到的，所以不管你是多么谨慎小心，都无法避免碰到。国人特有的感性的人性特征给很多国人带来了无尽的烦恼，而佛家说，烦恼就会导致毁坏包括自己在内的一切。

柏拉图坚定不移地认为，知性即知识性很重要，是指知识并不是由他人从外面传授给我们的，不是后天获得的，也不是从灵魂中受刺激产生的，而是灵魂固有的。或者说，是先天存在于每个人的灵魂之中的，但处于潜伏状态，宛如梦境一般。洞穴中被囚的人们不可能通过洞壁上的人影认识背后衍射的事物，除非转过身来；他们不可能知道太阳是万物的主宰，除非被拉出洞穴。柏拉图认为，所谓的现实世界，实际上是假的，是虚构的，而在这个虚幻的现实世界之外，还有一个真实的理性世界。理性世界中的善性、知性，就好比现实虚幻世界中的太阳，是真实存在并能够引发我们灵魂的认知功能。由此，天悦认为那位“坐享其成”的文化写手应该把更多时间用于读读西方哲学，或者读读佛学，学学什么叫作“至善”。

总之，天悦觉得，无论谁，无论是60后还是70后，抑或是80后、90后，无论在何时何地面对何人何事，无论是北京人，还是外来人口，时时刻刻都要心存一份美好的情感；要想心存一份美好的情感就必须读书，读一本哲学书，这样才能真正具备并保持“知性”，才能避免“人性冲突”带来的伤害，包括在婚姻家庭情感方面。

天悦认为，四五十岁的男人是否会愿意去接近二十岁的女孩儿，纯属个人自由，不属于道德层次的问题。

浮躁爱情的困惑

天悦边咀嚼着边回想着自己在过去的几年里已经经历了不少线上相亲，但很多时候他觉得没有必要再和那些不靠谱的单身女士在线下见面。

一方面，那些单身女士仅凭感性便觉得天悦似乎存在很多问题，或者生理问题、心理问题、个人能力问题、财务问题、年龄问题，或者直接劝他既然已经年龄很大了，就不用再着急考虑结婚了，或者劝他即便结婚也不要考虑要小孩。而他觉得那些单身女士在择偶方面存在的最大问题或者说最普遍的问题就是缺乏同理心，心态浮躁，而且这种浮躁心理不单存在于和她联系过的那些单身女性，而是当今社会上的大部分女性都是这样的，而且几乎不分年龄。浮躁的她们却并不自知，反而陷入困惑。

有一天中午，天悦陪父母边吃饭边看了十一点半开始的北京电视台科教频道的《现场说法》节目，该期节目故事说的是，两个在北京工作生活的 80 后北漂，认识后感觉眼缘不错，不久就开始同居，两个人的情感生活立基于年轻有激情，以及与同龄人之间不断聚会玩耍，有足够的时间挥霍青春和金钱，在了解到彼此都是这样的人且有共同语言后，两个人就决定结婚，随后就见过了双方父母，双方父母也都非常认可这一对儿的感情基础。

随后，这一对儿年轻人在登记结婚前决定在北京买房，由于想一气呵成买一套大房子，可两个人发现自己的积累连首付的零头儿都不够，所以商量后决定向父母要钱买房。小伙子的父母一听，觉得就这么一个宝贝儿子，在北京结婚买房一举多得，买房的钱理所应当由老两口出，哪里能让自己的宝贝儿子辛苦贷款买房，所以老两口就把养老钱都带上来到了北京。老两口在小两口的陪同下去看了房后却傻了眼，发现养老钱只够要买的那套大房子的全部房款的一半多些，所以闷闷不乐之下不得不边向老家的亲戚朋友伸手借钱边在北京租房住，顺便给小两口做做饭洗洗衣服。

可这时间不久，一天小伙子的母亲对小伙子的父亲谈了对未来儿媳妇的看法，认为那姑娘很精明也很冲，觉得自己的宝贝儿子很多方面都是听那姑娘的，就担心日后买了房结了婚，宝贝儿子会受儿媳妇的欺负，老两口遂商量决定告知小两口，买房后，房产证上不但写小两口的名字，同时也要写上老两口的名字。小两口知道后，小伙子发誓同意。

而姑娘嘴里不说，却心生不快，便把这个事情告知了自己的父母，姑娘的父母一听，便凑出所需的那部分买房款带到北京，只是要求亲家同意在买了的房子的房产证上也要写上她们老两口的名字。不久后，房子买下来了，可房产证上写了六个人的姓名。随后双方父母又东凑西借总共花了七八十万元分别在北京、各自的老家办了大小三场婚礼，两个家庭都认为虽说是大操大办，却可以通过收红包把钱不但挣回来，还图大赚一笔。就这样，小两口热热闹闹结婚了。

然而婚后的一年里，小两口过得并不如意，三五天小吵，十天半月大吵，甚至动手，吵架动手的唯一目标就是要分清结场婚到底谁家花钱最多，谁家最真诚。结果吵来打去都是徒劳，小两口就决定离婚，并发展到向北京某法院起诉要求分割财产。法院判决下了，但谁都乐不起来。在法院门口，小伙子回忆两年多来的情感经历后似有所悟地对前妻说，过去两年两个人如果完全靠自己的努力去奋斗在北京买房，而不是靠双方父母，就不会有后来的夫妻情感纠纷和财产纠纷，就不会出现双方父母跟着挑事儿。小伙子认为，两个人之所以离婚完全是被双方父母挑拨离婚的。

天悦觉得这一对儿小夫妻之所以出现情感问题和思想困惑，最大的问题是各自都没有主见，事实上结婚前也没有规划好结婚后两个人应该具备什么样的共同生活目标，他们显然不懂得“成长型夫妻”的含义。而他们双方父母的最大问题是明知道北京是一个意识开放、追求独立、市场发达的国际化都市，却硬生生把乡下那套小农意识搬到北京，把小农意识强加给北京这个城市“男人”，再加上两家都是外地的却不是同一地方的，两家人无论理念、习俗、成长经历、家庭教育、经济背景和对未来的期待都是不一样的，所以这种就只靠着眼缘和吃喝玩乐建立起来的爱情容易生出是非困惑。

天悦曾经与一个36岁的离婚自带小孩子的女士仅微信交流两次，那位女士就微信告诉天悦，说天悦不适合她，原因是天悦的微信里没有内容，所以她认为天悦没有生活，是个无趣的人。天悦在知道她的态度后，还是觉得该解释下，出于特有的责任感，他微信告诉那位女士，第一，他是中年人，没有可能像整天捧着个手机连上台阶或者过门槛都懒得抬下头看看的那些二三十岁人“低头族”那样，把手机几乎看成是生活的全部；第二，他问那位女士，微信圈很多内容有几条是从40多岁或者50多岁人发出的，他告诉那位女士，不能把一个将近50岁男人当成二三十岁的大男孩儿来看待或者要求；第三，因为微信圈里的内容绝大部分都是吃喝玩乐的，其次是各种推销，再次是一些励志的，真正有可读性或者能启发思考的文章却少得可怜，所以他告诉那位女士，一个人与其没完没了地瞎发微信，有那时间可以多看看书呢。后来他再也没有主动联系那位单身女士，因为他认定，那位单身女士的思想观念与她年龄经历完全不符，她却不自知，所以容易生出是非困惑。

天悦也极端厌恶那些“低头族”，那些“低头族”每每让他想起南京大屠杀中引颈受戮的可怜的国人、愚昧却不自知的国人。

由于“坐享其成的一代人”基本上没有经历过共同奋斗组建家庭，没有共同生活目标，所以离婚率高居不下，进而出现一种情况，就是有很多离婚的自己带孩子的单身女士，她们基本择偶条件是你得先答应能接受她们的孩子，她们才考虑与你交往。这样的单身女性很多都缺乏最基本的哲学思维，所以她们看似合理的要求实际显得非常不道德，而她们往往不自知，所以容易生出是非困惑。在天悦看来，没有哪个单身男人联系带孩子的离婚女士是纯粹冲着孩子去的，基本都是觉得这个单身女士还不错。

事实上，基本择偶条件是你得先答应能接受她们的孩子的那些单身女士高估了自己的品质和能力，第一，她们一边倒地把离婚的责任归咎到前夫身上，认为前夫存在品质问题和能力问题，一方面却以以前对前夫的要求的十倍或者二十倍来要求未来的丈夫，这就显得极不道德，也不公平。更糟糕的是，这些女士不了解最基本的人格心理学，她们不懂得如果两个大人关系欢愉融洽，那么大人接受小孩容易，小孩接受大人也容易；她们不懂得如果两个大人的关系非常紧张、气氛激烈，那么小孩也会跟着紧张，这种情况下，大人不容易接受小孩，小孩也不容易接受大人。因为小孩的大脑皮层和中枢都发育不完全，所以小孩儿对大人的行为优劣没有判断力和认知力，但对大人的情绪好坏却非常的敏感。

很多离婚的单身女士一边把离婚的责任归咎到前夫身上，认为前夫存在品质问题和能力问题，同时又一边倒地认为离过婚的男士都是优秀的、人格完整的、懂得珍惜的、顾家的、有责任感的、成熟的、有趣儿的，她们标榜自己的感性正确的同时，或者离婚后坚决要把孩子揽在自己身边的同时，却认可品质和能力都有问题的前夫去祸害那些二十岁的女孩儿。

在欧美国家的家庭里和核心价值观里，父亲对孩子的抚育和成长教育承担几乎百分之百的义务和责任，孩子们无论男孩女孩从一生下来就是在父亲的怀里成长起来的，所以欧美的女孩无论哲学思辨能力、独立能力、思考能力、生活能力、动手能力等都要远远强于中国男孩儿。当代社会，中国的男孩儿被她们的母亲和社会影响得越来越女性化，而很多女孩儿被影响得越来越男性化，女人味越来越少。在天悦看来，这些笨拙的母亲或者单身女士培养造就了笨拙的丈夫、笨拙的孩子，甚至影响到了自己孩子的成长教育。这些思想固化笨拙的单身女人没有反思自己存在的心理问题，所以容易生出是非困惑。

在婚恋网上有多少男会员的资料和情况不靠谱，就有多少女会员的资料和情况不靠谱。天悦觉得，男人要么年轻有朝气，要么学历高，要么工作能力强，要么为人踏实肯干有一技之长，要么有不错的背景，要么有不错的发展前途，要么有一定的经济基础，总之好歹要占一样；而很多女会员也应该如此，要么年轻漂亮，要么学历高能力强，要么能踏实过日子，要么愿意与老公一起打拼成长，要么很知性，总之好歹也得占一样。但是现在的很多女会员，无论年龄大小，条件怎样，却希望未来的老公的条件能样样都具备。比如有的女会员自身条件要什么没什么，却希望未来的老公月薪能在五万元以上或者至少在两万元以上。这样的女会员的心思代表了社会上相当一部分单身女人的想法，无论她们自身条件如何，她们丝毫不愿意与丈夫分享她个人的一切，却只想着向男人去索取。她们的想法由于感性粗劣而不自知，所以也容易生出是非困惑。

天悦认为，女人应该使自己先成为有独立生活能力的人，这一点无关乎未来老公的品德和能力如何？而是这种能力代表着任何女人首先作为一个人应该具备的一种基本品质，这种基本品质就是具备了一种最基本的生存能力，归于道德范畴。不管自己是已经过得很好，还是在琢磨着如何生存；不管自己是处在逆境还是顺境，女人都不应该有悲观主义情绪，也不能自持感性而恣意妄为。

一个人无论男女，能一个人走到后来，往往不是他/她的学历有多高、背景有多深厚，而是思辨能力有多强大。就像你小的时候走马路上的窄窄的道牙，张着双臂，一歪一扭地走，但很开心也很愿意尝试，觉得很有意思，但是如果道牙下面是万丈深渊，那么你的腿肯定会发软、四肢会无力，你就会容易瘫倒，这是因为周围的景观完全不一样，你的期待也完全变了。情感婚姻家庭的维系也是同样的道理，所以两个人真正走到最后，其实靠的是强大的心理能力，或者说知性很强。

对一个女人来说，尤其是三十岁以后的女性，就是你继续再做一些事情，意义是什么？工作、事业、生活、婚姻、爱情，到三十岁以后，再不断地去重复吗？！事实上，女人三十岁以后，每天活的都是你可以看得到的自己，重复越多，可能是非越多，困惑越多，不如意越多。

人生会碰到很多事，有些事你可以轻车熟路、手到擒来，但是有些事情你真的也会害怕。但是如果能抛开感性，能够有几样未来的人生规划方案，不一定非要以小博大，只是可以选择以前不敢或者不愿意考虑的似乎危险的方案，最起码你的生命人生不至于总停留在重复当中。冒险可能会带来一些失败，但是到了女人三四十岁的时候，能懂得失败也有很大的意义，它可以让你去反省你的是非困惑，也能让你变得宽容。一个女人尤其大龄单身女人如果想要不断地回避勇敢，你就可能永远停在原地了，任由青春逝去。

天悦问过很多单身女性，问她们是否有对自己未来三年、五年、十年、二十年的生活做过规划时，这些单身女性的回答是几乎从未考虑过规划的事情，所以自然也就回答不了天悦的问题。他对这些单身女士说，果断或者勇敢是一个很珍贵的品质，也是一个很伟大的品质。

尽管当代中国女性挺不容易的，又要工作，又要顾家，其实跟男性是差不多的。但中国的男性和欧美的男性不一样，中国的男性刻意认为哪些事情该是女人做的，哪些事情该是男人做的，但其实现在的社会，一个家庭可能就是一对夫妇和一两个孩子，显然没必要做什么事都分性别。女人应该勇敢地教育男人去主动帮助母亲、妻子、女人，不要再去分所谓“男人的事”“女人的事”，而是要共同面对。

天悦这样的建议并不代表要让女人成为“女汉子”，并不是说要让女性抛弃女性的魅力，只是要说明，如果你作为一个女人结婚有了孩子，除了要保护你与生俱来的女性特质以外，你能够对孩子的性别成长担负起越来越大的责任，而不是把你的老公和孩子永远都当成是孩子。

通过以上几个例子，天悦想要说明的是，女人应该克服感性、虚荣和浮躁的本质，应该表现足够勇敢，才能实现内心的跨越，才能有助实现夫妻共同成长，才能避免浮躁爱情带来的困惑。否则，随着年龄的增长，女人似乎表面是多了很多经验、很多盔甲、很多世故，其实生活也就多了很多麻木跟乏味，不得不去依靠更多的聚会，或者去看很多的心灵鸡汤，来麻痹自己的灵魂。

结婚，无疑是两个成年人决定在一起生活，并分享随着婚姻生活带来的快乐和烦恼，别无其他。婚姻既不需要美化它，也无须丑化它。

昆麟的例子

就在天悦还在琢磨思考的时候，手机不断提示他收到了不少微信，他拈起手机看到几乎都是端午节祝福的微信，而其中一个微信是一位叫昆麟的女士发来的，

“天悦，好长时间没联系你，你最近怎么样呢？”昆麟问候他道。

“还凑合！边工作边写书，准备把你也写进去，呵呵。”他立刻回复道。

“哈哈，你个人终身大事现在定了吗？”昆麟又问。

“没呢，你现在过得幸福开心之余，可以帮我介绍个想结婚的女孩儿，像当初的你那样就好。我头几年在广东买了两套房，到现在，我的个人经济基础硬资产折合人民币在700万元左右，至于软实力，如果能够在今年内我写的两本书先后出版的话，不管能不能出名，我就心满意足了，到今年底我就50周岁了，我会把出版的书当成是给我自己的50岁生日礼物，也作为献给我父母结婚50周年的礼物，并把它作为礼物献给所有关心过我的人，也包括你。”天悦打开微信语音，热情洋溢地告诉昆麟他的现状。

“人生就是这样，结婚的不一定如意；没结婚的不一定不开心。其实，我当初再等等你，我们之间也会是另外一个结果。”昆麟语音回复道，她似乎心情不大好。

“你现在就是不愿意帮我介绍了，呵呵。”天悦假装埋怨昆麟。

“我还是把我介绍给你，行吗？”昆麟回复着。

“好啊！真的假的？”天悦觉得昆麟是在开玩笑，毕竟她已经结婚多年，还有个可爱的儿子。

“这有什么真的假的。还是把我又介绍给你吧，真的，终点又回到起点。”昆麟这样回复天悦，似乎印证了天悦的某种疑惑。

“没明白！你的婚姻出了状况吗？”天悦进一步回复以便确认。

“婚姻中俩人思想意识，对事物的认知能力，对显而易见的是非、黑白、善恶、美丑的分辨能力有极大的分歧时，种种情形都让人感觉这婚姻只想解脱，没有希望！”昆麟回复里透着失落和无奈。

“嗯，明白了。那孩子呢？”天悦问道。

“这些事我想过很多，小孩儿我想带着。不都说，孩子跟妈妈，才是给小孩儿最好的天堂！”昆麟回复道。

“错了！我和你的观念不一样！我的思想观念比较西化，崇尚西方人的家庭理念，我认为孩子呢无论是男孩女孩儿都应该在父亲的怀抱里成长起来，中国女人把中国男人惯坏了！离婚的很多男人结次婚没有任何成长，即便再结八百次婚也未必会有任何长进；而女人离过婚后似乎变得什么都懂，其实骨子里很羸弱，同样未必在人生情感方面有什么长进。关键是孩子从小也没有受到好的成长思维方面和如何做人方面的完整启蒙教育。”天悦边思考边回复昆麟。

“你的说法是对的，但是小孩的父亲连最起码的教育小孩的能力都没有时，当妈妈的怎么舍得把小孩交给一个连自己都没有教育好的爹，而且甚至连自己生活都不能自理的爹的手中呢？”昆麟继续解释。

“那就更得把孩子给他了。现在社会上很多女性总以为离婚过的男性优秀、成熟、有责任感，懂得珍惜，什么都懂，其实这些离过婚的男人里大部分一方面去祸害那些意识上一厢情愿的女性，另一方面由他们造成的原来的后果却要由女方的下一任去承担，显然这种情况是不公平的。”天悦边回复边试图让昆麟保持清醒，他继续语音说：“女人如果不想着多看看书，多接受些哲学训练，在婚姻家庭情感方面就会始终处于被动，容易被男人或者被感性牵着鼻子走。”

“嗯，是的，你说得有理。”昆麟回复，然后继续解释道：“你是我一直都在意的男人，那时候因为种种原因，我们没能结婚。现在我以为，我们可以重来。”

“可是，我还想结婚后有自己的孩子！”天悦明白了昆麟的意思，也如实回复自己的内心想法。

“明白啦！我们始终还是有缘无分，遗憾！”昆麟几乎耽搁了十分钟才给了这样的回复。

“你就是不考虑再生了呗，呵呵。”天悦回复道。

“嗯，是这样的。要再生的话，我也要把我现在这个孩子带着和我共同生活，这不矛盾啊！”昆麟回复的同时还是想表明不希望把孩子给对方。

“不是矛盾不矛盾的问题，而是一种知性的问题。父亲没有能力教养孩子，母亲也未必有能力。而我自己呢，我是希望有一天，我结婚了，如果老婆有怀上孩子，我会安排老婆去美国生孩子，并希望这个孩子在启蒙阶段和成长阶段都能接受完整的西方教育，从小就能培养和掌握哲学思辨能力和理性习惯。”天悦回复道，又继续语音说：“你又看不上我，又不愿意帮我介绍，那你也别考虑离婚了！你的小孩都挺大的了，两口子都彼此退一退，让一让，就得了呗。”

“明白啦！不过，我真是不习惯和人斗嘴。我都说我一直都挺在意你的，怎么叫我看不上你呢？”昆麟委屈地回复天悦。

“我一直挺怀念我们在一起的那段时光！所以我说我要把你写进我的小说里。那时的你雍容高雅，对婚姻家庭执着追求，充满了美好的期待，又很真诚。”天悦回复安慰昆麟。

“我从来都是充满美好期待的。小说里就叫我Darling吧！”昆麟回复。

“我一直认为你的婚姻家庭生活很美满，其实美满到底是指什么呢？可能就是符号上的定义，属于世俗认为比较美满的现象。生活中，往往有人有足够的时间去思考自己是不是家庭生活美满，而也有很多人没有时间去思考自己的婚姻家庭是否幸福。但不管怎样，应该双方都是充满了美好的期待，都希望有一个不错的氛围。”天悦边思考边回复昆麟。

其实从一开始，天悦就认为爱情啊婚姻啊就是不值得去强求的，否则就容易生出是非困惑。他现在甚至是一个对爱情对婚姻都不再抱希望的人，更不会是那种对婚姻抱有很大希望才去考虑结婚的人。因为他自己并不是一个有什么可以值得骄傲的男人，他没有很高的学历，没有俊朗的外表，没有魁梧的体格，没有豪车，没有数不清的房产，没有庞大的事业。他有的是坚定的意志品质，信奉哲学精神，信仰佛教，还有就是在工作上非常的勤奋，以及不断挑战自己内心的强大人格动力。他不喜欢把宝贵的时间用在和别人一起傻吃、傻喝、傻玩、傻乐、傻聚。

在天悦眼里，在婚姻中的理想情景应该是彼此都首先做好自己，不给对方增加负担，相对保持自己的独立人格和独立生活，夫妻间形同伙伴或者是朋友。他认为传统婚姻非常不适合当下的生活模式，外界此起彼伏的诱惑导致夫妻的忠诚度受到更多的考验，尤其是中国夫妻根本没有办法做到像西方夫妻那样受到核心价值观还有宗教的深刻影响，把彼此忠诚于对方的身体也当成是一种信念。既然这样的话，他认为中国夫妻间就不要对对方有过多的要求，彼此尊重必须是一条底线。

“还记得当初，我们在一起，你对我非常好，我们也见了彼此的家人，我们都是想结婚的。即便后来我们没成，但现在回忆起来，仔细想想，就是每个人只要想结婚，将要面对的情况正如一般已婚人士一样，要经历从谈恋爱到确立关系到下决心结婚到生育子女再到维系婚姻家庭，然后夫妻双方就都俨然变成社会主义者这样一个漫长的过程，在这个过程当中，爱情的地位是非常脆弱的。”天悦边继续思考边语音昆麟，他继续着：“对于你们这样既属于职业女性又是母亲的女人来讲，最大的问题是没有时间陪伴，如果刚好赶上自己的丈夫是属于猫狗型的宠物级丈夫，那么即使你看了再多有关教育的和家庭关系的书籍，你也还是无能为力，因为你当初既然做了那样的选择，你就必须做到弥补上最根本的条件。尤其还得面对年幼孩子的成长教育，孩子的特质区别于父母，所以要多花时间去陪伴、去面对、去了解、去发现。”

“嗯，是的。我明白，虽然当前的社会极其浮躁，但是你的心底依然单纯，就像我的四个哥哥一样，能干的同时，人品也很正。总之，心底干净的人，他的思想始终如甘泉般，默默流淌，滋润心田。”昆麟回复道。

天悦回复完了微信之后，就煮上一壶咖啡，他闻着咖啡的浓香味儿，想应该通过怎样的渠道去调查那些动不动就声称结婚是“人生大事”的长辈们，看到过几对过得好的，包括他们自己。所以，他认为，没有必要把爱情放在一个很高的有多崇高的位置，否则就容易生出是非困惑。

什么家庭是爱情的港湾啦，或者婚姻是爱情的坟墓啦之类的烂俗比喻，应该让它们去见鬼！事实上，除了已经廉价了的爱情词汇外，当决定和那个人生活一辈子时，自己真正做好准备了吗？需要自问的一件事情是你是否可以允许自己的个性被有限度的消磨？因为婚姻从来不是加法，它是一种融合，这决定了在很多事情上，认可这个人际关系的人必须做出妥协。任何一种成功相处的人际关系都是妥协的结果，婚姻也不例外。所以，婚姻情感需要随时修补，但该呵呵的时候就尽量呵呵，和重启电脑一样管用。

第五章

告别临床医师生涯

再忆“积水潭”

夜深了，但天悦喝着香浓的咖啡，感觉意犹未尽，他端着一杯咖啡走到了电脑前，他打开了电脑。上网之后，他又仔细看了看翌日上午要见的会员名叫“馨”的征婚女会员的资料。他觉得这个女士条件不错，却不适合自己，但见见面聊聊也没什么不好，毕竟馨是北京本地人，交流起来会比较言简意赅。

长期以来，无论是社会上的单身女性还是网上征婚女士，总会问天悦一些同样的问题，比如“你是北京人，又有房，各方面条件还可以，为什么却一直单身到现在呢？”比如“你想找个性格开朗、愿意考虑踏实过日子的、一结婚就想要孩子的女士，应该很好找，为什么却一直单身到现在呢？”比如“你既然想结婚还准备生两个孩子，那早干吗去了？”等等。由于以后可能还要经常回答这样一些问题，此时此刻的他内心不免显得焦灼，还带着惆怅。

此刻，天悦想到自己年轻时，身边从来不缺喜欢他的女孩儿，既优秀也纯情的女孩儿，愿意嫁给他的能有一大把，问题是他没有用心珍惜。他甚至觉得是在自己二三十岁或者到三四十岁时，就是自己在年轻时，他就已经把一生中的爱情和艳福消受殆尽了，这可能就是他未婚单身到现在的根本原因。

天悦低头看着杯中像一汪潭水的浓郁的咖啡，不禁想起了自己在积水潭医院的经历。在北京城二环内的靠北偏西的一隅有一处不大不小的水面，有名积水潭，依积水潭一角而建了一所大医院——北京积水潭医院，是一家王府花园式医院。这里曾是元代京杭大运河的终点，有樯帆林立的码头——“积水潭港”，后来在清朝则成了延续了二百多年的“棍贝子府”。1956年1月28日，昔日的王府旧址，诞生了北京积水潭医院。半个多世纪过去了，坐拥一泓碧水的积水潭，已发展成为以骨科和烧伤科为重点学科的三级甲等综合性医院。

北京积水潭医院以显著的医疗特色和医、教、研、防综合实力成为北京大学第四临床医学院。其脊柱外科、创伤骨科、矫形骨科、手外科、小儿骨科、骨肿瘤科、运动医学科和烧伤科的医疗技术达到世界及国内领先水平。医院设有北京市创伤骨科研究所、北京市烧伤研究所、北京市手外科研究所、北京创伤烧伤抢救中心、北京市骨科疾病研究治疗中心，全国计算机辅助外科学会和计算机辅助外科研究和应用中心也设在该院。

1993年的时候，天悦就曾在积水潭这家医院内科进修轮转学习了很长一段时间，那段学习时光给天悦留下了很多美好的回忆。印象最深的是自己轮转学习工作过的积水潭医院内科每个科室病房、和蔼的科主任、认真工作的本院大夫、柔情美丽的护士、好学上进的北医实习学生，还有医院那漂亮的王府式的花园，层叠有序、错落有致的亭台楼榭，以及小桥流水，似乎每个角落都散发出一种古典气息。

当时，天悦的情形比较特殊，他是属于在大的专科医院工作了多年，有颇多临床工作经验，尤其在心血管疾病方面。所以他在积水潭的医院内科学习过程中，本院科室主任啊大夫啊并没有完全把天悦当作学生或者进修医生看待，而是将他视同本院大夫。每天早晨病房大夫交接班、每周的夜班他都不会落，因为他经常被主任盯着。主任们如张主任、孙主任等，认为他的主动工作意识和临床总结能力比较突出。

天悦对如何成为一个好的大夫有自己的判断和做法。他知道，一个人从生病到彻底康复需要至少三个阶段，第一个阶段是发病前期的对症治疗，包括内科、外科等治疗手段，第二个阶段是发病后期的治疗观察阶段，其实第一、第二两个阶段同属于医疗干预阶段；第三个阶段属于治疗后出院前的院内恢复阶段；而最后一个阶段则属于病人出院后的自我康复调节阶段。关键就在病人出院前这一时期，一个好的医生应该凭借自己的专业学识和饱满的热情，对病人进行必要的心理指导和重病心理干预，要与药物、手术等治疗同时进行，目的就是要帮助病人树立战胜病魔的自信，达到间接调整免疫系统功能的目的，使病人能够保持积极心态，安详地对待治疗中可能会遭遇到的各种痛楚。

天悦认为，在某些方面，中医是远远优于西医的，因为中医尤其是老中医更具有“超越的爱”和“关怀感”，更注重与病人间的情感交流，而西医已经沦落到只注重机器设备，所以病人很难体会到西医的关怀感。

天悦读了不少心理学方面的书，并积极用于临床，对他的临床工作能力的提高起到了很大的帮助，所以也进一步得到了几个科主任和与他同龄的本院大夫的信任，使他在一群进修轮转学习的大夫中显得个人能力突出，这令他自己感觉很开心，觉得很有成就感，比起在阜外医院。

天悦基于自己的专业认知，不断加强临床业务学习，有时间就去听课；有时间他就拿个笔记本来到所管的病人中间，问询病人是否还有一些无论是自己还是接诊大夫可能没有问到的问题，并随笔记录。因为他养成习惯把心理学用于每个病人的临床诊疗管理实践当中，所以他对所管的每个病人的病情含临床生理病理心理及康复全程都有完整的方案和准确的判断。

天悦觉得在临床工作中，一定要以病人为中心，这一点非常重要。他认为，直到现在，中国的医生都常常专注于提高专业技术和保持冷静的头脑，从不认为跟病人进行情感交流是必要的，认为与病人进行情感交流会影响工作效率，进而影响个人奖金收益。即便现在社会上有的很多健康管理平台，却几乎都是无德的，病人找到那些所谓健康平台上的医生，花了很多钱看病，但大部分情况下被医生用两三分钟就打发走了。

总之，那时每当天悦走到病人中间，见到他的病人几乎都是满脸兴奋，因为这些病人知道有问题随时可以咨询他，不论是他们自己的病情还是他们的亲戚朋友的病情，他们知道他都会耐心地倾听并回答他们的关切。而他无论对新入院的病人还是老的病人，他都会对他们说“你很好，不要担心！”这或许就是他能够一直保持年轻心态，并不断进步的秘密吧！

但是工作舒心不是唯一的，美好的回忆中还有浪漫的一面，也就是天悦在积水潭的医院遇到了有着真情实感的女孩儿。

一天早晨在南三病房交班时，天悦边交班边觉得有些异样，他交完班后听别的大夫交班，依然感觉有些异样，似乎是一直有谁在盯着他看，所以令他有一种异样的感觉，这种情况似乎是从到了南三病房那天就开始有了。这时他决定查找下根源，他有意无意地分几次抬眼扫视周围的大夫、护士和学生，看了那些熟识的本院大夫都是聚精会神，又看了熟识的北医毕业实习学生像慕朝伟、李萍、姚岚、凌雁等也都是聚精会神，他就又把目光转向了站在医生办公室门口的那些护士。瞬间他注意到了一双明亮的眼睛，原来盯着自己的那双目光来自一个护士。

天悦不看那个护士则已，一看到那个护士，就被她的亭亭玉立吸引住了，她的身高约在一米七二。虽然之前没怎么说过话，但天悦似乎知道她的名字好像叫韩什么红吧。韩护士发现自己被天悦留意到了，顿时显得局促不安，不过镇定下来后，她也大方地直接也看着天悦，天悦也看着他，四目对视，倒让天悦觉得可乐。见到天悦嘴角带笑，韩护士不免也含笑低下头去。

后来的一天，天悦请护士长帮忙，让护士长和韩护士中午一起出来去医院院内的餐厅吃涮羊肉，他请客，护士长答应了。中午时分，天悦自己先到了，就坐着等，护士长到了后，他让护士长坐下点菜，而他自己出去等韩护士。他逡巡多时，总算见到韩护士从远处走来，快走近时，她的姿容身形就如全倒进天悦的眼帘，由于她没穿护士服，没戴护士帽，穿的是一条白色的连衣裙，所以她婀娜的身姿、修长的大腿使她看上去宛如一个超模。

韩护士走到小桥中间看到天悦在等她，嘴角便露出一丝不易觉察的微笑，随即脸朝向一边的花树，她的一头长发随之甩向前面，长发用一根银色丝带轻轻挽住。见天悦还望着她，她的一双凤眼也瞧过来，两道眉毛这么一弯，红红的嘴唇这么一抿，阳光照在她的鹅蛋脸上，眼睛灵动，现出一脸精灵顽皮的神气。医院院内本就中式花园的景观如精致的亭台楼阁、小桥流水、假山奇石、草木繁茂，再配上从小桥上翩翩走来的这个绝色女孩儿，恍惚间，天悦甚至怀疑是否仙女下凡。

天悦和韩护士就这样算是正式认识了，她让天悦称呼她小韩，小韩是北医护理系毕业的本科学历护士，她和护士长的关系很好。那天中午一起吃饭后没有多久，护士长便告诉天悦，说小韩很喜欢他。天悦听后，纵然喜形于色，但还是很快平静下来，因为他知道，不仅仅只是小韩一个女孩儿喜欢他，他也感觉到别的女孩儿对他的态度，所以他告诉自己，要不忘初心。

没有多久，天悦结束了在南三病房的轮转学习工作，轮转到了南四病房，所以不能天天见到小韩了。虽然如此，他和小韩也会经常见面，比如有时约着一起下班，有时他会再抽空回南三病房看望小韩，有时中午一起吃饭。

天悦和小韩每次在一起聊得最多的话题还是工作，小韩欣赏他对病人的体恤和关爱，经常和他一起讨论与病人的沟通技巧。

两个人一致认为，医患沟通属于人与人接触的艺术，是每个中国医生的基本功，也是良好医患关系的基石。书本上的内容往往是可以在短时间内学会的，而保持一颗敏感和自省的内心，在临床实践中雕琢自己的行医风范，爱伤爱患，则是永远没有止境的。

爱情的萌芽

轮转到南四病房之后还剩一个急诊室，天悦就将结束在积水潭医院的轮转学习回阜外医院了，尽管如此，新的浪漫故事却还在发生。

在南四病房，天悦结识了又一批本院大夫，其中包括一个叫薇的女大夫，但薇一开始不带天悦，所以起初他与薇没有什么交集。薇的个子不高，身材小巧玲珑，但一眼看上去就是气质脱俗，很爱笑。他在一天中午通过病房一楼的楼道去吃饭时，在楼道偶遇薇，而他和薇的短暂交往就是从这一次偶遇开始的。

那天中午，天悦通过一层长廊要去食堂吃饭，走着走着，就注意到迎面走来一位穿着白大褂的女大夫，留着整齐的短发，粉面上一双大眼乌溜溜地正视前方，走起路来脚下高跟皮鞋发出清脆的嘎嘎声，这个女大夫正是薇。薇也注意到了他，但薇似乎没想着要和他打招呼，他则主动地对薇说道“你好”。薇先是满脸精乖之气，但他的主动问候还是让薇迟疑了下，之后薇变得粉面羞红，似笑非笑地和他擦肩而过了。只擦肩一过的瞬间，他注意到薇的眉梢眼角，尽皆透着一股春意。

从那之后，无论在科里还是在外面，只要碰到薇，天悦都会主动与她打招呼，向她问好。因为薇与天悦的代教老师王大夫熟稔，而且薇对所带的学生要求很严格，她自己工作中也很仔细认真，所以天悦对她很是尊重。

随着时间的推移，天悦和薇交流越来越多，他知道了薇毕业于南方的一所医学院，知道了薇和姥姥一起住，知道了薇的梦想是成为一个优秀的大夫，知道了薇是一个善良的责任心很强的女孩儿。

后来，天悦和薇经常一起去食堂吃饭，虽然天悦自己没觉得有什么不正常的，但是天悦发现，当薇带过的那些北医实习学生看到薇经常和天悦在一起，当他们注意到薇每次看天悦的那种眼神儿，他们的表情就似乎有些不自然。他和薇在一起时，也有被小韩看到，但大家都是彼此点头致意。

没过多久，薇和天悦的代教老师商量后，天悦就由薇来代教。自那以后，每次薇值班，无论是值夜班还是周日值班，薇都会拉着他一起陪着值班。薇告诉他，值班时不需要他忙前忙后，只要他能在身边就好。

回忆到这，天悦又续上了一杯咖啡，他认为那段短暂的与薇的接触使薇受到了极大的精神心理上的慰藉，也许让薇觉得爱情来得太快，似乎还没准备好爱情的到来。

随着时间的推移，天悦发现薇是个纯情的女孩儿，情感很脆弱。如果哪一次在一起，他让薇不开心了，薇不会发脾气，而是委屈地哭泣。

再后来，薇会借着周末休息，或者下班后，拉着天悦一起骑自行车出去玩，或者看电影，薇变得越来越离不开他。直到有一天，薇和他一起下班回到了他的家，碰巧见到了他的母亲，虽然很匆忙，但是见面后气氛很好。

薇了解到了天悦以及天悦的家庭的几乎所有情况。自那天以后，除开医院的其他地方，两个人在一起时，薇都会主动地拉着他的手，更愿意依偎在他的怀里。

薇的柔情让天悦感到了压力，虽然天悦并没有女朋友。

时间过得真快，天悦结束了在南四病房的轮转，去了急诊室，他不再有更多时间陪着薇了，他希望工作空间的转换能够帮助薇淡忘他。

然而，与薇的情分还没有说法时，天悦很快就又遇到了另外一个女孩儿，她是急诊室的护士，典型的北京妞，一个敢爱敢恨的女孩儿，天悦与她的相识类似不打不成交。

积水潭的医院是一家综合型三级甲等医院，由于在京内外都是名气很大，属于老北京医疗圈里的“三坛一阜”中的一员，所以着实的日常门急诊病人比一般的医院多很多，夜间急诊病人也很多。天悦在急诊室通常就自己盯着，本院大夫对他很放手，好在他对急诊病患基本都能应付自如。但那种对什么事都容易想不开、动不动就服毒的病人除外，这类病人往往容易让他抓瞎。

在急诊室的轮转学习工作，虽然比门诊啊病房啊辛苦得多，但让天悦欣慰的是，急诊室的那些护士尤其是老护士都形同半个大夫，业务能力强，医学知识丰富，临床急诊救治护理经验多。尽管那些护士有时很强势。可他还是高兴可以向她们学到很多东西，即便有时挨她们呲儿。

天悦第一次和她打照面，是因为一个用药后全身过敏而来院看急诊的男病人。他看了那个病人的全身状况，记录了该病人的主诉、病状后，就果断地下医嘱将该病人作留观处理。那个年代的医生包括他在内，不管看到什么样的门急诊和住院病人，接诊处置时都不像现在的医生动不动就给病人挂水或者开大处方，而是根据病人的个体，执行基本原则：能吃药就不打针，能打针就不输液。所以他当时只是给那个病人开了两片非那根，并当面嘱咐那个病人用温水口服后睡上三个钟头，再看症状是否消退。

令天悦没有想到的是，医嘱开出后不一会儿，她拿着药单跑来了，对天悦说道："邢大夫，你这非那根为什么要开两片？按照规定，你给病人开的这药是过量的，你知道吗？"她严肃地对天悦说道。

"不会过量的！我已经结合病人的身高、体重及先前的病情还有现在的症状测算过了，没问题。"天悦坚定地回答她道。

"可这个病人是陈旧性肺结核患者，你不担心他服用后会抑制呼吸吗？"她还在担心着。

"你就别这样纠结了，我是大夫，我当然会对病人的安危负责的，你在这里没完没了，你知道不知道病人的病情会不会因为这一时的被你耽搁而加重呢？"天悦站起来冲着她说。她听了天悦的这番话后极不情愿地给病人拿药去了。

大约在凌晨四点的时候，那个男病人精神百倍地从观察室来到了天悦面前，天悦身体靠着椅背儿，一只胳膊搭在桌面上，他让后来的病人稍等，然后微笑地端详着那个精神焕发的男病人，那个男病人46岁，身材魁梧，有一米八四，体重83公斤，个体情况良好。

天悦开口问他道："怎么样？你感觉好点没有？"

"邢大夫，你看，我现在全好了，原来全身的那么多大片的荨麻疹一下子全没了，呵呵。"那个病人高兴地对天悦说。

天悦让那个男病人解开衣服，仔细查看他的前胸后背后，天悦就把她也叫过来，让她也看了看，她看后什么话也没说。天悦告诉那个病人可以回家了，并给那个病人开了维生素做离院带药，那个病人随即高兴地走了。

过了一会儿没病人了，天悦借着难得的片刻休息，终于可以正眼认真打量站在自己面前的她了。她应该是属于性格开朗的，年龄在二十三岁上下，身形苗条，肤色略黑而健康，大眼睛，脑后露出一个挽着的乌黑的发髻。此时的她看到天悦盯着自己看，顿时她双颊晕红，微露腼腆，两眼水汪汪的也斜睨着天悦。

从那以后，她越来越愿意和天悦一起值班。值班时，中午或者晚上，她都会去食堂帮天悦打饭，回来两个人一起吃。后来有一次两个人一起值夜班，快到后半夜了，一直没有急诊病人，天悦疲惫的要紧，就想打瞌睡，被她看到后，她走到天悦面前，在天悦还没明白怎么回事时，她用双手把天悦的头轻轻地按在自己的腹部，让天悦的头枕在她的腹部瞌睡。天悦被她这一下所感动，也张开双臂抱住了她的腰肢。天悦感觉到她的腹部柔软而富有弹性，进而感觉到她的心脏跳的很快，随之而来的感觉是她的丰满的胸部。天悦还怎么能再瞌睡呢，没法瞌睡了，只是想在她的腹部多靠一会儿。

这是天悦在积水潭的医院里面在工作时间在工作场合第一次和一个女孩儿发生亲密的举动，但也是唯一的一次。那次之后，纯情的她经常主动向天悦索抱索吻，而天悦却只能选择尽量让她克制，实在不成才迁就她。

离愁别怨

当天悦回忆到这一段时，不禁叹了口气，然后饮了一小口雀巢咖啡。

在积水潭医院的经历让天悦心中产生一种永远啊挥之不去的心痛，更是他人生情感历程中一段并不正面的经历。那时他对薇焦急的心情非常清楚，那时他对急诊室的她的柔情非常感动，那时他对小韩的那双带电的眼睛还很着迷，但那时还有萍，还有雁，还有岚，她们这三个是还在实习还等待毕业分配的北医学生，都是不错的女孩儿，也对天悦有意。

天悦又喝了一口咖啡，突然一下儿噎在嗓子眼儿，没有一口咽下去，伴着被煮的夹杂了酸味的咖啡的苦涩，天悦就还是叹了口气。现在的他才觉得自己真正懂得了23年前在积水潭医院和她们几个女孩儿“聚散两依依”的那种痛苦的情感滋味。

苦涩的咖啡噎得天悦边咳嗽边想，那时为什么他和她们相遇时间总是不对？那时为什么她们和他相遇场合总是一样？那时去拥抱时，却无法真正拥有对方；那时去爱时，发现人已经渐行渐远；那时相聚都不容易，就要谈分手，难道是命运的捉弄抑或缘浅？那时的他和她们之间，聚也依依，而她们在想何时才能真正相偎？真正相依？

天悦觉得那时的自己除了有一份在别人眼里认为不错的工作以外，其他方面实在是要什么没什么，甚至没有一份独立的人格，而且内心还是单纯的。在那种情况下他一个男人同时要面对好几个多情的女孩儿，就意味着要承受不能承受之重。后来他思来想去觉得不能继续，显然是不可能，因为他意识到应该不会有结果，他也不能跨越自己给自己设定的底线，尤其是面对萍、雁、岚，他觉得自己更不能恣意妄为。

天悦后来经过理性地思考，最终决定“逃离”那样一个窘境，哪怕挨她们的骂。他找了时间分别和薇、急诊室的她、小韩、萍、雁、岚进行了交流，他告诉她们每一个人，他虽然喜欢她们，但把她们只当作要好的朋友，他还没有做好谈恋爱的思想准备。结果面对他突然的态度转变，她们每个人的反应也是不一样的。

天悦和薇谈了后，薇非常的伤心，不说话，只是一直在哭。任凭他怎么解释，薇都难以接受这样一个结局。后来，直到他离开积水潭之前，尽管还去病房看薇，但薇对他的态度变了，由以前的温和融洽转尴尬，由尴尬而无语。

天悦和急诊室的她谈了后，她非常的生气，她不愿意就这样结束，她告诉天悦，她原来爱他，但她现在十分恨他。

天悦和岚谈了后，岚没有多说话，只是默默地接受，她心里似乎认为天悦爱着薇或者小韩或者萍或者雁四个女孩儿当中的一个。后来岚从北医毕业后分配到了妇产医院工作。

雁是来自新疆的女孩儿，在北京上大学念书，远离父母家人，为人坚毅、上进，性情温和而敏感。雁是所有几个女孩里唯一的一个态度明确地告诉过天悦，一毕业工作就愿意和他结婚。但后来因为几次聚会，雁改变了对天悦的看法，之后对天悦保持着若即若离。再后来，雁生日时，天悦为雁买了一套质量上乘的真丝睡衣，雁却表态不喜欢。在天悦坦诚地和雁把话说开后，就彻底分手了。雁毕业分配留在了积水潭。

天悦和萍谈了后，萍的表情十分从容，萍告诉天悦，她喜欢天悦，愿意和天悦在一起，但是如果天悦何时想离开她，她也不会阻止天悦。

萍是个北京本地女孩儿，开朗热情大方，做事周到细腻，于微小之处对天悦非常体贴。一次天悦和北医实习学生外出郊游，萍也去了，雁也去了。虽然玩的整个过程中都很开心，可还是出了状况，有来自西北的一个男学生比较能喝酒，大家兴致也高，结果天悦一高兴不小心喝多了，倒霉的是还喝吐了。萍见状后，当着她的那些男同学、女同学包括雁的面跑前跑后，服侍天悦，直到晚上亲自把天悦送回家。那天晚上等天悦醒来时，天悦发现自己躺在萍的怀里……

天悦和小韩谈了后，小韩也非常坦然，她告诉天悦，她已经有了男朋友。

那次和小韩交流，是边吃饭边交流，小韩显得心情很轻松，天悦也非常为小韩高兴。但是吃完饭，小韩没有着急离开，她含情脉脉地看着天悦，然后她告诉天悦，她不想就这样离开。

天悦看着她的眼睛，此时的她清眸流盼，含情凝睇，他没有理由拒绝。饭后，两个人一起来到了天悦的家，小韩去冲淋浴，不一会儿，她喊天悦也进去冲淋浴。天悦进去后，看到眼前的一幕，顿时心神激荡，此时的小韩芳馨满体，芳香袭人，她让天悦帮她洗，天悦此时也只有唯命是从了。帮助她洗乳房，帮助她洗后背……

洗浴完毕后，天悦和她躺在床上拥抱在一起，忘情地接吻。但是天悦并没有急于和她做爱，而是在明亮的吸顶灯的光线下，尽情地欣赏她的玉体。

尽管是 23 年前的事情了，但天悦对那晚与小韩忘情相拥、遂行肌肤之亲的情景还是恍如昨天一样。后来当有个别单身女性问到天悦关于性方面的问题时，比如问天悦：是不是因为你是学医的，对女人的身体太了解，所以就对女人身体没兴趣了诸如此类的问题，天悦就容易想起小韩。

还有天悦曾经在美国工作期间，看到过美国某知名媒体做的一项调查，对象是全美的成年男人，调查目的是要了解这些成年男人认为女性身体最性感的部位依顺序分别是身体的什么部位。显然，这项调查非常有趣儿，至少在天悦眼里是这样的。调查的结果令天悦大跌眼镜，被调查的成年美国男人接近 70% 认为，女人身体最性感的部位排在第一位的是手，排在第二位的是脖颈，排在第三位的是胸部。美国的这个调查结果让天悦联想到了国内，也联想到了小韩。

天悦觉得中国男人和美国男人之间对女人身体的审美观念的差别无疑是巨大的。由于自己是学医的，所以他对女人的身体有着自己的审美观念，在他眼里，女人身体最性感的地方排在第一位的应该是眼睛，最性感的部位排在第二位的应该是乳房，最性感的部位排在第三位的应该是臀部。之所以他能有这样的认知，就是因为他想起了小韩的绝美的超模身材。

那次和小韩的亲密，天悦用手从小韩的额头、眉毛、鼻梁、朱唇抚摸起，抚摸到她的脖颈，继而乳房，到平坦的小腹……再到臀部、大腿，直到脚底。抚摸之下，她则气若幽兰，浅吟不断。

天悦尤其喜欢小韩的凤目微睁、迷离企盼的神情，也喜欢她的秀丽的长发、娇嫩的乳峰、迷人的腰段、纤长的身条。他边轻柔地抚摸小韩的身体，边一寸一寸地亲吻她的肌肤，就见她的肌肤皓如凝脂，滑腻似酥……小韩经不住极致的爱抚和亲吻，翻过身，把臀部向上……

天悦看着小韩玉软花柔的身躯和翘动的臀部，看着小韩润红的脸蛋散发着青春的活力，更觉得小韩艳冶柔媚，秀色可餐。只是他不敢再看了，因为哪怕再多看上一眼，都会有一种销魂蚀骨的感觉。

小韩对天悦极尽温柔，不说话只是肢体语言。小韩的身体在颤动，伴着规律的颤动，更显出她那玲珑的曲线，呈现出青春女性独特的美。她不断地要，直到两个人都精疲力竭，她才依偎在天悦的怀里，露出幸福的神情。她告诉天悦，说天悦的火力很壮，而天悦告诉她，他喜欢她的眼睛、乳房和美臀……

1993 年的秋天，天悦离开了积水潭的医院，怀着一种愁绪，因为对那几个可爱的女孩儿来讲，她们刚刚产生了爱情的萌芽，却又被他召唤来的乌云无情地遮住希望的阳光。对她们每个女孩儿而言，爱情梦想都在短暂的一瞬间戛然而止，成为“爱情泡沫”，她们不可能对他没有怨恨。

咖啡的味道虽然越来越酸涩，但是咖啡是好东西，有利于帮助人提神醒脑，更有利于帮助天悦反省 23 年前的那段经历的得失。他其实明白了很重要的一点，就是那时他辜负了她们，而当时他自己还不自知后果会有多严重，因为诚是做人之道，为人之本。一个人尤其是一个男人连点做事做人的诚意都没有，那么在女人眼里，这个男人的方方面面就会有出现大问题。

天悦明白了，一些年后他遇见到的积水潭的医院的一个女大夫之所以拒绝了他，并提出原因是她的老师觉得天悦不适合她。不适合的原因虽然没有明说，但很明显就在于，天悦没能保护好自己的信用，没有珍惜小韩、薇、急诊室的她、雁、岚给他的每一次信任！因为这样的信任有时候只有一两次机会！

一个人最大的破产就是信用的破产！哪怕你一无所有，但只要信用还在，就还有翻身的本金。天悦终于明白了永远都不要透支自己的信用，尤其是爱情信用。

真情报答

天悦回到原单位工作后，工作如以往一样忙碌，且按部就班。他偶尔还回积水潭的医院去看看内科张主任、孙主任，还有几个关系不错的大夫，他还在积水潭的医院里照了两张相作为留念。

没过多久，有好的消息传来了，是关于李萍和她的同学的。一天，萍告诉天悦，她毕业分配落实了，包括她和慕朝伟在内的几个北医同学被分配到了阜外心血管病医院。天悦听了后，很为萍和她的同学们感到高兴。

又过了一段时间，有一天，当天悦下病房时，终于看到了穿着白大褂的萍，此时的萍已经不是当初的北医实习学生了，一眨眼间就是个大人了；此时的萍也已经不是当初跑前跑后照料他时的萍了，而成为天天都可以与他见面的同事。这是他和萍成为阜外同事后第一次在上班时间打照面，萍已经 24 岁，北医临床医学六年制毕业，青春四射，朝气满满。

过后不久，天悦约了萍一起去吃饭看电影，当时萍的脸上就透着期待的表情，非常快乐，而且期待着她与天悦的情缘能够持续下去。

在约会时，天悦选了东单附近的一个不错的酒楼，萍点了她爱吃的菜，随后，天悦举起手中的啤酒杯，对萍说道：

“萍，我非常开心你能分到阜外的医院工作，为我们成为同事干一杯吧！”

“好啊！我也是，我们又在一起了。”萍举起酒杯，温柔地对天悦说。

随即，两个人干了一杯。不一会儿，萍的脸颊开始泛出一丝淡淡的红晕，她注视着天悦，天悦也在认真地端详着萍。萍此时是粉面桃花，眉目如画，一颦一笑之间流露出一种说不出的风韵，萍又宛如一朵含苞待放的黑牡丹，美而不妖，艳而不俗，千娇百媚。

“你总看着我做什么？”萍不好意思地笑着问天悦道。

“呃，以前好像从来没有像现在这样能够仔细地端详你，你的气质非常好。”天悦被萍冷不丁地一问，就随口说了实话。天悦觉得萍是一个叶底藏花颜炜含荣的女孩儿，更是一个颖之藻仪、很有母性的女孩儿。

“我发现你们北医毕业的女孩儿都很有特点，要模样有模样，要气质有气质，要理想有理想，要实干有实干，要纯情有纯情。”天悦笑着说，此时他想起了同样是从北医毕业的包菲。

“真的吗？呵呵，我替我的那些同学谢谢你的夸奖啦！”萍开心地说。

“我们从认识到现在也有大半年了，我觉得你是非常好的一个女孩儿。”天悦毫不犹豫地夸奖萍。随后，他把杯中的啤酒一饮而尽，又倒上了一杯，随着酒精的作用，似乎全身的血管都在舒张，脑子也随之发涨。

天悦不知该和萍以后如何继续，他边看着萍边想，要不要把以前自己和文的爱情经历告诉萍，因为萍和文也已经是同事了，他现在不主动告诉萍的话，萍以后也会从别的同事那里知道他以前和文的事情。

“我很喜欢你。”天悦犹豫了下，还是说出了口，对着萍。

“我也很喜欢你。”萍不假思索地马上回答天悦。

“嗯，我知道。”天悦说道，又继续说：“我们还是有缘分，所以不管以后我走到哪里，不管到什么时候，我都会牢记我们之间的这份情感。”

“天悦，我爱你！”萍满脸通红地对天悦说。

“我知道。”天悦回答道。

……

饭后，天悦和萍去了东单的大华电影院看电影。在电影院里，看电影的人不多，萍紧紧地依偎着天悦，天悦也紧紧地搂着萍。萍悄悄解开自己胸前的衣扣，然后把天悦搂着她的那只手牵进她的衣服里面，把天悦的手紧紧按在她自己的一只乳房上。天悦侧过头，吻着萍的额头和长发，很希望那一刻时光能够停止。

直到电影散场，天悦送萍回家的一路上，他也没有告诉萍关于他以前和文的爱情故事。在和萍的这次约会之后，无论工作中还是工作之余，天悦都没有再去打扰萍，他想他这样做的目的只有一个，就是只有这样做，才是真正地对萍好。

不久后的一天，天悦正在科里忙，就听有同事喊他，他马上到科室门口，才看到是一个女患者在找他，原来是凯彬和她的母亲，是到北京来医院找天悦帮她做术后复查的。

凯彬是河南漯河人，年方二十，身材高挑，体态轻盈，笑容可掬，但是一年前的她却不是现在这个样子。她以前曾患心脏“房间隔缺损”，伴“肺动脉高压”，那时的她表情痛苦，口唇发绀，活动受限，家里经济又困难，所以她的父母慕名阜外后就带着她到了北京看病，想找个好的大夫，多花点钱争取一次治好，结果发现要想住进阜外的医院是十分不易，好在恰巧遇到了天悦给她看病。

天悦知道凯彬的情况后，非常同情她，所以和父母商量后，征得父母的同意，天悦便让凯彬和她的父母一起住在了自己家里的半地下室，这样可以帮她一家子省去些住旅馆和吃餐馆的花销。后来凯彬住院和手术都顺利而且成功，她和父母欢天喜地向天悦一家人表示感谢，想着怎么报答天悦一家人，但是都被天悦一家人拒绝了。只不过术后她每年都要跑来北京阜外复查，所以凯彬这次来是第一次做术后复查来的。

天悦见到凯彬，就把家里的钥匙给了凯彬和她的母亲，母女俩复查完了后就先回天悦家了。

晚上天悦下班回到家后，就看到凯彬和她的母亲为天悦一家人烧好了饭菜后，正在和天悦的父母聊天等着天悦回家吃饭。天悦看到家里的外屋地上放着凯彬母女俩从河南带来的宋河曲酒、小磨香油和其他一堆东西，总之是用来表达对天悦一家人的谢意的。之后，凯彬母女俩陪着天悦和天悦的父亲边吃饭边聊，还劝天悦喝了不少白酒，就是那河南出的宋河好酒。

当晚，凯彬母女还是住在天悦家里。到半夜时，喝多了酒已经沉醉的天悦就感觉似乎有一双手在抚摸他，虽然他想着起来开灯看看究竟，但是因为酒劲引发的头痛和无力，使他无法起身，随后他就感觉到一个女人喘着气爬到自己的身上，接着那个女人不断来回晃动身体……一刻钟的工夫，他抑制不住地射了。那个女人感觉到异样后便从天悦的身体上下来，躺在了他的身旁。

睡着睡着，天悦感觉到似乎那个女人又从他身边坐了起来，然后又去抚摸他，他一下子坐了起来，睡眼惺忪地望着那个女人，定睛一看，原来是凯彬。凯彬见他醒来，并不说话，而是把他推倒躺平……天悦经不住，又射在了她身体里面。终于，凯彬又躺下来，依偎在天悦身边慢慢地睡着了。

早晨起床后，天悦穿上衣服，不敢吵醒凯彬，只是看着春光外泄的她。她乌发如漆，裸露的胴体暗香袭人，确实撩人心怀。由于是刚好处于身体发育成熟的花季，她身躯窈窕，肤色细润如脂，粉光若腻，直如芙蓉出水。天悦在她的身体上盖上了一个毯子，就去上班了。

上班的路上，天悦依然在努力回忆头天夜里发生的事情，他不敢想象结果会是怎么样的。整个上午，他显然都是处在心神不宁的状态。

到中午时，天悦接到母亲来的电话，母亲在电话里告知他，由于凯彬母女俩得知他和原来的女朋友分手了，所以凯彬的母亲突发奇想，想让他娶凯彬，母亲坚决拒绝了凯彬的母亲的想法，并且也直接告诉凯彬根本不可能。挂了电话后，他才恍然大悟，原来头天一夜里，是凯彬母亲让凯彬趁着他睡熟之际去和他同床，然后想告诉天悦母亲就说是天悦和凯彬已经“生米煮成熟饭”了。

凯彬母女临离开北京前，私下里，凯彬告诉天悦，说她还想多要几次，她想给天悦生个孩子，否则就不走。不得已的情况下，天悦违心地满足了凯彬的要求，才终于使得她们母女俩满意地离开了北京。

天悦回忆到这，把煮得的咖啡都倒在杯子里。他一方面知道凯彬的做法有某种报恩的或者喜欢的成分，但也知道那样的性行为有悖于医学伦理，因为国际医学界一直认为医生与病人间存在道德伦理关系界限；另一方面，他觉得自己是没有办法，而且庆幸后来凯彬没有怀孕。

再后来，凯彬结婚了，生了小孩，和她的老公一起在漯河做生意。2003 年非典期间，凯彬两口子特意来到北京要接天悦的父母去漯河住，想着待非典过去再把天悦的父母送回北京。

总之，凯彬两口子有时间就来北京看看天悦和天悦的父母。

23 年过去了，这期间读过很多哲学书的天悦现在认为，他对凯彬那样的做法，如果用哲学理论来思辨并解释的话，就是可以总结为：无善无恶心之体，有善有恶意之动；知善知恶是良知，为善为恶是格物。从佛家的角度讲，就是天悦“一念之差即成佛，一念之差即成魔。”

告别阜外

由于咖啡的作用，天悦仍然没有倦意，反而更加思绪万千。

天悦想起在过去的 23 年里，不断有人问他当初是怎么想的非要从阜外那么好的一家医院出来，而问他这种问题的人就包括一些和他相过亲的单身女性，甚至有单身女性直白地问他当初离开医院是不是因为犯了什么错误而被阜外医院把他给开除了。现在回想当初，他觉得选择离开是有着一些具体的原因，不管对错与否。

首先是情感因素，包括爱情方面的原因，也包括对工作的情感原因。

爱情方面，那时的天悦虽然已经是一个深刻经历过爱情的人，但骨子里却是一个对爱情完全无知的人，对爱情既无知又固执的人。没有经历过爱情时，就像一个人以前从没有见过大海碧浪淘沙，也没有见过激流漩涡沉浮，所以憧憬爱情就像向往和憧憬大海，感觉恋爱时就会像自己走到大海边，感觉是清凉的海水携着浪花冲向自己，之后又退回去，浪花也跟着退回去，来来回回，似乎海水浪花对自己恋恋不舍，感觉就像沉浸在美好的爱情中。这样一种感觉、向往、憧憬相当于是对爱情的初心。

但经历几次爱情之后，就像再有机会回到大海边，依然看到碧海蓝天景色漂亮，拍下很多照片，但却已经抹不掉对过去逝去的爱情的回忆，因为海滩已经不是原来的海滩，浪花也已经不是原来的浪花，风景也已经不是原来的风景。为什么呢？

到了 23 年后的现在这个寂静的夜晚，天悦才开始追究自己的初心，他终于发现自己的初心虽然单纯，没有任何功利、目的性的，对自己的情感发自内心的去渴望和要求，但却忽略了爱情的本质。什么是爱情？什么是恋爱？对方主动给了他真爱，而他呢？在对方需要天悦表现的时候，他却没有任何可以说得过去的表现，好像失踪了一样，无论是对涧清，还是对平，还是对文，还是对小韩，还是对萍。尤其是与文的情感的失败，加上萍的到来，促使他做出了与别人“不一样”的选择。

另外，由于那时的天悦对自己的认知问题，导致了他对工作事业的情感也出了问题。那时的他年轻，阅历少，虽然埋头苦干，但鲜有和同事领导交流；虽然工作经验和学历欠缺，却有着清高的人格；自信和自卑交替，却凡事急于求成。这种情况下的他只想让科主任和同事钻进他自己的心窝，让大家多关注他，而他自己却没能全身心地对科里领导和同事敞开心扉，以便毫无保留地让大家了解自己。

天悦的个人性格问题导致了他对阜外的情愫和对临床工作事业的情愫逐渐削弱，他当初对阜外的热爱、对自己职业医师工作的感情、对事业的真爱和初心也已不再。这种情况同样导致了他做出了与别人“不一样”的选择。

总有人问什么是真爱？其实真爱应该是指，在看到自己爱的人痛苦时，自己的心会更痛；看到自己爱的人快乐，自己也会感到快乐；看到自己的工作事业充满了神圣和无比的爱心，自己也会变得更有神圣的感觉，变得更有爱心。遇到任何问题能够自然地站在对方的角度考虑问题，而不是以自己的感受为主考虑，这才是真爱。如果一个人面对所爱的人或事，总是考虑让对方满足我的要求，那不是真爱。不论面对的是孩子还是爱人，不论面对的是工作还是女人。就是说能有冲动去想念、思念、留恋，在自己的内心扎得住，同时把自己的心胸完全打开。

只有当发现自己已经离不开时，才真正明白自己是真爱着的，无论是对事业还是对心爱的女人，如此，爱情才能持续，事业才能长久。

由于那时的天悦不懂什么叫“真爱”，那么无论对工作事业还是对心爱的女孩儿，他的心自然处于“一半是雪水，一半是火焰”的窘境。所以他总觉得两个人在一起时勉强维持得越久，他就越觉得累，而没有懂得去想办法去让自己的思想在真爱过程中得到一个升华。在一起继续勉强维持，就如双方一方在云霄，另一方在山巅，又如双方一方在山巅，而另一方在峡谷。

天悦不懂得真爱的道理，脸皮又不够厚，不肯去问，也不懂得去问谁，所以一切不进则退的话，事业与爱情俱失，故而他做出了与别人“不一样”的选择。

天悦选择离开阜外的其次的原因，是那时的他已经有了严重的神经衰弱。他每天工作到下午时，就会觉得额头或者大脑缺血发紧，容易疲倦，经常的每周上手术台吃大量的射线，以及每周最多时值三个白天连晚上的班，使他到了晚上，经常难以入眠，满脑子都是病人的病情。他经常向护士要安定吃，刚开始吃一片就可以入眠，后来一次得吃两片能入眠，再后来得一次吃三片才能入眠，到 1993 年底时，他每天晚上需要服用四片安定才能入眠。失眠的痛苦、思虑过度、饮食的不规律，导致他日渐消瘦。所以也促使他做出了与别人“不一样”的选择。

天悦选择离开的再次的原因，是因为 1993 年的秋天，发生了一件最令他哀伤的事情，已经与他相伴了将近五年的波斯猫“笔尖儿”病故了。“笔尖儿”是他心爱的猫，他甚至把“笔尖儿”看成是自己的亲弟弟。

“笔尖儿”雄秀聪明，善解人意，洁白无瑕，喜欢黏着天悦，每天早晨天悦骑车上班时，“笔尖儿”会把他从屋里一直送到胡同口，每天晚上他骑车下班回到家的一刻，“笔尖儿”都会准点儿卧在房檐儿上翘首以待，等着看到他进家门儿。

后来，天悦和弟弟华清把“笔尖儿”的遗体放入一个盒子，并在它的遗体上放了两朵美丽的菊花，然后盖上盒盖，葬在了自家院子的花园里。“笔尖儿”的离去让天悦痛定思痛，他感觉到一切都该结束了。抛开工作而言，至少在生活方面已经没有什么可让他内心再挂念的了，所以也帮助他做出了与别人“不一样”的选择。

天悦最终决定告别，在 1993 年的冬天到来之际。他提前做了各项准备工作，关键是他的内心，已经明确了能够对自己所做出的决定可能导致的任何人生结果承担全部责任。在他决定离开医院进外企工作而向科主任提出辞职的消息传出后，科里同事儿乎没有人敢相信自己的耳朵，所有人都只认为他只适合搞临床或者搞技术，不适合进入复杂的社会，不适合与各色人等打交道。

尽管科里的荆主任代表刘主任、代主任及全科对天悦进行慰留，并表态科领导会把他当作科里未来的培养重点。尽管他的老师、同学一再劝他三思而后行，但他还是毅然决然拒绝了科里领导、老师还有同事的好心和关切。

在科主任一直不放天悦走，而另一边外企通知他不会为他长期保留那个职位的情况下，他毅然选择了向院科提出辞职，而没有选择停薪留职或者调动。如此科主任最终不得不放他走，并在全科专门为他办了一个欢送会。

在 1993 年 12 月的一天，天悦在与老师、同事合影留念后，离开了熟悉的科室。在阜外医院的院子里、大门口，天悦对着阜外的每栋楼，对着阜外的急诊室，对着阜外的自行车棚……回忆起过去在阜外工作的日日夜夜；回忆起代主任嘱咐他“慎独”；回忆起在医院给一个病人看病时，病人家属非要送他一条“金利来”皮带，他虽然接受了，但也是战战兢兢；回忆起给相声演员马季老师做检查，马季老师的和蔼可亲和豁达乐观；回忆起和文在一起的喜怒哀乐……他心底对阜外依然是恋恋不舍的深厚情结。

中国医学科学院并中国协和医科大学阜外医院，始建于1956年，是国家级三级甲等心血管病专科医院，也是国家心血管病中心、心血管疾病国家重点实验室、国家心血管疾病临床医学研究中心所在地，以诊治各种复杂、疑难和重症心血管疾病而享誉国内外，已成为世界上最大的心血管疾病诊治中心和集医疗、科研、预防和人才培养于一体的国家级医学研究与教育中心。

作为世界上规模最大的心血管疾病诊治中心，阜外医院在医疗方面坚持做“医疗技术和质量排头兵”，严把医疗质量关，不断拓展新技术，竭诚为心血管病患者提供“一流的技术”和优质安全便捷的服务。科研方面则打造国家级科研基地，搭建创新研究体系，开展创新性的临床和基础科研工作。预防方面注重发挥心血管疾病预防“国家队”作用，实行“将心血管病防治主战场由医院向社区转移”防控策略，让人民群众少得病。人才培养方面：坚持“大人才观”理念，为国家培养合格的心血管专业人才，是国家心血管防治领域的人才培养摇篮。

不过，最令天悦难忘的是，在阜外医院工作过的几年里，他有幸经历了郭加强院长时期、朱晓东院长时期，他有幸在高润霖院长上手术台给患者行介入治疗时给高院长打过下手，他很崇敬他们，还有胡盛寿院长、杨跃进院长、李庆印院长、刘玉清教授、代汝平教授、荆宝莲教授、李益群教授等。很多大夫和护士，他们都是很好的人，他为曾经能同他们共事而感到自豪。

1993年这年，天悦的弟弟华清结婚离开了家，天悦心爱的“笔尖儿”

也病殁了。考虑到这样那样的情况，他在这年的 12 月 15 日，他 27 周岁时，告别了阜外，告别了自己的临床医学生涯，也告别了 1993 年。与其说是他选择离开阜外进了外企，倒不如说是他自己对自己做了人生的“自我放逐”。

天悦知道，从离开阜外医院的那一刻起，从决定“下海”的那一刻起，无论生活还是工作，无论事业还是人生，无论梦想还是爱情，都将漂浮不定，他知道自己将上演一部现代的“鲁滨孙漂流记”。

第六章

独立做出人生重大决定

决定“下海”

现在已经是2016年6月10日凌晨3点多了，天悦关了灯，躺到了床上，哈欠连天，他望着窗外的夜空，脑海里依然浮现着23年前甚至更早些时候的事情。

20世纪70年代末，中国政府恢复高考制度，大多数青年成长进步的第一关就是考上大学，之后要想成为精英的话，他们必须入党。学生入党竞争激烈，通常党组织挑选的是学习成绩好、具备领导才能的学生，特别是来自名牌大学的。

“精英治国”模式其现代形式始于后毛泽东的改革时代。“文革”后，中国政府认为公务员应拥有管理技能、专业知识及对中国和世界的广泛了解，这是领导国家实现全面现代化和获得全球性影响力不可或缺的。因此，中国政府强调遴选和提拔干部讲究基于专长。90年代初，中国政府建立公务员考试制度并实施至今，一般来说，年轻的国家干部要做到高层，必须先从基层做起、锻炼起。公务员无论经历什么样的职位轮换，无论在政府还是在国企或者具有政府背景的社会组织，以及在国内不同地方任职，要升到副部长的岗位，至少需要20年。

中国有七八百万各级领导干部，但平均十几万名干部里只有一人能升至省部级。名列前茅的候选人被送往党校和行政学校接受进一步培训，许多有前途的官员还被送到国外深造，其中只有少数精英进入中国共产党的中央委员会，然后是政治局。而政治权力的顶层成员——政治局常委，通常担任过两个省的省长或省委书记。

简言之，只要青年人成为中国共产党党员，基本就算进了人生仕途的“保险箱”。但是在中国，还特别强调所谓的人脉，这又反映了中国不是以理性为标准而是以关系为标准的社会。所以入党后如果再有好的背景或者有能力发展人脉关系的话，国家干部公务员的前途就会变得非常光明。

可是在23年前的那个时期，政府各部门机构人员臃肿、人浮于事、慵懒怠惰、不求进取，有能力的上不去，没有能力的却大行其道，所以逼得很多有才华、有勇气、有能力的人中青年人要么寻求出国，要么毅然从国家机关企事业单位辞职“下海”。

那时的社会环境下，天悦想法很多，同时心情复杂。他是一名国家干部，在事业单位医院工作，是一份有保障但一眼能望得到结局的工作。工作虽然体面但工资低，加上随着年龄的增长而变得越来越矛盾的内心以及原本就潜伏着的对人生的“不一样”的追求，再结合当时的个人综合状况，终于促使他独立做出了他个人人生的第一个重大决定，就是离开医院进外企。

那时，真正的社会环境和有关政策天悦还不是很了解，他也根本没有接触过下海潮中的主体人群暨官员、科技人员、商业人士和专于外语优势的人，所以他并不能肯定从医院离开进外企是否属于“下海”。

那时的天悦是一没有资源和家庭背景，也没有生意头脑和资金，更没有项目和伙伴，他只有年轻和一颗冲动的“大心脏”，更愿意尝试去做超越他自己能力以外的事情。事实上，他骨子里早就已经露出一种苗头，就是不安分或者说不希望从事一种一眼就能望到结局的职业，而是渴望随心随性地去创造，就像画家画画注重色彩风景线条生动，就像歌者唱歌或高亢或低回或激昂，就像作家写作脉络完整情节丰富内容感人。

天悦看到周围的同龄人，大学毕业工作后恋爱结婚生子，一切按部就班，一切都照父母的安排去做，他觉得那样的人生不是他自己想要的，而那样的人生又是他以前想都没有想过的，或者觉得是最不可想象的。那时的他更相信如果勇气至上，那么就会有很多值得去做的事情。

当天悦考虑进入外企工作并做出最后决定前，他仍然有足够的时间去和父母或者亲戚朋友或者同学同事进行商量，来帮助他做出最合适的判断和决定。但他没有，他记起罗曼·罗兰说过：“太阳的光明是不够的，必须有心的光明。心里有光，才能使自己的能量放出光辉，照亮前行的道路”。这句话让他理解为纵然摆在你面前的一切都是美好的，但是没有哪一样是真正属于你的，只有你自己知道自己想要的是什么，并为之努力，才能获得真正属于自己的那份美好，自己的能量也才能获得释放。

因为那时社会上、职场上还没有职业规划的概念，如此就导致最基本的问题是，别人有可能认为天悦离开医院后最可怕的结果，就是搞不好连饭碗都彻底砸了，那时再依赖父母的话，后悔都来不及了。他考虑到了别人的善意，而他却不认同别人的观点，他既没有想过进外企只是为了去谋生弄个饭碗，也还不懂得通过进入外企工作去大展宏图，他只是想了解真实的自己，想知道自己如何才能具备一种创造性。

天悦这样具备一定知识后所产生的执念这种东西，在禅宗则直截了当称之为“善知识”。知识的取向就是善，善的本身就是知识。这种东西，道家称之为“道”。老子著有《道德经》，“道德经”这三个字，“道”说的就是这种东西，“德”说的是这个东西的本质特征，“经”就是表述的意思。概括起来，对这种东西的性质表述，最终成为品评人们品德的道德范畴，最典型的说法就是“致良知”，或者说最典型的理解就是“美德即知识”。

从那时至今的23年来，天悦一直觉得由于中国的文化不鼓励敢于冒险这种优良品质，所以国人极力避免冒险，他们也不想寻求机会来改善自己的生活。在他眼里，国人对于生活的平衡性和意义性并不感兴趣，相反他们更执迷于对物质和金钱的索取。也就是说，大多数国人不懂得精神灵性、自由信仰以及心智健康这样的概念，因为他们的思想尚不能达到一个生命（补：即肉体和灵性的并存）存在的更高层次，他们的思想还停留在专注于动物本能对性和物质贪婪的那点可怜的欲望上。

相比之下，天悦自认为从精神层次来讲，之所以考虑进入外企，其实是认识到了自己可能具备某种优良品质，就是自己作为一个生命个体，要有精神表现、灵性表现、信仰表现和健康的心智表现，而冒险精神综合了所有这几项表现。冒险精神使他觉得自己的人生和生活将会变得更有平衡性，更有意义。所以选择进入外企工作，他能够从精神层面获得满足的话，其他方面就是次要的，顺其自然的。

天悦具备了精神方面的这种冒险品质的同时，促使他决定进入外企工作还因为他具备强烈的情感因素。不可否认的是，很多人无论做什么样的事情，做出什么样的决定，往往或多或少都会带着点情感色彩，天悦也是一样的。只不过这样的情感分好几种，某些情感是纯粹的，有很多人的情感是需要有某种介质来先证明自己的价值，也有很多爱是需要被证明既纯粹也离不开介质，还有一种情感则百分之百需要介质来保证。

23 年后的现在的这个夜晚，天悦再寻找自己在情感方面的初心，就会发现自己的初心是善良而且没有任何功利的。此时对初心做一些整理的话，就是他从 1993 年以前的情感爱情走出后，就已经决定要等自己把一切都准备好再考虑结婚，他所谓的“一切”其实就是介质，这种介质包括精神的、道德的，还有物质的，但主要是如果他能证明他自己有能力树立自己的精神道德时，物质对他来说就已经不是什么问题了。

天悦觉得一个人能完全依靠自己的能力实现梦想，那就是于自己、于他人有意义的事情，因为这样的一个人真的是很本真、没有功利、没有目的，是纯粹的。

总之，到 1993 年底，天悦无论精神还是情感方面都开始变得理性，源于看了很多哲学或心理学书籍。他有很多的想法，但他决定把结婚的念头排在最后。他那时与朋友打赌，说他会在 40 岁才结婚，然而他现在已经快 50 岁了，依然孑然一身，纯粹是自己耽误了自己的个人问题。

过去的23年里，无论何时，天悦的身边都不会缺乏优秀善良的女孩儿，只是他并不希望发展，只是希望保持一种知音或者知己或者就是朋友，这样的行为效果促使他在后来的很长的一些年里都是这样，他觉得这样的结果对谁都好，除非他把一切“介质”都准备好了，否则他觉得没有资格与心爱的女孩谈情说爱。

天悦认为学习哲学和心理学，尤其加强哲学素养对他在过去的 23 年里的人生成长起了非常大的帮助，别人的成长大部分时候依赖于父母、亲人和人脉，而他的成长完全依赖他自己。

就这样，基于个人精神层面、道德层面和情感层面的追求，归诸为其实是最主要的也是决定性的原因，就是天悦正确评价了自己，并且把自我评价和他人对自己的评价加以区分总结后，他独立做出了自己人生的第一个重大决定——跟进“下海”。

做出了这个重大决定后，天悦只是面临了一个技术选择方向，就是现在通常所说的人力测评职位匹配，他面临的是要么去东芝三广做售后服务工程师，要么是去一家荷兰的外资药企做“德诺”品牌胃药的市场推广。而告知不会为他长期保留相关职位的公司正是东芝三广。

风险与竞争

天悦回想着自己从 23 年前到现在走过的每一个脚印、每一段历程，无不充满了风险，无不充满了挑战，无不充满了艰辛。通过不断的努力，他现在事业有成，而且人生正处于经验和体力最佳结构上的“黄金时期”。

无论形势发生怎么样的新的变化，天悦有很强的接受能力，因为他同时又具有充沛的精力和丰富的经验。他自己觉得，由于正处于人生的鼎盛时期，他依然具备进取精神、参与意识和渴望更大的成就，最重要的是他发现人生在中年阶段有一种新的意义，可以进一步领会生命的真谛。而这些人生进步，是他 23 年前无论如何也不会而且也没有办法去预见到的。

天悦还记得，小时候拼命想长大，长大后才发现还是童年最无瑕；读书时做梦都想工作，工作后才明白还是寒窗时光最值得留恋；单身时羡慕别人出双入对，如果结婚才懂得单身的自由也是一种无比的幸福；在医院工作时总羡慕别人作为白领金领衣冠楚楚进出高级写字楼，真正下海后才知道作家、医生、教师、律师、建筑设计师等职业是真正属于含金量最高或者有创造性的职业……有了后来的选择，他就是一路向前走，走过了也就错过了，因为 23 年前的他不懂得什么叫风险，不懂得什么叫竞争，也不懂得什么叫定位，更不懂得什么叫职业规划。

事实上，勇于竞争，才有可能成为成功者。竞争的定义是指，在两个或者两个以上的个人、团体在一定范围内为了夺取共同需要的对象或者资源或者收益而展开较量的过程。在激烈的竞争中，如何给自己定位，怎样才能保持一种正常的心态，这是必须首先弄明白的问题，然后才是如何正确地对待竞争这一问题。二者的顺序不能倒置。同任何道理一样，不弄清楚事情的意义就匆匆忙忙去做，肯定会碰到意想不到的窘境。

天悦选择离开医院时还不完全懂得如何给自己定位，直到 1996 年，那年他为了评定职称去中国人民大学报名学习宏观经济学和微观经济学等一系列经济学专业课程，之后他才懂得根据西方经济学说，人可以被分为三种类型，依据人对风险偏好的认知和竞争的动机。

对风险偏好的最基本的解释，是指为了实现目标，企业或个人在承担风险的种类、大小等方面的基本态度。风险就是一种不确定性，企业或者个人面对这种不确定性所表现出的态度、倾向便是其风险偏好的具体体现。

基本定义风险偏好的概念是建立在风险容忍度概念基础上的。针对企业或者个人目标实现过程中所面临的风险，风险管理框架对风险管理提出风险偏好和风险容忍度两个概念。从广义上看，风险偏好是指在实现目标的过程中愿意接受的风险的数量。风险偏好的概念是建立在风险容忍度概念基础上的。风险容忍度是指在目标实现过程中对差异的可接受程度，是在风险偏好的基础上设定的对相关目标实现过程中所出现差异的可容忍限度。

具体地说，偏好分类不同的行为者对风险的态度是存在差异的，一部分人可能喜欢大得大失的刺激，另一部分人则可能更愿意“求稳”。根据主观个人或者企业对风险的偏好将其分为风险规避型、风险追求型和风险中立型。根据经济学原理和统计学的调查，人类社会生活中偏好风险规避型的人群约占人群总数的60%，偏好风险中立型的人群约占人群总数的30%，而偏好风险追求型的人群仅占人群总数的10%左右。天悦在了解了相关的经济学和统计学知识后，根据自己的所有条件因素给自己的风险偏好打分得知并将自己定位为风险追求型。

风险规避型的人选择资产或者参与竞争的态度是：当预期收益率相同时，偏好于具有低风险的资产或者机会；而对于具有同样风险的资产，则钟情于具有高预期收益率的资产或者机会。风险追求型的人与风险规避型的人恰恰相反，风险追求型的人通常主动追求风险或者机会，喜欢收益或者机会的动荡胜于喜欢收益及机会的稳定，他们选择资产或者机会的原则是：当预期收益相同时，选择风险大的，因为这会给他们带来更大的效用。风险中立型的人通常既不规避风险和机会，也不主动追求风险和机会，他们选择资产或者机会的唯一标准是预期收益的大小，而不管风险状况或者机会如何。

天悦是一个愿意接受各种挑战勇于竞争的人，从来都看低风险的代价。现在他已经比23年前清楚地了解到无论是谁，要参与竞争，就要了解和定位自己的情况、动机。因为无论考学、就业、跳槽、做生意、投资、甚至交友结婚都涉及竞争、投资，就都面临风险。也就是说，竞争和风险是密不可分的一对儿哲学要素。积极的竞争能给生活带来生机，能使工作和生活产生动力，因而具有正能量。

从心理学角度讲，人类有五种需要：生理需要、安全需要、爱情需要、尊重需要和自我实现需要。其中自我实现需要是人类最高层次的需要，人类往往为了得到一个与自己的能力和其他条件相适应的工作和生活环境而竞争，同时，竞争成功也可满足自我实现需要。

当人们的所有基本需要得到满足时，则会自然而然地萌发新的需要，从而出现新的竞争。所以竞争和需要是作用与反作用，是一种层次递进的关系。

随着当今社会经济的发展，为人们的生活提供了越来越丰富的物质生活的同时，人们不断追求生活的更高目标无可避免地使竞争变得更加激烈和残酷。天悦想起，以前的时期，23年前，人们物质生活条件差，但精神境界还容易产生满足感，因为人们思想境界没有完全开放，见过的世面少，发展机会少，所以人们容易快乐，也就能实际承担很多责任、义务和后果。

现在的社会，物质条件、各种机会都明显优渥于从前，可现在社会上的人们尤其青年人，在心理上却变得脆弱不堪，经不起一点挫折、受不得一点委屈、担不起一点风险，动辄抑郁，甚至自杀。

一位自寻短见的大学生在写给父母的遗书中悲伤地说道，未来社会是一个竞争的社会，不善于竞争者无法生存，像自己这样的人怎能适应呢?每天处在使人十分厌倦的这种充满竞争的学习环境中，还不如及早地彻底解脱。

某公司的一位高管也因长期处于一种激烈的竞争气氛中，感到十分沉重的压力，终于不堪重负而做出了极端的行为。

还有，天悦身边的一些朋友由于工作业绩的压力和生存的压力，长期处于失眠的状态，最后不得不靠服用大量抗抑郁药物来缓解精神压力，防止陷入精神崩溃。

仔细看看，当今社会类似于这样的事例并不少见，人们在叹息之余，也应该不由自主地去认真思考其悲剧的原因所在。其实80后、90后正是由于“坐享其成”的原因，父母替他们承担了风险，替他们创造了机会，而他们从来不用考虑竞争的后果和自己究竟是怎样的风险偏好类型，不需要去琢磨什么定位不定位的，可以只考虑独占。他们大部分人既缺乏坚定的意志品质，又缺乏适应环境的能力，更没有担当风险的意识。

天悦认为，现实社会变得越来越复杂，由于各种欺诈和人为的陷阱越来越多，所以参与竞争的个人应明了风险偏好并不等同于风险承受能力，风险承受能力才是个人各种规划当中一个重要的依据。他现在认为，积极迎接挑战、不惧激烈竞争的个人愿意承受更多的风险只能说明他的风险偏好，但这绝不等同于他实际上具有较高的风险承受能力。

天悦现在的职称是高级经济师，已经成为专家型知识人才，他认为，相关关系个人事业发展的风险偏好与个人的各种规划如职业规划、财产规划、竞争战略等直接相关，每个人在制定各种规划战略时，应考虑将其规划的既定收益与其个人的风险偏好结合起来，目的是要帮助每个人在不同规划或者战略间选择与其个人的风险偏好相一致的规划或者战略。

天悦自己长期以来也一直都是这样做的，他觉得他的风险意识比现在很多 80 后、90 后都要强很多。如果一个人在高回报的诱惑之下，根本不考虑自己的风险承受能力，投资或者竞争参与一些完全不符合自身风险偏好特征的项目或者机会，一旦出现风险损失，那将会带来不良后果。

慎 独

天悦还记得自己从阜外出来之前，他所在的科主任曾经谆谆教导他要牢记“慎独”两个字。主任姓代，他对天悦说：“你在军队时要服从军纪，你在医院工作，就得按照医院的规定要求自己，在我们科工作，那就是我说了算，你追求自由，想要下海，你也一定要记住，在外面无论你走到哪，都不可以随心所欲，而是要牢记‘慎独’二字。”

那时天悦还年轻，心存理想，追求“不一样”的人生。他当时对代主任的教诲的理解是，一个人自由不自由，不在于随心所欲，而在于能时时顺心尽意。虽然代主任那时已经很有事业成就，说话很有分量，可以有个人自由裁量权，但这一切对代主任来说依然并不等于自由。

当时无论在代主任眼里，还是在医院人事处马主任眼里，还是在天悦的父母眼里，都会觉得天悦做出下海的决定八成是与随心所欲有关。天悦回想到这，就觉得 23 年前的自己和与他先后辞职出来下海的那些同龄人，在心态上或多或少是有着不同的，但应该没有一个人是抱着随心所欲的态度的。

那时天悦自己是决心已定，而其他很多人虽然骨子里的习性是不习惯自由，但还是勇敢地去尝试，他们中的一部分可能是抱着试一试的目的，觉得水如果太深的话，就会再回到岸上。可以料想得到那时选择下海的同龄人，他们应该是和天悦一样，也会自然而然地受到他们所在的单位领导、他们的父辈对他们的类似“慎独”的训诫。

毕竟，因为那时刚刚改革开放不久，所有人都是一样的，都缺乏很多必要的知识与培训，最主要是不知道未来会是什么样的，大家都从心底害怕国家政策一会儿一变。所以单位领导、父母担心天悦他们那些要下海的人是出于随心所欲，担心会带来不良后果是有一定道理的，是为了天悦他们好，而不是杞人忧天。

后来，天悦他们那些人中坚定下海的人，有的人发了，有的人确实还不如从前，但是包括天悦在内，也没有任何人后悔。对天悦他们那些人来说，不管过程如何，还是要看个人的初心、果断性、基本能力和如何为人处世。不管结局如何，唯有珍惜即时的拥有，生命的记忆里才会少一些悔与恨。

有位哲人说：“人的自由并不仅仅是在于做他愿意做的事情，而在于永远不做他不愿意做的事情。”天悦后来听到这句话后很受启发，他认为这句话很好地提醒人们，任何自由都是有限度的，有规则的，有责任的，有风险的。都能把握好才能具备行为的自由，也才能获得精神上的真正自由。

精神自由的人大多能慎物结缘，心平气静，保持一种超然的心境。做起事来，不慌不忙，不躁不乱，井然有序。面对外界的各种变化，不惊不惧，不愠不怒，不暴不躁。面对物质引诱，心不动，手不痒。没有小肚鸡肠带来的烦恼，没有功名利禄的拖累。活得轻松，过得自在。白天知足常乐，夜里睡觉安宁，走路感觉踏实，欣然回首时没有大喜大悲。人体的整个神经系统常处于一种稳定、平衡、有规律的正常状态。

精神自由和终极智慧正是天悦一直孜孜不倦地追求的“不一样的”人

生目标，拥有了精神自由和终极智慧，在天悦眼里，这才是心灵的最大舒展。但天悦也从未敢忘记“慎独”二字，一直努力保持做人的一个“底线”。

说来说去，无论自由好还是习惯有人管着，天悦现在觉得，明确自我定位显然是非常重要的，与之相关联的实际运用如投资或者竞争或者服从等行动的成败首先取决于对风险的认知程度。一个人只有冷静对待自己的风险偏好，下功夫认识清楚自己的风险承受能力，设定与现实相符的目标计划，并据此选择与风险偏好相匹配的投资或者竞争或者服从机会，才能在有效控制风险的前提下，最终实现投资目标或者竞争目标或者服从目标，才能帮助这个人在人生成长的道路上少走弯路，无论是在事业上，还是在生活上，还是在观念上。

没有风险承受能力的人显然担不起自由，不但担不起自由，反而更应该争取做到“慎独”。

天悦在工作生活中是如何做到“慎独”的呢？最起码他在医院工作的六年期间，每个月的收入除部分拿去给父母，用作自己在家与父母一起吃饭的伙食费，剩余的钱每个月都要存进银行，平均每月存 200 元钱。他存钱的目的在四个方面，一方面用于自己继续读书学习英语，属于继续教育投资；一方面用于自己投资工行的大额定期有奖储蓄，属于个人理财投资，因为有奖储蓄能提供 15% 的年息；一方面用于自己纯积累，为了机动或者应急使用，属于保障性个人投资。1993 年夏天他的弟弟华清结婚，他从存款中取出 2400 元（相当于那年代天悦一年的工资）给了弟弟做红包。当然，他在工作中也有犯错误的时候，但他能做到知错就改。

有人说过这样的一句话：年轻的时候，拼命想用“加法”过日子，一旦步入中年以后，反而比较喜欢用“减法”生活。所谓的“加法”，指的是什么都想要多、要大、要全、要好。例如，很多人都希望钱能赚得更多、工作更好、职位更高、房子更大、车子更豪华，等等。但实际上，很多人拼命用“加法”的结果，就是把一个人逼到贪婪无止境、物欲第一、金钱第一，而且让人生活失调、精神濒临错乱，反而会有一种迷惘的心情，花了很多的力气去追逐这些东西，表面上看来，该有的差不多都有了，可是，自己没有变得更满足，更快乐，命运也依然没有从根本上得到改变。

现在的天悦，到今年年底就将满50周岁了，他回想着过去的成长历程，一直都在用“加法”过日子，但是也一直都在自由与慎独之间进行平衡。他一直牢记古人的教诲：“畏则不敢肆而德以成，无畏则从其所欲而及于祸。”他勤奋地进行工作，虽然知道不一定能改变命运，但可以洞悉人性；虽然没有办法让别人悟道，但他自己可以悟道。

对天悦来说，假设自己本是一台设计精良的计算机，驱动系统已经安装了功能强大的智慧软件。如果自己令人沮丧的每天只打开运行几个最低级的“欲望软件”（女人、金钱、权力），为追逐这些本能的欲望，自己每天要花费好大的力气，要面对无数的陷阱，还要面对强大的杀毒软件。但如果自己一旦找到系统中的智慧软件时，激活并让它运转起来，自己这台计算机就能成为计算机中的战斗机，显露出超强的智慧功能。此时，自己在别人面前，表面平淡的样子，但自己的人性其实就已经达到了很高的境界，成了不可多得的终极智慧的“悟道者”，这时，个人的智慧的作用就会凸显出来。

人性中陷阱密布，你却硬是看不到，这就如同一个盲者行走在危机四伏的沼泽地里，其侥幸抵达彼岸的可能性，几乎可以说是不存在的。所以，佛家说，众生皆苦，苦就苦在看不到人性的隐秘冲突，如盲者般行走在沼泽地里。而“悟道者”因为获得了一种宏大的思想智慧，能够居高临下俯瞰人性，于是人性中的形形色色隐秘冲突，尽显其中。这就好比正行走在峭壁地带的盲人，突然获得了视力，举目一望，眼见得自己正处于峭壁，不由得会惊吓出一身的冷汗来。

在天悦眼里，读书显然是一个人一生中所做的任何事情里最没有风险的一件事情，反而是一件会带来很多收益和回报的事情。

尽管不同的人有着不同的风险态度和风险偏好。但是，作为一个整体，人类的风险偏好具有某些共性，就是对知识的偏好，对书籍的偏好。可以理解的是，那些共性决定了人类在风险决策中某些共有的行为特征，相关的决策行为往往会因为个体的或者民族性的差异，而会导致决策偏差，进而导致行为偏差。

因此，人们只有读一些有用的书，读一流的书，才能了解某些决策行为的心理基础，对于在各种活动中避免决策偏差、行为偏差是十分必要的。天悦认为，在当下社会里，价值观的变迁和互联网的兴起已经颠覆了大部分国人对书籍的认知，使他们大部分人在生活中几乎丧失了理性而变得自私，想怎么样就怎么样，进一步自甘沉沦，不看书。他们大部分人不懂得，人生在不同阶段，需要的东西自然会有变化，但是必须做到“慎独”才能把握住优良的品质。

康德曾经说过一句话，所谓自由，不是随心所欲，而是自我主宰。现在的天悦更加坚信，慎独是一个人在年轻时可以培养的，自律是人在年轻时可以培养的，读书是人在年轻时可以培养的，都是人一生中最有益的习惯。

第一次“跳槽”

23年前，由于自己不同寻常的个性和人生追求，工作前在军队院校的学习历练经历比较单纯，工作后出现的严重的神经衰弱，一眼就能望得到头的职业前景以及其他原因，天悦毅然决然选择离开医院进外企工作，这是天悦职业生涯中的第一次“跳槽”。

跳槽前，他是一名国家干部、专业技术人员、职业医师，他本来可以提出调动工作，或者争取调到协和医院工作，或者争取调到积水潭医院工作，但他知道，科主任不可能放他走。

在医院工作经历了一些事情后，天悦对自己的判断是：第一，他刚工作了几年，缺乏社会经验、工作经验和注重人际关系的观念；第二，他自身的原有的理想念头分裂了，一方面是想在事业上有所作为，还想入党，但是又有些自卑，另一方面是受到那时刚刚出现的下海潮的影响；第三，是由于他个人秉性和组织人员之间关系发展的不平衡；第四，是由于个人的发展计划未必符合组织需要，因为他个人太清高。有了这样的自我评价后，他觉得显然需要自己作出改变，或者还继续留在阜外，或者进入真正的社会去闯闯。

在20世纪90年代初期，在那个很多人下岗的年代，在很多人寻求“铁饭碗”的时期，天悦的想法做法令很多人不解，不但家人都反对，反对的还有他的亲戚朋友，当然还有他的领导、同事、同学。而那时他自己的内心却已经非常强大，知道自己无论面对什么样的后果，都能坦然面对，直到现在。

也就是说，那时的天悦确信自己能够承担这样的选择后果，并且能对以后所发生的任何事情能承担得起责任。他显然想要过一种自由的人生，希望能全身心地自己去把握自己，希望成为一名“悟道者”，也就是获得终极智慧的人。正如明眼人或者心里有光的人，才会坦然行走在人生的正途上，才能获得对于自己举动的终身自由裁量权。

而现在，天悦没想到短短20多年时间，社会上在对待公务员辞职下海的态度上发生了这么大的变化。如今很多青年尤其大学毕业生争先恐后参加“国考”，而能进入公务员队伍的，大都是通过“独木桥”的精英，绝大部分都在政府核心部门工作，从事着大家羡慕的职业。不过面对众多改革，这些精英会对未来怎么看？削减福利、加大反腐力度，公务员队伍会有什么变化，“国考”还会是热门吗？

天悦是90年代初辞职离开事业单位的，他在辞职后不像很多别的同龄人似乎有着很大的心理落差，他个人充满了自豪、自信和激动。他觉得，得为自己活，不能为了“能给别人办事有面子”就一直重复一项望得到头的工作。他想通过自己的努力，创造点价值。与别人相比，他做得比较绝，他选择了“断奶”，没有为自己留哪怕是一寸的退路。

天悦知道那时他周围“下海”的人尤其是从国家机关出来的那些人，他们刚开始时的心理落差还是很大的。他们在政府部门工作时，虽然说是在做“服务”，但更多的时候，都是别人来求他们办事儿；而创业时，他们只能到处求人。很多人那个时候也会闪过一丝悔意，想自己为何要辞掉一个体面的工作来受气？一点尊严也没有。但是，他们很多人还是咬牙坚持，一步步走到现在，如今已经发展得不错；当然也有不少那时辞职的人并不幸运。据他所知，很多人最后又不得不回到了原来的工作岗位上，继续“熬年资”。

天悦还知道，随着市场经济越来越规范，如今的“坐享其成”的一代人尤其公务员要想“下海”就需要有足够的能力和魄力。如今社会竞争越来越激烈，高昂的成本，注定会让很多人夭折在创业的最初阶段。他想，要是自己当时没从医院辞职，即使现在有再多的鼓励政策，也不敢辞职，因为大环境不一样。他觉得，当前环境，青年人不要轻易辞职。

天悦选择了从医院辞职下海的那个时期，市场经济的发展处于起步阶段，做生意的成本也相对较低，很多行业都处于空白状态，做生意很容易挣钱。即便如此，不久前，和他同时辞职的李群儿对他说，辞职后虽然并不后悔，但并不打算以后让孩子再做生意。李群儿说：“如果孩子愿意的话，我还是想让他重新进入公务员或者事业单位工作，工作还是稳定点好。因为公司确实越来越难做了，竞争越来越大，成本越来越高，效益还不如十年前。”如今的李群儿，生意成功，生活体面。天悦也不例外，他和李群儿等从医院辞职出来，就选择了和原先一脉相承的行业——医疗行业公司。他们只不过是从医院离开之后，手里没有什么人脉资源，并不能给新到的公司马上带来帮助。

天悦记得离开医院前在应聘《北京青年报》上刊登招聘启事的外企公司各种职位时，也曾有过各种各样的想法，就是工作顺利时会怎样，工作不顺利时或者遇到委屈时会怎样，会不会有“悔意”，所以那时他的父母曾经与他有过推心置腹的交流。

“如果你换工作是为了寻求一个更适合自己发展的平台，一个经过认真权衡之后认为确实利大于弊的单位，那么跳槽不失为愉快的选择。新的环境、新的工作会给你新的体验，而这些新的体验将成为你一生中的宝贵财富。”父亲对天悦说道。

“你觉得怎么好，你就怎么做吧！让自己在工作中多扮演几个角色，其实不是坏事。即便你做了超越你自己能力的事情，但经过历练，你会发现自己的经验、能力和人生都会有长进。”父亲又勉强地继续说道。

“嗯，我希望是这样，不仅能增加我的自信，还会帮助我变得不断成熟。”天悦回复道。

“但是，如果你是因为对现在的工作失去兴趣，或者领导不能正确评价你，于是你想通过换工作来改变环境，就得自己回答自己几个问题。”母亲接过话茬，她是反对天悦换工作的，她接着说道：“比如这样的几个问题，你还有刚开始工作时的激情吗？你感到工作会给你带来快乐吗？你觉得外企的工作就是你会一直从事的工作吗？你是否真正了解自己的能力和需要？新的岗位是否真正能发挥你自己的能力，以保证你能获得自己的新的进步吗？你能否在短期内得到新的上司的赏识？以你现在的性格，你能否处理好新的单位的人际关系……”

“你妈说的几个问题都是现实的，你必须仔细考虑，因为换工作改变的不只是你一方面的情况，而是一个新鲜而陌生的环境。光为某一两个目标去换工作，到时旧愁未解，又添新愁，倘若不满意，是否再继续换工作？”父亲迎合着母亲的话对天悦说道。

“嗯，我知道。”天悦回答道。

“换工作会使你已经积累的人际关系、相关资历和经验等财富都有很大损失，这些积淀在新的环境中不会升值，只会贬值。两者相比较，你的思路就会更清晰一些，要认真想一想，没有的是否真想要？想要的是否真能有？真有的是否能得到？”母亲接着对天悦说。

“我明白。”天悦回答父母。

“换工作后到了一个新单位，对你来说，就是一个陌生的环境，包括陌生的领导、陌生的同事、陌生的工作，究竟怎样去尽快适应，打开局面，在领导和同事面前建立起一种互相了解的信任关系，客观地说，其结论不是产生于开始，而恰恰是在做了事之后。”父亲对天悦说。

“如果你觉得自己的能力无法发挥，知道在医院工作只能处于无法克服的劣势，优点难以彰显，那么换工作不失为上策。但是，只因为在这里想得到的东西没有得到，则又当别论。究竟换不换工作，你可要三思而后行，切勿盲目冲动。”母亲又说道。

“好的，我知道了，我会自己把握自己的命运的！”天悦最后说道。

在与父母交流后没有多久，天悦进行了他人生的第一次“跳槽”。

天悦现在回忆起那段与父母的交流，内心感慨万分！他觉得在人类思维发展史上，哲学思维的过程，必然是螺旋式上升或者逻辑式推进。人这一生能够通过逻辑渐进递升的问题就只有三个：我存在吗？别人存在吗？我所感受到的这个外部世界真的存在吗？或者是：我是谁（自我意识）？他是谁（社会意识）？宇宙是什么（自然意识）？回答这三个问题，一个人可以从任何一个问题开始，也可以设置“是”与“否”两个答案，但随着对这两个答案的不同推导，一个人马上会遭遇到另外两个问题，这个人所设置的答案非但无法对另外两个问题做出合适的解答，相反这个人的答案反而会被另外两个问题彻底否认。所以很多人对这三个问题的回答都是模模糊糊难以让人满意的。

天悦认为如果一个人能成为“悟道者”，那么他的回答就是很简单，答案用哲学来描述就是：如果你压根儿就不存在于这个社会，这个社会还会是这个样子吗？如果你不存在的话，整个社会必然受到影响。这个答案让大家联想到“宇宙便是吾心，吾心便是宇宙”，属于人生课题，把自己当作影响世界的决定性力量！

虽然牵扯到了是唯物主义还是唯心主义的问题，但这个问题其实是哲学入门时的两个低级分类。这一分类的低级在于最多只能表达简单的观点，无法用来表达哲学思维的上升过程。

总之，天悦那时认为自己的第一次“跳槽”是对环境变化的一种良性适应，是无可厚非的。只不过换工作，一定要三思而后行，一定要考虑好后果，一定要正确地评价自己，因为一旦离开原单位，再想回去的可能性就是微乎其微的了，何况是像阜外医院那么出名、那么好的单位。

推销自己

天悦现在是一名专家型的职业经理人、首席心理咨询师，在天悦眼里，“推销”的概念并不是一个容易解释的概念，得因人而异。

举例，尤其对一个健康的人来说，他的寿命很长，如果他愿意持续工作，那就是持续地处在推销自己的状态，无论他处在组织内部，还是面对组织外部，只要能一直保持健康工作，就是最大的成功推销自己。完全不像现在社会上一些骗人的培训公司所宣传的那样，光凭借一个人的性格优劣就可以断定这个人的人生成败。

事实上，那些骗人的培训公司例如非法传销公司，他们主要是利用了浮躁社会中很多青年人急于求成的心理，培训的都是些最基本的甚至无用的东西，这些东西不值得一个青年人花好几天时间去学习，只要花几十元钱买一本好书就可以学到读懂，或者花一两千元钱找个资深管理咨询顾问为你做个“一页纸的个人成长计划书”即可。

天悦还记得他离开医院前，去应聘外企工作，在进行职位面试时，给他进行面试的人都是资方资深的经理人。天悦在整个面试过程中，凸显了自己健康的一面，凸显了自己信念的一面，凸显了自己勤奋的一面，凸显了自己知识的一面，凸显了自己爱读书学习的一面，凸显了自己有价值的一面，所以他能同时被两家以上的外资公司看中。

不管是天悦还是公司，尤其是对天悦来说，一个人要想“推销自己”，就要对应聘的工作存有美好的向往，把应聘的工作看作是件美好的事物，并努力让公司注意到你具备掌握获得这些美好事物的能力，如此你必须先做到“致良知”。通过“致良知”，具有了美德，才能产生对美好事物的向往，才能具备获得从事这种美好事物的职位机会。

“致良知”也叫“圣算”，就是最基本的逻辑分析与推导能力。要想成为成功之人，并无奇迹的发生，有的只是勤奋的思考和不断的学习探究。什么时候一个人的思考与经历积累到一定程度，从量变到质变，全新的思想智慧就会在他的大脑中迅速爆发，人阳光的一面就会帮助接近了成功的境地。这样的人才是人才，才能使美好的事物演绎出无比的益处。

任何人尤其青年人，不一定要急于求成，但要追求“致良知”进行“知识创业”，要大胆追求提升“思想智慧”，而不要任何时候都一味地“上行下效”，不要简单地依赖父母家人的“顶层设计”。

至今，天悦还是觉得“推销自己”是一门功夫，是一辈子的功夫。所以，要尽量把握自己的优劣、风险、定位、目标和价值。因为无论在哪里，无论是你去找工作，还是你要招聘人员，最看重的要素可能就是是否勤奋，其次是愿不愿意学习思考。所有一切，显然都离不开勤奋，如果不勤奋，你就没有积累；如果不勤奋，你就没有资源；如果不勤奋，你就没有阅历；如果不勤奋，你就组织不起人脉；如果不勤奋，你就没有成功的点滴可能，也就没有任何动力和自信去推销自己。

一个天才雕塑家曾经这样评价另一位同样了不起的天才人物——“他是有史以来最美丽的灵魂之一，他的成就更多得自他的勤奋，而不是他的天才。”这个天才雕塑家就是大名鼎鼎的米开朗琪罗，而他所说的天才人物就是不朽的拉斐尔。当有人问拉斐尔怎么能创造出这么多奇迹般完美的作品时，拉斐尔回答说：“我在很小的时候就养成一个习惯，就是从不忽视任何一件事情。”

拉斐尔去世的时候，整个罗马为之悲痛不已，罗马教皇利奥十世为之痛哭。

拉斐尔终年 38 岁，但他竟然留下了大量的作品和素描，而其中一些价值连城。拉斐尔的例子对我们的社会里那些一天到晚懒惰散漫、游手好闲或者居家啃老的人而言，是个多好的借鉴啊！

鲁本斯成为著名画家并变得富有以后，一位炼丹师想劝说他参与把普通的金属炼成金子这种荒唐事，这位炼丹师说这是只有他一个人才知道的秘密。但鲁本斯回答他说："你晚了20年，其实，我早就发现了这个秘密。"他指着自己的画布和画笔，又说："我有一双勤劳的手，我的手碰过的任何东西都会变成金子。"

特纳经常引用老师对他的劝告，他的老师约舒亚·雷诺德常说："那些想要超过别人的人，每时每刻都必须努力，不管愿意不愿意。他们会发现自己没有娱乐，只有艰苦的工作。甚至被认为是无趣。"确实是艰苦的工作，但是对特纳而言，是他自己喜欢的事情，并且为他带来了丰厚的回报。

朗费罗宣称，如果把伟大的诗歌作品比喻成露出水面的桥梁的话，那么诗人静静地研究和学习则是水面之下的桥基。虽然桥基沉没在水面以下看不见，但却是不可或缺的。

研究一下一些伟大作品的"初稿"是件很有意思的事情，从《独立宣言》到朗费罗的《生命之歌》，没有哪部作品在最终完稿前不是经过不断修改和润色的。据说，拜伦的《成吉思汗》写了一百多遍，因为拜伦一直都感到不满意。所以说，一个没有勤奋精神的人能做到这一点吗？

所以天悦觉得，一个人无论是在什么阶段、哪个年龄，都不是可以轻言停下来休息的时候，因为每个人都通过勤奋的工作才可以让自己变得更出色的同时，也就是说可以增加个人的智慧资本，最主要的是可以让每个人都变得自信，这样可以两全其美。

这样的话，就会在推销自己时拥有自信。自信是每个人应具备的一种最基本的品质之一，所有的用人单位都欣赏有这样的自信品质的人。天悦的亲身经验就是，因为自己具有自信的品质，所以自信能够胜任自己的工作，使自己处于主动地位。从心理学角度讲，自己会觉得主动权好像在自己手中，从而进一步建立压倒性的气势，还可以在某种程度上起到"反客为主"的效果。

天悦还认为，要想成功地推销自己，除了勤奋、自信、知识、经验以外，还需要适时合理地利用自己的关系网络，利用人际关系推销自己，成功率会更高。如今的社会讲究关系、讲究人脉。善于拓宽关系的人，大多是社交高手，无论是公共场所里还是私人聚会中，处处可以增加见闻，以自信博学的姿态加入他人的交流，可以获取来自各种渠道的一手消息。

天悦经历了过去的23年来的人生打磨，他清醒地知道，拓展人脉关系，方式得当会平步青云，反之会弄巧成拙。另外，无论是青年人还是像他这样的中年人，不要在推销自己时冥思苦想如何使对方降低标准，而是应该学习具备一种综合素质。

天悦知道，事实上，推销自己过程中的每一次的失败，显然都是一剂良药，因为没有谁能够比自己更了解自己的需求，尤其是自我实现需求。只要你不失去自信，就会在这种充满刺激的环境中不断地打磨自己，使自己的人格得到升华，使自己的意志品质变得更加坚定。

读书拾理性

读书帮助天悦从容地应对从“下海”“跳槽”到职业规划及个人内心成长的每一个阶段、每一个方面。

与现在社会上的很多青年男女崇拜歌星影星相比，天悦最推崇的中国人是国父孙中山先生，其次是毛泽东，再次是鲁迅，天悦最推崇的西方人是亚里士多德、莎士比亚和雨果。因为他们每个人不但都具有思想天赋，而且他们都拥有语言和利用语言的能力，最重要的是他们不但都有伟大的理想，而且都是行动主义者，都不是故步自封的人，他们的人生因为思想的伟大而变得富有传奇色彩。即便他们曾经在某一阶段也是个平凡的人、默默无闻的人，但因为思想天赋而又不同于平凡的人。通过他们的例子就足以说明通过读书学习能够给人的思想进步带来无尽的启发和帮助，一方面帮助降低行动风险，使可能面临的人生风险达到最低；另一方面从哲学角度讲，任何人在思想智慧上用功的话，就能做到“大以大成、小以小成。”

毛泽东同志在1941年1月31日写给毛岸英、毛岸青的信。信的背景缘由是：1930年，杨开慧同志被国民党杀害，当时毛岸英8岁，毛岸青7岁。杨开慧牺牲后，叔父毛泽民将他们安排在上海“大同幼稚园”。1932年3月，大同幼稚园解散，岸英和岸青被人领养。因为吃不饱穿不暖，还时常挨打受骂，他们离家出走，流落街头。1936年夏，上海地下党组织从一座破庙中找到流浪中的兄弟二人。随后，党组织委托张学良将军部下李杜将他们带到巴黎，并由中共中央驻共产国际代表派人护送到了莫斯科。1937年11月，他们与父亲恢复了书信联系，此时毛泽东同志正在延安。在繁忙的工作之余，他时常惦念远在莫斯科的儿子，以下内容是1941年他写给在伊万诺夫市上中学的两个儿子的信的摘要。

“……政治是要谈的，但目前以潜心多习自然科学为宜，社会科学辅之。将来可倒置过来，以社会科学为主，自然科学为辅。总之注意科学，只有科学是真学问，将来用处无穷。人家恭维你、抬举你，这有一样好处，就是鼓励你上进；但有一样坏处，就是易长自满之气，得意忘形，有不知脚踏实地、实事求是的危险。你们有你们的前程，或好或坏，决定于你们自己及你们的直接环境，我不想来干涉你们，我的意见，只当作建议，由你们自己考虑决定……”

毛泽东同志随信附了一张书单，其中有《精忠岳传》《官场现形》《子不语正续》《三国志》等，随信一起，毛泽东同志给岸英、岸青和其他在莫斯科的革命子弟寄去了21种共60本书，其中中国古代典籍与历史小说占了很大比重，还包括一些史地教科书与哲学著作。毛泽东同志希望岸英等人，身在苏联，应该更多了解哲学、历史与文学。

这封信还特别提到了青年人对政治以及关于学习内容与学习方法的精辟分析，对今天的青年人仍然具有重要的参考价值。毛泽东同志一生博览群书，对先贤名人人生、过往政治兴替、国人人性等都用心体会，思想的进益自然一天比一天深远。“居敬持志，为读书之本；循序致精，为读书之法；渐渍洽峡，使物理与胸心混合无间，方是圣贤得手处。”毛泽东同志自己讲究将学习与思考结合起来，主张学以致用——每举一事，旁喻曲晓，必穷究其归，至于尽处。毛泽东同志对自己子女的教育也一以贯之，如此，才能让子女知道哪些知识是有用的知识，是真知识。

过去的23年里，工作动力和竞争压力一直逼着天悦探寻有用的知识，以便不断提升自我。他首先知道要努力培养和完善自己的竞争意识，要做到既有坚忍不拔的毅力和不甘落后的进取精神，还要有良好的心理承受能力。这种良好的心理承受能力表现在别人超过自己时能够认可这一事实，同时还要有勇于赶超他人的雄心壮志。其次，他在职业生涯中换了多份工作，包括跨行，也包括自己创业，原因既有出于生存的需要而参与竞争的情况，也有为了改善工作环境，需要选择一份更适合于自己的工作。

无论在哪种情况下，天悦都是全力以赴，正如法国人罗曼·罗兰所说：对于一个不甘于灵魂平庸的人来说，每日的生活都是一场战斗。

天悦长期以来，一边工作，一边客观地检验自己所具备的条件，包括个人能力、家庭的态度以及思想上和物质上的准备等等；一边做到不断提升自我。他认为，只有将目标和条件达到统一时，然后再进行努力，这样才有成功的把握。如此是他理性的地方。

天悦经常告诉周边的一些青年人，一个人尤其一个男人的事业往往其实是从四十岁或者五十岁时才真正开始的！而他自己呢，他现在已经人在中年，对自身以及外部的环境的把握更加理性，这就使得他能为时下青年人在如何给自己定位方面，提供可贵的经验和有说服力的事例。毕竟是中年男人在人生中负担最重、责任最大、经验最切实。

天悦认为，青年人不要轻易以为一个人在二三十岁或者三四十岁就能依靠创业达到人生历程的巅峰。青年人该创业可以创业，但该读书还是要读书，读书的目的就是要不断学习提高。那么如何不断学习提高呢？

首先，天悦觉得一个人不要一上来就把目标定得过高，如果自己各方面的条件不具备，又没有主见的话，则参与竞争就会显得没有必要，不管是青年人还是像他这样的中年人。尤其是像他这样的中年人不参与竞争的话，也不会出现生存危机。如果一个人忽视了既有的安全，只是过多地考虑到实现目标后的美好前景，面对实现目标的可能性考虑过少，就容易导致适得其反的后果，从而追悔莫及。

其次，天悦觉得一个人应该多读书，读好书，来做到不断提升自我。读书越多，越不会被外界的环境所困扰，越不会被寂寞孤独这样可憎的事情所折服。因为书籍逐渐在人的大脑里建造了一个完全独立于外界的精神世界，这个精神世界是被个人灵魂完全拥有的，在这个世界里栖居着令人神往的古今中外丰富而浩瀚的伟大思想。当一个人的内心完全享受这样一个精神世界的时候，他灵魂的承受能力可以想象得到会有多么坚强！因为他完全不需要依靠任何外力来支撑他的生命。

天悦联想到当今现实社会中的一些现象，无论在哪个领域，无论何人，都或多或少不同程度的在探究社会人生的浮沉道理，或者在积极研究某一个课题，或者是政治创业，有很多人实际已经成功了，却自认为还没有成功；而有些人因为缺乏哲学意识，无法获得自己的成功，就只能从别人的失败中体验到一丝苦涩的快乐。这些现象说明了一个道理，就是读书的多少和读书的种类的差异使思维方式不一样才导致了不同的结果，或者说很多人的思维没有上升到哲学思维水平，就不能真正做到不断提升自我。

事实上，对天悦来说，如果纯粹以拥有多少多少资产、以拥有多少多少金钱、以拥有多少多少套房子或者以拥有多少多少头衔和知名度来作为衡量一个人是否成功的唯一标准，那他就属于不成功的。他现在是一个非常理性的人，除了理性还是理性。作为一个中年人，他经过了相当长的一段工作历程之后，完全没有生存的危机，而是处在一种进可攻、退可守的有利阶段。这不意味着他就不用参与竞争、就不用继续读书学习了，而是参与竞争时也要有个度。如果竞争压力超过了他能承受的限度，弄得自己心神不定，疲惫不堪，那么这种做法就是不可取的。

总之，理性有很多好处，它能帮助天悦在事业上成功地推销自己，它能帮助天悦成功地保持低调，它能帮助天悦成功地避免贪欲，它能帮助天悦成功地保持梦想，它能帮助天悦最终直达“终极智慧”。

保持“素心”

天悦因爱读书而变得素心，又由素心继而变得理性，如此免除了一切贪婪之心，免除了所有小人之念。

法国杰出的启蒙哲学家卢梭认为现代人的物欲太盛，他曾经说：十岁时被点心、二十岁被恋人、三十岁被快乐、四十岁被野心、五十岁被贪婪所俘虏。人到什么时候才能只追求睿智呢?

人的欲望是没有尽头的，欲望越大，人就越贪婪，而贪婪最终将会令个人和家庭都蒙受不幸。因此，天悦觉得，一个人必须学会节制欲望，而不能被贪欲所控制。“贪人败类”是《诗经·大雅》中的古训，意指欲望是无止境的，如果管不住自己的欲望，任它随心所欲，就必然会给自己带来痛苦，也会祸及他人。

有些人因为贪婪，想得到更多的东西，却把已经拥有的也失掉了。贪婪无度容易失却正常的生命秩序，会使人变成有待于重新进行灵智启蒙的新生儿——生命智慧的赤贫者。贪婪者多贫穷，还在于它往往表现为一种剥夺性：对物欲的追求，常常会挤掉珍贵的生理空间，就如同有些新婚夫妇把新房变成高贵的“家具店”，富足是富足了，但却使得有限的生活空间变得窘迫不堪；对精神生活的贪婪，常常会排挤掉正常伦理情感交流活动。

人心不能清净，是因为物欲太盛，尤其是现代社会，物欲更具有大的诱惑力，今人的执着追求，既包含潜意识的，也包含物质享受的。今人的切忌贪婪，也应既包含物质享受的，更应包含潜意识的。

人生在世不能没有欲望，除了生存发展的欲望以外，人还有各种各样的欲望，欲望在一定程度上讲是促进社会发展和自我实现的动力。但是一个人要想拥有高质量的精神生活和高境界的人生思想，就只能抛弃掉泛滥的物欲，只有这样，才能使自己避免陷于不断重复的劳苦困顿以及怨天尤人的状态。

天悦喜欢读书，尤其是每次看书学习的过程中无时无刻不在思考，且边思考边记笔记。在天悦眼里，一个人最宝贵的财富不在于物质金钱，而在于他的思想价值。一个人思想的深邃程度和所具备的哲学精神往往与他的意志品质和他所能取得的成就是成正比的，也就是说伟大的思想是无价的！在他眼里，一个人的人生必须“学随时而进”，很多人只有到了四十岁甚至五十岁的时候，才能看出他潜在的成就。

天悦看书，正因为如此，他才能做到摒弃很多其他的杂念，使他一直坚持到现在，才能使自己的逻辑思维不断处在螺旋式上升阶段。读书给他带来的帮助最大，无论是在23年前帮助他独立做出离开医院的决策，还是长期以来帮助他始终保持内心的稳定。正如纪晓岚《阅微草堂笔记》中写道：“心如枯井，波澜不生，富贵亦不睹，饥寒亦不知，利害亦不计，此为素心者也。”但天悦知道，要想成为一个“素心之人”并不容易。

天悦还记得，毛泽东同志晚年带着哀伤的口吻说道：“民主革命后，工人、贫下中农没有停止，他们要革命。一部分党员却不想前进了，有些人后退了，反对革命了。为什么呢？做了大官了，要保护大官们的利益。他们有了好房子，有汽车，薪水高，还有服务员，比资本家还厉害。”现在的社会，很多所谓的“人民公仆”尚且如此，如毛泽东同志曾经预言并忧虑的那样，而很多百姓自然也是“上行下效”，比着奢靡铺张浪费，更使得社会上弄虚作假之风日盛。

天悦觉得，别人都那样，只有你想做“素心之人”，你就很难在中国社会上生存，而要是与小人同流合污，你却可以过得潇洒自在。

佛家说：佛度有缘人。什么叫有缘？就是你到粪坑旁边，只能救出那些想出粪坑之人。而那些压根儿就不想从粪坑里出来，只一味琢磨如何将你拖进粪坑的小人，佛度不得他，圣贤之人也救不得他。亦即，小人之所以成小人，那是因为他们自甘沉沦，拒绝圣贤思想的解救，拒绝终极智慧的引导。

圣贤之人是最善于利用人际关系的规律的智者。在圣贤人眼里，小人往往因为利益或者权利只有做到底，坏事做到家——既然跟你结仇了，那就只能彻底搞死你，免得你咸鱼翻身后再来报复我——注意小人之所以成为小人，就是因为这种价值观念的支撑，也才一步一步地走到小人的穷途末路，再也没有机会回头。

天悦假设所有人——每个人原本就是一位工笔精湛的书法大师，同时也是一位练就了高超技艺的音乐大师，结果因为生活中的意外，脑壳受到了重重的撞击，使他的记忆功能受到暂时的损害。当他醒来后，再让他写书法，他已经使不得毛笔；这时候再让他击节弹奏，他已经无法区分音节音律，不知道如何才能奏出一首完整的乐曲。这时候的他，最应该做的就是重返自己的人生原乡，寻找那些初级人生的零星片段，去找他曾经爱过的人，去找那些曾经爱过他的人。让人间的大爱唤醒他大脑中失落的记忆。但如果他发脾气，耍性格，执意不肯回到爱他的人当中，却固执地认为既然满大街都是美女，那就应该及时行乐，操起棍子趁着哪个美女不注意，对准她的脑壳“砰”地一下，将她打昏，然后赶紧拖到一个没人注意的地方……这么一个做法，就是最典型的及时行乐，就是自我的迷失，就是穷途末路。这个假设是要说明任何一个人，重返爱会拥有光明，是一善；纵肆妄为则从此使他陷于人与人的相互内斗中，是一恶，再也无法重返往昔的梦境，也就再也找不回过去的他自己，再也无法恢复他的绝佳的书法技艺和高超的弹奏技艺。

儒家成圣，道家修真，佛家成佛，古希腊哲学家追求永恒的真理，都是为了寻求那潜伏在心中的神秘大智慧。儒家声称，获得这种智慧的人，人类社会的冲突规律就尽看在他的眼里，好比明眼人行路时机警的跳过沟壑、绕过陷阱，都是自然而然的事。而那些远离智慧的人们，则如同盲者一样，一个接一个栽进贪婪的陷阱里，任谁也拦不住他们飞蛾扑火自寻死路的冲动。因为他们看不到规律，不知道冲突隐伏在什么地方，只能是假设处处都是陷阱，即便是在平坦的大道上，也不敢放开脚步。这种拘泥于谨慎、保守，使他们最终还是无法避过贪婪的陷阱。他们在规律面前撞得头破血流，是必然的事情。

也就是说，终极智慧其实并不在外部世界，不是能够让人帮助你关注的，这东西原本就在你的脑子里，却处于休眠状态之中。只有善良的品性，才是照亮你的内心世界。悟道者犹如明眼人，看到不谙规律的芸芸众生前赴后继、义无反顾地冲向人性的晦涩角落，也会急切地上前劝阻让他们别掉进贪婪的陷阱。

也就是说，领悟到终极智慧的人，首先要在品德方面做出表率；如果效果不好，就要给大家讲课，让更多的人明白人生规律；如果效果还不够好，就要身体力行、鞠躬尽瘁。

柏拉图在《理想国》中设想了这样一种人——“天赋具有良好的记性，敏于理解，豁达大度，温文尔雅，爱好和亲近真理、正义、勇敢和节制。”这样的人才能从事哲学的学习。他们“把握永恒不变的事物”，“不会被事物的多样性搞得迷失了方向”。柏拉图的这种设想最终成了古希腊留给西方政治文化的道德遗产，在西方历史上，虽然能达到这个标准的人凤毛麟角，但同时却成为人民一直追求的美好愿望和努力的方向。

每个人都有自己的世界

天悦想着想着，脑子里似乎突然来了灵感，他马上打开了灯，从床上爬起来，坐到了写字台边，取了张纸，在构思着，在回味着。他觉得自己作为60后、作为思想上的保守分子，现在完全可以写一本书，不管是属于小说文学类还是心灵自助类还是哪类的，他完全可以把自己几十年来的成长经历、人生经历、情感经历以纪实手法写出来。

虽然每个人都有自己的可以表达的内心世界，但却不是每个人都有语言和利用语言的能力。当一个人有了思想积淀、逻辑组织能力和目标写书，这个人可以在书中告知其他的人们如何理解风险意识、危机意识，从而做出努力，使他们做到不断提升自我。

现在的天悦，无论风险意识还是危机意识都比社会上的70后、80后、90后强很多。还有就是他依然有着梦想，是一种哲学梦想。相比之下，社会上很多人的追求就似乎停留在了做大官、挣大钱、开豪车方面。

以往天悦有时觉得如果要能回到原来，如果他能再回到27岁或者30岁，不管心理上或者生理上，就有可能重新规划自己的人生和理想。不过没有如果，除非他能修炼成仙。但在笔头上，现在他自己确是觉得可以实现回到过去的岁月和年代的。

现在如果天悦自己能写一部书的话，那么他就真正拥有了语言和利用语言的能力，也说明他就掌握了人类最基本的道理——“超越”，说明了他就能回答哲学问题，表明他自己就能达到一个思想创造境界，证明他在当今社会也就能拥有并把握了对精神自由和终极智慧的发言权，最重要的是能帮助他迎来自己人生中又一个重要的转折点，就是可以改造自己的世界，重塑自己的心灵。

天悦想着想着，他打开了台灯，用笔不断地在纸上写啊画啊，他在构思他想写的一本书的内容、架构和名称。他构思着这本书的书名——“孤独起航”“孤独的香气”“随心远行”“心灵探索”“涛去涛来”“孤独漂流”“征婚启示录”“青春漂流记”“现代漂流记”“人生漂流记”“单身是怎样炼成的”“单身是怎样铸就的”“孤独是怎样练成的”“孤独是怎样铸就的”“一路走来的爱情故事”……

此刻的天悦觉得在这个年龄能读透一本书、写一本书，就是一种“自我提升”，是一种正能量。不过，他又觉得构思出的一些书名中有几个或许有些负能量。天悦就是这样的一个人，有时充满自卑，有时充满自信。

天悦抬起头，望着窗外渐渐发亮的天空，他此时的心情非常特别。因为他清醒地知道，要想写一部好的书或者好的文学作品并不容易。因为好的书、好的文学作品既要有一流的启迪理想的功能，同时要能吸引一流的读者，还要符合正能量。但是他也知道，读书是写作的基础，尤其读好书、读一流的书更重要，而他有这样的不错的基础。

天悦明白，读一流的文学书籍就是要衡量作家进入写作前的状态是什么。他是为满足市场的需要而写，还是倾注其一路而来的人生积淀、经历甚至鲜血生命而写。如果下笔用的是真文字，描述的是真语言，那么带给读者的就会一定是真实的思想世界，而不是虚幻的世界。

读书真正使读者产生意识，就是读者和文字中的生命融合在一起。正因为如此，千百年来，没有被淘汰的文学著作是知识和文化大浪淘沙的结果，而不是现在市场的选择，更不是广告词的选择。

天悦想写书的原因之一，还在于想要整理下自己内心曾经的世界，并将自我管理精神心理需求的做法和阶段历程描述出来，供青年人参考。

当天悦看到当今社会上一部分的大学生和青年人的状态，他们年轻却浮躁，想做事却又不愿意担当，想挣钱却又不愿意吃苦，一天到晚做白日梦都是关乎怎么样挣大钱以便在北京买房买车，或者做明星模特，他们追逐时尚却没有点滴的创造性。他不知道他们这部分人是否已经迷失了自我，更不知道他们自己的世界是怎样的，对智慧是怎么理解的，还有没有崇高理想。

天悦痛心地认为，拥有一个 iPad 并不代表一个“低头族”的知识、品位、教养和深度，但是当你甩掉 iPad 而手捧一本书静心阅读，并愿意与书香为伴的时候，却能彰显你的精神境界和可以想象的灵魂气质。也就是说，前者那些只懂得上网叫外卖或者方便看韩剧就自以为时尚光鲜的青年人群，在珍爱书香的人面前是显得精神乏力的！是慵懒迟钝的！是没有希望的！整个民族也会因为一个一个“低头族”这样的类似引颈等待“受戮”的人而变得衰弱；而通过读书甚至可以改变一个人的生命走向和价值取向。

另外，天悦联系过或者相亲过的女会员里，有不少都是西方宗教信徒，这令他非常吃惊。据他所知，当今国人信仰基督教的基督徒数量介于八千万到一亿人之间。

事实上，中国的西方宗教神学信徒人数在快速增长，而最大的传教地点是在中国的各个大学，在大学里，外国人往往发挥着很大的影响力。特别是美国的基督教团体，派遣传教士来华。在中国，他们可以以语言教师的身份出现，然后寻找并赢得宗教的追随者。

中国当代的大学生、青年人对基督教价值观与西方价值观的区别虽然并不清楚，却有越来越多的大学生认为西方国家的价值观就是基督教价值观，就是自己想要的。天悦注意到，许多在中国传播福音的人避重就轻，一味强调接受福音带来的福利，并以自己“灵巧像蛇”欣喜自居。在这种情况下，许多青年人如大学生相信耶稣的目的就只是为了更好的过好当前的生活，但事实上没那么简单。

为什么呢？教会对中国青年人尤其大学生宣传，教会乃是先出世继而入世。就像是基督只有先是基督，才能道成肉身。教会要是忽略了自己这重超越的身份，即便再过入世也失去了意义。在美国，基督教会不断向社会妥协，以自由之故拒绝任何道德的强加。而在中国，当信仰脱离了教育的目的和本质时，教育便会发生危机，个人也会面临悲剧。

天悦认为，中国的大学生和那些自诩时髦的青年人根本不懂得，作为一个基督徒，也就意味着随时随地要作为一个殉道者，要为信仰付出生命。彭霍费尔更加强调“当基督呼召门徒去跟随他的时候，是呼召他们跟随自己走向死亡”。

不少人曾经批判基督教的“出世性”，认为基督教这种脱离世界的观念对人类文明建设是有害无益的。其中最有名的批判者就是罗素，在《我为什么不是基督徒》一书中，罗素大肆鞭挞基督徒的荣耀观，认为教会会把最高荣耀颁给一个在沙漠中毫无作为的修士，也不会给一个曾经给社会带来科技或思想上的杰出贡献的人桂冠。尽管后来教会开始反思自己在世上的使命，并且重申基督教会的立场，教会不只是出世的也是入世的。

当中国现代的大学生们以及众多的成年人纷纷决定加入教会时，意味着他们认定，有这样的一种信仰认识可以代替理想，才能使得他们个人可以以永恒的心态欣然地生活在这个世界上，并且将自己在这个世界上的每一天的生活都视作是使命。这样的决定当然是一个不容易做出的人生决定，但也许是一个郑重的决定，或者说是无奈的决定，或许也是一个真正值得欣喜的决定。因为他们似乎懂得了拥有自己主见的重要性。

天悦理性地思考后觉得，若是那些基督信徒有人想在世上或者地上的教会获得永恒的满足，必然面临走向死亡的绝望，无论对谁、对哪个主义都一样。而在此时，教会只会加强人们对永世的向往，当一个人决定信主上帝的那一刻起，这个人就会被告知将不再被世界所欢迎，但是上帝却已经给这个人打开永恒之门。只有形成这样的基础的信仰认识，才能使得这个人以永恒的心态欣然地生活在这个世界上，并且将自己在这个世界上的每一天的生活都视作是使命，是上帝赋予的使命。在欧美，在地上没有任何一个地方可以充当天堂，金钱绝非是万能的。即便是教会本身也是一样的，教会充当着人们通向天堂的驿站。

天悦还认为，或许有积极的一面，就是传播福音有关乎人心的方面，也有关乎信仰的方面，但无论哪个方面都提示情商的重要性，纯粹从心理学角度讲。只有高的情商，也才能理解基督的“超越的爱”的本质。

情商不是与生俱来的，而是在不断的人生经验中得来的，而这些重要的积累会像是增加在你身上的瑰宝一样，尤其是对青年人、对大学生来说，能够积极面对挑战，能够产生给别人暖心的力量，也就是等于产生“超越的爱”。

天悦边思考边望着逐渐从东方升起的太阳，看到那一轮红日，天悦瞬间明白了自己追求的那种东西、那种执念就是叫“终极智慧”。什么是终极智慧呢？这个东西，孔子称之为“仁”。子曰：仁者爱人。而《大学》开篇，则曰：大学之道在明明德，在亲民，在止于至善。尤其是这个至善，孟子称之为“取义”。义者，宜也，也就是说你该做什么事，不该做什么事，该或者是不该，其衡量标准，就是“仁”，就是“善”。这个东西，佛家称之为“慈悲”，对任何人或是事情做到心存一份美好情感。

天悦知道，对“终极智慧”的理解是在任何情形下，所有的人都希望得到善的事物，不管是在所有人自己的世界，还是在所有人的心灵。如果他们没有得到善的事物，那是因为他们不知道什么才是善的事物。因而，只要一个人知道什么是善的事物，那他在任何情况下都只会是有德的，因为所有的美德都依赖于一件事——关于善的事物即知识，因而，诸德终究合一。

总之，归纳为一句话：你知道，你就会去做；你不知道，你蒙昧，你想做都不知道如何去做。如果一个人为权势、物欲、金钱所迷惑，那这个人终生就只在自己的思维边缘打转，这就等于放弃了对自己初心、对自己思维的探究，也就永远无法抵达智慧的宫殿。

2016 年 6 月 10 日清晨，当太阳出来的一刻，天悦决定把这本书的书名叫《梦想爱情启示录》或者《北京“老炮儿”梦想爱情漂流记》。他铭记老子所言：太上立德，其次立言，其次立功。

读了很多书无疑帮助天悦独立做出了他人生中的又一个重大决定，写一部书是上天赋予他头上的一项崇高的使命。他知道，对于真正悟到了终极智慧的人和没有领悟到人性规律的人，前者就已经是“致良知”，对社会有了很大的贡献，如老子所言的“上德不德，是以有德”；后者就需要卖命苦干，只有卖命苦干，才能搞出点人生成就，如老子所言“下德不失德，是以无德”。